FOLIO POLICIER

Jeon Gunwoo

Les 4 enquêtrices de la supérette Gwangseon

Traduit du coréen
par Kyungran Choi et Bessora

Gallimard

Titre original :
살롱 드 홈즈
SALON DE HOLMES

Jeon Gunwoo a écrit de nombreux romans [illegible]
mêlant thriller, horreur et fantastique, ainsi qu'un [illegible]
l'écriture. Il a remporté le premier prix du K-Thril[illegible]
ter Contest, organisé par la maison d'édition Gokzno[illegible]
publie désormais ses ouvrages.

Chien Enragé

Gong Miri avoue.

— J'ai tué mon mari.

Il y a un moment de flottement. Miri avait prévu le coup et, pour tout dire, elle l'escomptait. Le silence plane toujours, troublé par le tic-tac régulier du métronome qui se balance de droite à gauche sur le bureau. Son mécanisme transparaît derrière le verre, où les petites roues dentées et les ressorts bien visibles donnent à l'ensemble son élégance et un petit quelque chose de particulier. Les rayons du soleil qui pénètrent par la fenêtre et se posent sur l'instrument lui ajoutent un air mystérieux.

— Puis-je vous demander pourquoi ? finit par réagir l'homme.

Sa voix est douce, apaisante, comme d'habitude. Elle chatouillerait presque. Avec un plaisir dissimulé, qui jaillit pourtant du fond de son cœur, Gong Miri lui répond sur un ton monocorde.

— Tout ce qu'il fait, une fois rentré à la maison, c'est regarder le foot. Pas juste les matchs nationaux, il fait aussi le tour du monde. Les footeux anglais, espagnols, allemands, italiens, chinois, japonais… même les vietnamiens. Il se prend pour le président de la FIFA ou quoi ? Qu'est-ce qu'ils ont tous à s'affoler comme ça, partout dans le monde… pour du football ?

— Le football… Le problème est donc le football.

— Façon de parler. Le football représente un dixième du vrai problème. Depuis huit ans que nous sommes mariés, je ne me souviens pas de la dernière fois que j'ai vu son truc. En fait… si. Je l'ai entraperçu dans son caleçon une fois qu'il se promenait. Mais ça ne compte pas. Cela dit, il n'est pas particulièrement doué dans l'utilisation de son truc. Dans ce cas-là, autant le laisser au panier. Et je ne serais plus encombrée de ce pipi qui goutte à côté des W-C.

— Hum… Dois-je comprendre que vos problèmes de couple viennent de votre sexualité ?

— Ce ne sont que des raisons superficielles, je vous dis. Il a encore raté. Je veux dire, il n'a pas réussi à gravir les échelons. Pourtant notre enfant grandit, c'est beaucoup de frais, le coût de la vie augmente. Vous savez combien coûte un œuf de nos jours ? Avec son salaire qui stagne… Des années qu'il n'évolue pas à cause de la conjoncture. Tous les mois, le même chiffre sur notre compte en banque. J'ai l'impression que c'est le prix, la valeur de notre famille. J'en ai des frissons.

— C'est donc à cause de la situation financière de votre mari que…

— Non !

Miri lui coupe la parole d'une voix ferme. L'homme la scrute d'un regard étincelant de curiosité. Bingo. C'est le bon moment, le moment précis où il faut se mordiller les lèvres et recroiser les jambes. Si seulement elle avait pu laisser entrevoir des jambes élancées sous une minijupe moulante. Hélas, les siennes sont rondes comme des radis en automne et ont dû se cacher dans un pantalon ample. Taille élastique. Sages, les jambes.

— À cause de quoi, alors? demande l'homme.

— Il n'a plus d'utilité.

— D'utilité?

— À un moment ou à un autre, l'homme perd son utilité. Comme une casserole au manche cassé ou un chemisier démodé. À ce moment-là, il faut s'en débarrasser. Ça ne sert à rien de les garder, ça devient juste… encombrant. Mon mari est obsolescent.

Miri plante son regard dans celui de l'homme.

Cet homme, le docteur Park Dojin, ne dégage aucune émotion : globalement transparent. Mais cette transparence ne s'exprime pas totalement à travers son visage blanc. Comment dire? En l'observant de près, on s'aperçoit que l'individu nommé Park Dojin est retranché derrière la peau, la couche de graisse, les muscles et les os. Du moins, il en donne l'impression. Pour cette raison, il fait l'effet d'un glaçon, mais d'un glaçon plutôt bienveillant.

Cela dit, la glace reste transparente par définition.

— Dans ce cas…

Le docteur Park ouvre lentement la bouche. On ne peut pas lui reconnaître un grand talent de comédien. Fronçant les sourcils, les commissures de ses lèvres remontant imperceptiblement, il rajuste ses lunettes.

— … vous devriez faire attention de ne pas vous faire arrêter.

— C'est tout ? Vous n'appelez pas la police ?

— Mon rôle se limite à veiller sur la santé mentale de mes patients. Si le meurtre de votre mari peut vous guérir de la dépression, je serais partisan de le recommander.

Cette fois-ci, il ne se retient pas de rire. Rayonnant comme un soleil qui caresse un glaçon, il rit, et Gong Miri aussi laisse échapper un petit rire avant de se reprendre :

— Ah, ce n'est pas drôle.

— Je n'ai pas été très efficace sur ce coup. Désolé.

Park Dojin avise l'écran de son ordinateur. Apparemment, la séance est terminée.

— Si, si, lui assure Gong Miri. C'est toujours mieux que papoter avec les mémères du quartier. Et puis, j'ai l'impression que le bruit du métronome m'apaise…

— Ce métronome est spécial. Un patient m'en a fait cadeau. Il n'existe que deux exemplaires de ce modèle dans le monde.

— Vous avez de la chance d'avoir un patient si généreux.

Miri se lève.

— Bien, je vais vous laisser.

La banquette moelleuse, importée d'Europe, ne

pousse pas un couinement. *Aussi parfaite et glaciale que son propriétaire*, pense Miri.

— Je vous prescris les mêmes médicaments que la semaine dernière.

Il lui tend le bout de papier sur lequel il gribouillait quelque chose depuis tout à l'heure.

— Tenez, prenez ceci.

— Qu'est-ce ce que c'est ?

— Vous le savez déjà. Mais j'ai noté quelques recommandations essentielles à observer au quotidien.

Trois phrases sont écrites sur l'ordonnance.

1. Prendre le soleil tous les jours.
2. Se promener tous les jours.
3. Ne pas oublier de prendre ses médicaments. ^^

Miri étouffe un rire qui lui monte à la gorge. La dernière recommandation est soulignée et s'accompagne d'yeux rieurs à la fin de la phrase.

Toutes les semaines, elle reçoit ses médicaments mais ne s'astreint qu'aux somnifères. Les antidépresseurs multicolores et multiformes, eux, restent enfermés au fond d'un tiroir. Leur notice garantit l'absence d'effets secondaires, mais un brouillard lui remplit le crâne quand elle en prend, et ses pieds comme ses mains gonflent et restent enflés toute la journée. Aussi les antidépresseurs sont-ils le recours ultime. Si la dépression devenait insupportable, elle les avalerait tous, d'un coup, et quitterait cette vie sans aucun regret. Park Dojin connaît par cœur ce plan.

— Au revoir, dit Miri.

Il lui répond avec un sourire si large, si radieux et si innocent qu'il en est agaçant.

L'infirmière lui remet ses médicaments en affichant une mine bourrue qui lui donne un air de nouilles gonflées, Miri pousse la porte de sortie. Là, un homme maigre, casquette enfoncée sur le crâne, lui heurte l'épaule. Elle se demande un instant si elle va le prendre par le collet pour lui planter un coup de pied dans le bas-ventre. Finalement, elle s'en va.

En sortant de l'ascenseur au rez-de-chaussée, elle est happée par la chaleur humide. Dehors, le soleil est féroce. Tout le monde redoute les prévisions météorologiques et leurs promesses de grande canicule pour l'été. À côté de la clinique du docteur Park, devant un magasin d'électroménager, des jeunes filles à peine habillées secouent les fesses sur les derniers tubes. De gros ballons publicitaires les accompagnent :

— Venez profiter de nos soldes atomiques ! Préparez-vous pour l'été le plus chaud depuis un siècle !

Une femme débite sa réclame en hurlant dans un haut-parleur, d'autres distribuent des flyers. Miri voudrait broyer celui qu'on lui tend et le leur jeter à la figure en vociférant : « Je n'en veux pas, de vos saloperies. » Finalement elle l'accepte sans rien dire.

Tuer son mari, séduire le jeune médecin, lancer un coup de pied dans le bas-ventre de l'homme qui l'a bousculée, réduire en poussière un flyer publicitaire d'un air hautain, tout cela n'est possible que dans son imagination. Car, en réalité, Gong Miri est une mère de famille ordinaire, à la trentaine flétrie. La fin de la trentaine… peau et chair tombantes.

Elle pénètre dans l'enceinte de la résidence. Des travaux paysagers, entrepris deux mois plus tôt, arrivent à leur terme : de ravissants petits jardins, pleins d'arbres et de fleurs, se faufilent entre les immeubles.

Ils auraient mieux fait d'installer plus de caméras de surveillance.

Pas trop son truc, les fleurs.

— J'ai encore échoué hier, lance Chu Gyeongja en redressant son dos, large et solide.

Les os de sa colonne vertébrale craquent.

— Échoué à quoi ? lui demande Park Sohui, les yeux ronds.

Quand cette jeune fille vous regarde avec ce visage à la fois curieux et boudeur, elle paraît encore plus jeune.

— À ton avis ? À tuer mon mari, pardi. Hier, j'étais enfin déterminée à verser du poison dans sa soupe. Seulement, sitôt rentré, voilà qu'il se met à me pétrir les fesses. Ça fait longtemps, il me dit, il aimerait faire ça pour une fois, etc. Bon, du coup, j'ai repoussé le projet.

— Mais… comment ! s'écrie Sohui, embarrassée.

Peu douée pour se retenir, Gyeongja éclate, elle meurt littéralement, de rire. S'étouffant, elle commence à se frapper la poitrine. Alors un petit rire échappe à Sohui.

— Quel cirque, raille Jeon Jihyeon. As-tu au moins du poison à mettre dans sa soupe ?

Jihyeon s'efforce de mettre son fil dans le chas d'une aiguille sans y parvenir, bien qu'elle fronce les sourcils à l'extrême. Jusqu'à l'année dernière, elle y arrivait sans difficulté. Mais quand on a passé soixante balais, chaque jour est différent. Sa peau, encore assez lisse, est tout ce qui reste de sa jeunesse. Sa dernière fierté. C'est déjà ça. Pour les cheveux, elle les teint régulièrement. Quand on tient un commerce, on est plus ou moins obligé de soigner son apparence physique.

— Dis donc, grande sœur, du poison, il y en a partout : la javel, du poison, le liquide vaisselle, du poison, l'assouplissant aussi… du poison.

— Ton mari n'a rien eu, non, après le lait tourné que tu lui as donné ? commente Jihyeon. Ça marcherait, tu crois, avec de l'assouplissant ? Il le prendra pour du jus de pêche, il sera ravi.

Gyeongja éclate à nouveau de rire. Sohui aussi s'esclaffe de bon cœur. Elles n'ont guère d'occasions de rire à la maison mais, quand elles se retrouvent, elles rigolent comme les lycéennes qu'elles furent. Leur travail, fastidieux et monotone – coudre des yeux aux ours en peluche –, en devient presque agréable. On ne s'ennuie jamais quand on bavarde.

La porte s'ouvre sur la mélodie de *La Lettre à Élise*. Toutes trois arrêtent de se bidonner et tournent la tête vers l'entrée.

— Qu'est-ce qui vous amuse autant ?

Miri fait son apparition.

— Je croyais que c'était un client, dit Jihyeon avec une moue.

— Je suis une cliente. Je vais prendre du tofu tout à l'heure.

Indifférente à cette réplique, Jihyeon se concentre sur son fil et son chas d'aiguille. Miri balance son sac dans un coin et s'assoit sur le bord de la banquette en bois. Des yeux, qui attendent d'être cousus, la fixent intensément. Ils sont au moins mille, disposés à côté d'un tas d'ours aveugles.

— Quelle chaleur déjà ! fait Miri en agitant sa main pour s'éventer.

Elle ajoute :

— Est-ce que ça va être encore une cocotte-minute aujourd'hui ? Insupportable ! On ne peut quand même pas mettre la clim en mai !

Gyeongja approuve. Sohui prélève de l'eau fraîche dans le réfrigérateur et lui en sert un verre.

— Tiens, grande sœur, de l'eau.

Miri incline la tête en signe de remerciement, puis boit, *glouglou*. Elle soupire de soulagement.

— Ça a été à la clinique ? lui demande Sohui.

— Toujours pareil, tu sais. Tu montes au sixième étage, le toubib te demande des nouvelles, tu lui en donnes et puis pour finir il te file des médocs.

— Mais au moins le docteur Park est agréable à regarder, hein ? fait remarquer Gyeongja avec un sourire narquois.

— Ce que vous êtes niaises, raille Jihyeon. Est-ce qu'on va à la clinique pour mater les toubibs ? Si vos maris savaient, ils seraient contents, tiens.

— Où est le mal ? réplique Gyeongja. Tant qu'à porter une jupe autant qu'elle soit rouge. Cueillir des fruits et rencontrer son bien-aimé, balayer la cour et ramasser de l'argent. En plus, il paraît que ce toubib prescrit des médicaments efficaces et que ses patients sont plutôt contents de lui, pas vrai ?

Miri hoche la tête. Elle ne sait pas si le docteur Park et ses médocs valent mieux que le docteur Poisson-chat, le vieux toubib qu'elle voyait il y a encore quelques mois, mais en tout cas Park présente mieux. Les longues moustaches de son ancien médecin évoquaient un poisson-chat, d'où son surnom. Il n'en paraissait pas moins un serviteur perfide ; il affichait un air pleurnicheur et ne prononçait jamais plus de deux phrases par consultation. Sans compter le visage de chiffon trempé qu'il infligeait à ses patients.

« Comment allez-vous ? »

« On se voit la prochaine semaine. »

Comparé à Poisson-chat, Park Dojin est une vraie crème. Sa clinique neuropsychiatrique MISSO est très cotée dans le quartier, surtout auprès des mères de famille. Cette popularité s'explique par son physique avantageux mais aussi par sa bienveillance et sa courtoisie. Après trois mois d'ouverture, sa clinique ne désemplit pas.

Jihyeon a enfin réussi à mettre son fil dans le chas de l'aiguille.

— On arrête de papoter et on se dépêche un peu, presse-t-elle. Il faut en finir au moins la moitié avant le retour des enfants.

— Oui, cheffe ! lui répond Gyeongja en se collant une main sur le front.

Miri enlève ses chaussures, monte sur la banquette en bois et saisit une peluche. Elle a beau faire, elle ne s'habitue pas : un ours sans yeux lui paraît aussi lugubre qu'au premier jour. Elle en fait des cauchemars, depuis le début. Quand enfin, après s'être tournée et retournée dans son lit, elle trouve le sommeil, des centaines d'ours titubent vers elle en criant : « Rends-moi mes yeux ! »

— Hé, à quoi tu penses ? lui lance Gyeongja. Miri revient à elle.

— Pardon, tu disais ?

Il lui arrive souvent de se perdre dans ses pensées, ces derniers temps. De plus en plus.

— On parlait de Boules de Mulot, grande sœur.

Sohui penche la tête vers Miri et lui chuchote :

— Boules de Mulot ?

— L'espèce de pervers qui se pointe dans la résidence depuis un moment, dit Gyeongja. Il attend qu'une femme monte dans l'ascenseur pour baisser son pantalon.

— Ah oui !

Miri en a entendu parler.

— S'il n'y avait que les ascenseurs… Une dame, elle habite dans un autre bâtiment, m'a dit qu'il se cachait aussi dans les aires de jeux. Dès qu'une femme passe, il bondit et baisse son pantalon devant elle. Brrr, ça fait peur !

Sohui tressaille et se passe une main sur l'avant-bras.

— Il y a une prime sur sa tête, il paraît, dit Jihyeon. Elle a beau avoir mis fin au papotage, le silence n'aura pas duré longtemps. D'ailleurs Jihyeon est la plus bavarde d'entre toutes. Assise toute la journée dans sa supérette, elle entend mille et une rumeurs. Alors elle a beaucoup à dire, c'est normal.

— Combien ? demande Gyeongja.

— Dix millions de wons[1], répond Jihyeon.

— Dix millions ?

— Waouh ! C'est énorme ! s'exclament en chœur Gyeongja et Sohui.

— Pour un délinquant sexuel, c'est beaucoup, je trouve.

Miri n'en revient pas.

— C'est parce que ce connard est introuvable depuis des mois, ajoute Jihyeon. La police est très remontée.

— C'est vrai, confirme Gyeongja, épouse de flic. Mon mari m'en a parlé. Apparemment la confusion est totale chez les policiers.

— Le JT en parlait il y a quelques jours, dit Jihyeon. En fait, le journaliste voulait m'interviewer mais je n'étais pas maquillée à ce moment-là… En tout cas la police a mis cinq millions et le bureau d'administration de notre résidence en a mis autant. Dix millions en tout.

— Wow ! s'écrie Sohui. Si j'avais cet argent, j'achèterais de beaux vêtements à mon bébé. Je pourrais aussi lui faire sa purée avec des produits bio…

— Arrête de penser tout le temps à ton petit, pense un peu à toi. Ça ne sert à rien d'habiller les bébés avec des trucs coûteux et de leur donner de la nourriture chère. Ils ne se souviennent de rien.

1. Sept mille deux cent cinquante-cinq euros.

Rien de rien. Ils grandissent, et ils te tiennent tête : « Qu'est-ce que tu as fait pour moi ? »

C'est que Gyeongja est mère d'une collégienne en pleine crise d'adolescence. La gamine boude constamment et son comportement est très, très désagréable. Ce matin encore, c'est la soupe qui n'était pas bonne. Elle a quitté la maison sans manger. Gyeongja a fini son potage jusqu'à la dernière goutte.

— Et toi, grande sœur, lui demande Sohui, qu'est-ce que tu ferais si tu avais dix millions ?

— Moi ? Je partirais en voyage en Europe, toute seule. Sans mari ni enfant, rien que moi. Je rencontrerais des hommes là-bas, et j'aurais des aventures.

Sur ces belles paroles, Gyeongja se met à rire, une vraie gaillarde.

— Que des bêtises, fait Jihyeon. Arrêtez et remettez-vous aux yeux d'ours. Dix millions, ça ne tombe pas du ciel comme ça, encore faut-il attraper ce Boules de Chat… ou Boules de Mulot… ou je ne sais quoi. Dangereux, non ? Vous ne pensez pas ?

Gyeongja et Sohui accélèrent la cadence tandis que Miri reste perdue dans ses pensées, un œil d'ours à la main.

— Miri, ça ne va pas ? s'inquiète Jihyeon. Tu ne te sens pas bien ? Si tu veux rentrer, vas-y. On finira le reste, pas de souci.

En dépit de ses petites piques, Jihyeon est une femme au cœur d'or. Elle bouscule parfois les autres pour jouer son rôle d'aînée et de cheffe d'équipe. Mais elle reste une femme attentionnée qui se soucie de ses cadettes.

— Non, grande sœur, ça va. Et ce Boules de Mulot… on n'a qu'à l'attraper, hein ?

— Quoi ? jette Gyeongja.

Sohui s'approche tout près :

— L'attraper ? Mais comment l'attraper ?

— Faut pas rêver…

Jihyeon les ramène à la réalité, quoiqu'elle ne semble pas tout à fait se désintéresser de ce projet.

— L'enquête de police atteindra vite ses limites : les femmes ne pourront pas tout raconter aux flics.

— Qu'est-ce que tu veux dire? fait Gyeongja. D'après mon mari, la police est à fond dessus.

— Je ne doute pas qu'ils fassent le maximum. Mais les victimes, elles, est-ce qu'elles donneront tous les détails ? À leur place, Sohui, comment ferais-tu ? Tu pourrais leur raconter la taille de sa bite, par exemple ? Et ce que tu aurais ressenti au moment précis où il t'aurait agressée ?

— Je ne pourrais pas. Encore que… si c'était entre nous…

— *Si c'était entre nous*… Tu vois ! Il y a des choses qu'on ne peut se raconter qu'entre filles.

— Tu veux dire, reprend Gyeongja, que si *nous*, on interrogeait les victimes, on aurait plus d'informations ?

— Sans doute, approuve Miri avec un vague hochement de tête. Mais je n'en suis pas complètement sûre.

Prudente, Jihyeon ajoute :

— Chacun son boulot. Laissons le leur aux policiers et occupons-nous de notre job ! Ils ne vont quand même pas coudre des yeux d'ours à notre place, pas vrai ?

À ces mots, Gyeongja et Sohui se mettent à rire. Miri sourit elle aussi. Dire que ça ne lui plairait pas d'essayer serait mentir. Il y a la prime, certes, mais une telle mission l'aiderait à se sortir de sa dépression épuisante. Seulement, elle n'y arriverait pas seule. Et comme l'a rappelé grande sœur Jihyeon, coudre les yeux d'ours est plus urgent.

Miri est en train de s'appliquer quand la porte de la supérette s'ouvre brusquement. La sonnette hurle *La Lettre à Élise*.

— Quel abruti ! lance Jihyeon. Où vous vous croyez…

Voyant Roh Jisuk entrer en courant, elle se tait. Car la nouvelle venue est elle aussi membre du club « La Supérette Gwangseon » et partage avec ses consœurs la mission des yeux d'ours, tout comme le cancanage. Dernière à rejoindre le groupe, Jisuk reste un peu à l'écart. Son problème, ce sont les phrases qu'elle crache avant de les avoir filtrées dans son cerveau. Plus grave encore, elle ne mesure pas la virulence de ses propos, potentiellement blessants. Son joli visage offre un contraste saisissant avec les méchancetés qu'elle est capable de débiter sans la moindre retenue. Insouciante et innocente, Jisuk. Détestable, donc, mais impossible à détester totalement. Or à cet instant son visage d'ange est méconnaissable. Tuméfiée de coups, les cheveux hirsutes, la robe à moitié déchirée, elle n'a qu'un seul chausson aux pieds.

— Bon sang ! Qu'est-ce qui s'est passé ? s'écrie

Jihyeon en accourant vers elle sans même se chausser.

— Grande sœur Jisuk !

— Jisuk !

Toutes se précipitent derrière Jihyeon.

— Grande sœur !

Jisuk s'affale dans les bras de Jihyeon tandis qu'un tonnerre de jurons bien sentis se fait entendre depuis l'entrée de l'immeuble.

— Sale garce ! Montre-toi tout de suite !

— Sohui, dépêche-toi de fermer la porte, ordonne Miri.

Sohui abandonne Jisuk avec inquiétude pour aller fermer la porte d'entrée, quand le mari de la seconde passe brusquement son torse à l'intérieur.

C'est Chien Enragé, alias Park Hyeonmin.

La rage, littéralement. Qu'il boive, et tout le quartier tremble sous ses injures. Pour mieux les rythmer, il frappe sa femme en cadence. Park Hyeonmin a fait fortune dans l'import-export avant de tout gâcher dans les paris où il a sombré, se muant en archétype de raté. Un raté doublé d'un chien, un chien raté, quoi. Son visage imbibé d'alcool vire au noirâtre et, bien qu'il n'ait que la peau sur les os, il devient Hercule quand il frappe Jisuk. Les policiers eux-mêmes n'y peuvent rien une fois arrivés sur place. Hyeonmin continue à brandir ses poings sur sa femme, malgré le flic accroché à chacun de ses bras : un chien enragé.

Exactement comme maintenant.

Gyeongja essaie de faire barrage en bloquant le passage de son corps imposant. En vain. D'une force surhumaine, Hyeonmin la bouscule et file en direction de Jisuk, tandis que Gyeongja tombe sur les fesses.

— Où vous vous croyez pour vous conduire de cette manière ?

Jihyeon protège Jisuk en la couvrant de son corps, Sohui également.

— Grande sœur, tu appelles la police, dit Miri avant de foncer sur Hyeonmin.

Entre-temps, Chien Enragé a attrapé la chevelure de Jisuk, dont les hurlements retentissent dans la supérette :

— Aïe !!!

La foule commence à se rassembler devant la boutique. La scène est plutôt habituelle dans le quartier mais tout de même, les résidents ne se lassent pas de ce genre de spectacle.

— Sale garce ! Comment oses-tu draguer un autre homme !

À bout de souffle, Hyeonmin continue de crier, exhalant une forte odeur d'alcool. Le visage rouge, la voix pâteuse, déjà ivre mort alors qu'il n'est même pas midi.

— Arrête tout de suite, connard ! crie Miri en mettant toutes ses forces dans le coup de pied qu'elle lui administre dans les fesses.

Surpris, Hyeonmin vacille avec un cri sourd et lâche les cheveux de Jisuk. Jihyeon et Sohui en profitent pour récupérer Jisuk et l'emmener plus loin.

— Halte !

Les yeux révulsés, Hyeonmin s'apprête à les

suivre, mais Miri s'accroche à sa jambe, et il se retrouve au sol, bras et jambes écartés. Dans sa chute, il renverse les yeux d'ours, tout le panier. Ceux-ci roulent sur le sol dans un bruit cristallin, comme s'ils cherchaient leurs corps.

— Venez nous aider, au lieu de rester là les bras croisés !

Miri invective la foule.

Gyeongja maintient Hyeonmin au sol pour l'empêcher de se relever.

— Allez, aidez-nous ! s'époumone encore Miri, à l'intention d'un homme dégarni en uniforme.

Il s'agit de Kim Gwangkyu, chef de la sécurité à la résidence, qui avance d'un pas hésitant.

— La dernière fois que je suis intervenu dans une dispute conjugale, la police m'a sermonné, se défend-il.

— Une dispute conjugale ? Cette violence flagrante et unilatérale ? Je vais me présenter comme témoin ! Immobilisez ce type, là. Grande sœur Gyeongja n'y arrivera pas toute seule.

— Eh bien, c'est embarrassant, râle Gwangkyu en s'approchant de Gyeongja pour l'aider à maintenir la pression sur le dos de Hyeonmin.

— Lâchez-moi. Connards, vous allez me lâcher ou quoi !

Tout chien qu'il est, enragé qui plus est, Hyeonmin se débat, au point que tous les cabots braillards du quartier ferment leur gueule.

— Papa de Yunseo, l'interroge Miri. Dites-moi. Qu'a fait la maman de Yunseo pour que vous vous agitiez ainsi ?

Hyeonmin lui répond :

— Je… Je revenais d'un rendez-vous d'affaires là-bas, et j'ai vu cette garce saluer un type avec un sourire pendu aux lèvres, si ce n'est pas pour draguer, c'est quoi, hein ?

Bien qu'ivre mort, Chien Enragé est en mesure de tenir une conversation. Seulement, une fois dégrisé il ne se souvient de rien. Miri, elle, se rappelle les dires de Jisuk. Mais Chien Enragé les a-t-il réellement oubliés ? Ou simule-t-il l'amnésie ? Elle sort son portable de sa poche et enregistre leur discussion.

— Je vous préviens, je nous enregistre. Un seul mot de travers et je porte plainte contre vous.

— Quoi ? De quoi vous parlez ? Lâchez-moi ! Je veux parler à ma femme ! Pourquoi tant d'agitation ?

— Qui est-ce qui s'agite ? murmure Gyeongja.

— Taisez-vous ! aboie Hyeonmin.

— C'est vous qui allez vous taire, papa de Yunseo. Et moi je vais procéder à une reconstitution.

À ces mots de Miri, les yeux de Hyeonmin s'arrondissent, tout comme ceux de Gyeongja et de Gwangkyu. Reconstitution ? C'est à peine s'ils ont déjà entendu cette expression à la télévision.

— La maman de Yunseo doit se sentir obligée d'être gentille avec les gens, reprend Miri. Bien entendu, à cause de vous, papa de Yunseo. Vous vous soûlez quand bon vous semble, vous causez des désagréments aux voisins et la maman de Yunseo passe son temps à s'excuser auprès d'eux. Ce devait être pareil ce matin, elle a incliné la tête en souriant quand elle a croisé un habitant de notre résidence. Vous croyez qu'elle a envie de faire ça ?

L'audience se tait, y compris Chien Enragé. Miri poursuit tel un moulin à paroles :

— Et puis autre chose, vous avez dit que vous reveniez d'un rendez-vous d'affaires, n'est-ce pas ? Pourquoi alors votre bouton de chemise, au milieu, est-il ouvert ? On connaît votre manie de porter la même veste tout l'été. Aucune raison qu'un homme tel que vous se promène avec une chemise déboutonnée. Sauf si vous l'avez enlevée et remise à la hâte ! Et vos cheveux… aplatis derrière mais bien mis devant. Est-ce que vous n'étiez pas allongé quelque part ?

— Mais, mais, bégaie Hyeonmin, de quoi parlez-vous, maman de Hyeonji ?

Il semble soudain complètement dégrisé et articule enfin des phrases à peu près nettes. Miri cesse de le fusiller de son regard noir pour jeter un œil circulaire aux spectateurs. C'est ainsi. Théâtralité oblige, tout grand détective se doit de passer en revue son audience avant de dévoiler le résultat de son enquête.

La police arrive juste à ce moment-là.

— S'il vous plaît, libérez le passage. Police ! Allez, s'il vous plaît.

Miri se statufie, bouche à moitié ouverte, alors que deux agents entrent dans la supérette, détournant l'attention de son public.

— Lâchez-le maintenant. Il risque de se blesser. Gyeongja et Gwangkyu se relèvent illico. Reconnaissant Hyeonmin, un policier fait claquer sa langue.

— Tss… Encore vous ! Allez-vous vous calmer un peu, à la fin ?

— Il faudrait appeler une ambulance, dit Sohui en passant la tête derrière un rayonnage du fond de la boutique.

Les trois amies sont cachées dans le rayon *ramen*.

— Grande sœur Jisuk est blessée.

Effectivement, son état semble inquiétant. Outre ses ecchymoses, elle respire en grimaçant et se plaint de douleurs au thorax. Plus de forces dans les jambes non plus, impossible de se lever.

— Tss… Même un ennemi juré, on ne le tabasserait pas autant.

Jihyeon semble vouloir ajouter quelque parole mais se ravise, ferme la bouche, détourne le visage.

— C'est ma femme à moi que je corrige. De quoi vous vous mêlez…, murmure Hyeonmin alors que les policiers l'emmènent.

Miri se fait violence pour contenir son envie de les suivre et d'en coller une à l'arrière du crâne de Chien Enragé. Frustrée de ne pas être allée au bout de l'exposé de son enquête, elle aurait aimé le lui faire payer.

L'ambulance arrivée, Gyeongja accompagne Jisuk qu'on porte sur un brancard.

— Grande sœur, dit-elle avant d'être installée dans l'ambulance, tu pourras t'occuper de Yunseo ?

Jihyeon hoche la tête et voilà Jisuk rassurée. Chien Enragé parti avec la police et Jisuk avec l'ambulance, les badauds se dispersent. Gwangkyu ôte sa casquette et, l'air embarrassé, il salue ces dames avant de regagner son poste.

Debout sur le seuil de la supérette, Jihyeon, Sohui et Miri restent silencieuses, regardant au-dehors, l'air distraites et tout à la fois perdues. L'énergie leur manque pour ramasser les yeux d'ours éparpillés. Après un long moment, Sohui ouvre la bouche :

— Grande sœur Miri, alors, qu'est-ce qu'il a fait, Chien Enragé ?

— Ah oui, dit Jihyeon, moi aussi j'aimerais le savoir.

— Pas grand-chose, explique Miri sans la moindre émotion. Sa chemise déboutonnée, ses cheveux aplatis derrière... À l'évidence, il était allongé torse nu quelque part. Un endroit où on sert de l'alcool et où on trouve un lit, où ça peut être dans notre quartier ? Dès le matin, en plus. En bas du carrefour, il y a ces ruelles, vous savez, avec des bars aux enseignes plus niaises les unes que les autres : *Bouton de Fleur*, *Souvenir*, etc. Des endroits pleins de filles, quoi. Ce type doit être allé dans l'un de ces bars. Il a bu, s'est repu, et a fait des trucs avec des filles. On connaît la chanson.

Cet air de déjà-vu la met d'autant plus en colère. On connaît la chanson, oui, tout le monde la connaît, seule Jisuk, cette idiote, se fait avoir à tous les coups. Ou alors elle simule.

— Waouh ! Tu es géniale. Comment peux-tu savoir tout ça ? demande Sohui.

— L'observation, c'est le plus important, explique Miri. Ensuite, l'imagination. Il faut aussi lire beaucoup de romans policiers.

— Maintenant on range, dit Jihyeon, et on se

remet au travail. Après, si on a le temps, on ira voir Jisuk à l'hôpital.

Aidée de Miri et Sohui, elle ramasse les yeux d'ours, un long moment, en silence. Ensuite il faudra les coudre. Cette routine est d'un ennui mortel.

Jisuk est hospitalisée dans une clinique du quartier. Deux côtes cassées. Dans son malheur, elle a la chance de n'avoir aucune autre blessure grave. Bien que son visage soit tuméfié, le coup porté à sa pommette n'a que légèrement fêlé l'os. Pour le reste, les blessures sont superficielles, explique Jisuk à ses quatre amies. Le médecin recommande une semaine d'hospitalisation mais elle veut rentrer dès le lendemain. Elle ne peut laisser son fils seul.

Jihyeon essaie de la raisonner.

— Ils disent une semaine et tu voudrais sortir au bout de trois jours ? Tes os ne sont pas recollés !

Miri, Jihyeon, Gyeongja et Sohui lui rendent visite ce matin, seul moment de la journée où elles peuvent venir ensemble. L'après-midi, les enfants rentrent de l'école. Le soir, c'est le mari qu'il faut accueillir après avoir bouclé les tâches domestiques, sans parler du dîner à préparer. Et des yeux d'ours.

— Les os se ressoudent en un mois, paraît-il. Ici, je ne peux pas me reposer tranquillement. Personne ne peut venir s'occuper de moi et je me fais du souci pour Yunseo. La nuit dernière, il a dormi avec moi.

Jisuk parle en grimaçant tant la douleur est vive. Gyeongja s'excuse :

— Je suis désolée pour hier mais je ne pouvais pas rester plus longtemps : la famille à s'occuper…

— Non, non, je t'en prie. Toi ou une autre, ça ne m'aide pas.

Jisuk parle avec la nonchalance déconcertante qui la caractérise. Désormais habituées, ses amies ne réagissent plus. S'il fallait se mettre en colère à chaque fois, finies les conversations à peu près normales. D'ailleurs, sur ce coup-là, on ne peut pas affirmer qu'elle a complètement tort.

— Et ce chien enragé ? lui demande Miri.

— Je ne sais pas. Il m'appelle sans arrêt depuis hier soir mais je ne décroche pas. S'il a dessoûlé, il va encore me dire qu'il est désolé. Connard.

— Divorce, lance Jihyeon. La vie est longue. Pense à ta vie.

— Ce n'est pas si facile, le divorce, réplique Jisuk. Toi tu n'y arrives pas alors que tu te plains sans arrêt de ton vieux qui passe son temps en colathèque[1].

Là encore, elle n'a pas complètement tort.

— Quelle pétasse, murmure Jihyeon assez fort pour être entendue. Cette langue de pute pète la forme.

— Bizarrement, reprend Jisuk, mon mari ne m'a jamais frappée sur la bouche.

— Tu devrais le quitter, dit Miri. Ce n'est pas une plaisanterie.

— Cette espèce de salaud n'acceptera pas. D'abord, il y a Yunseo. Et puis il ne voudra pas renoncer à l'argent que je ramène à la maison. Ça se finirait en procès, avec un avocat que je n'aurais pas les

1. Discothèque de jour, où l'on ne sert pas d'alcool.

moyens de payer, et ce serait très long. Bref, je suis fichue. Pas le choix : je vais continuer de vivre comme ça.

— Je m'inquiète pour toi…, murmure prudemment Gyeongja. Vraiment. D'après mon mari, la violence conjugale s'amplifie avec le temps. C'est la première fois qu'il te casse les côtes. La fois d'après sera pire. Et puis un jour…

Elle simule un geste d'égorgement.

— Arrête, dit Jihyeon, c'est atroce.

— Non, grande sœur, mon mari a eu affaire à de nombreux cas de ce genre. Ça commence par de simples disputes, puis le mari se met à frapper sa femme…

Gyeongja s'arrête. Des larmes coulent sur le visage de Jisuk. Irrémédiablement têtue, elle ne se préoccupe que de ses intérêts, parle de travers avec ce côté frimeur. Mais la *bad girl* a le cœur tendre, un rien la blesse. Elle est aussi capable d'empathie avec ceux qui souffrent. Pour autant, on ne l'avait jamais vue pleurer. Quelque chose dans son cœur s'effrite et ses amies le sentent intuitivement.

— Je sais, je le sais moi aussi. Et j'ai peur. Je me fiche de mourir… mais Yunseo n'a que huit ans. Qu'est-ce qu'il deviendrait ? Si c'était possible, je divorcerais. Mais je n'en ai pas les moyens. Même de m'enfuir. Pas d'argent. Et puis à force de vivre comme ça…

Un nœud se forme dans la gorge de Jisuk qui l'empêche de poursuivre.

Occupées à essuyer leurs larmes, Jihyeon,

Gyeongja et Sohui n'ajoutent pas un mot. Miri semble plongée dans une profonde réflexion.

— En attendant de trouver une solution, finit par dire Jihyeon, occupe-toi de ta santé.

— Ça ira, grande sœur. Cet enfoiré va se calmer un moment. Mais dans mon état je ne peux pas aller au travail. Seulement, un jour manqué à l'usine et c'est terminé.

— Quelle misère, soupire Gyeongja.

— On ne va pas laisser passer en se disant que ça ira, intervient Miri d'une voix ferme. On ne va pas se contenter de plaindre Jisuk.

Miri regarde par la fenêtre, où un rayon de soleil traverse le ciel gris plein de particules fines.

— Qu'est-ce que tu veux dire ? demande Gyeongja.

— On n'a qu'à l'arrêter, dit Miri. Boules de Mulot ou de je ne sais quoi. Le prendre. Avec la prime, on aidera Jisuk et on partagera le reste entre nous. Qu'en dites-vous ?

L'homme 1

L'homme guette l'occasion depuis longtemps.

Quel moment sera le bon ?

Il s'est retenu trop longtemps. Si incroyable soit la patience de ce prédateur, il est temps pour lui de s'activer. Quand la faim devient intenable, qui sait ce qui peut arriver ?

Le déménagement était SON idée.

« La situation n'est pas favorable, que diriez-vous de déménager et d'attendre quelques mois à l'ombre ? »

IL lui a suggéré SON quartier. Si c'était là où IL habitait, il était partant. La situation n'était pas terrible, c'est vrai. D'ailleurs il commençait à perdre un peu le goût de la battue. Quel ennui de voir la police faire chou blanc à chaque fois.

Il lui fallait de nouveaux stimulants, le déménagement semblait la meilleure solution : déplacer le terrain de chasse.

Quand les stupides herbivores commenceront à oublier son existence, le prédateur surgira face au vent et plantera ses crocs dans le cou de ses faibles proies.

À cette pensée, une vague de frissons le secoue, excitante, qui lui hérisse le poil. Journaux, JT et sites internet bientôt remplis de son nom. L'homme se plaît à endosser la personnalité qu'IL lui a attribuée, et il fera de son mieux pour répondre à SES attentes. Il désire répandre la terreur, terrifier le plus grand monde.

Voilà pourquoi il se retient.

Pour ménager ses effets, dramatiques, il a attendu quatre longs mois. Pendant cette période, il s'est promené dans son nouveau quartier, a repéré des coins et des recoins. Terrain ridiculement minable… Ici, il pourrait chasser tous les jours. Sauf que LUI n'aurait pas donné son accord.

« Lent mais précis. »

À chaque fois que la pulsion meurtrière jaillit du fond de lui-même, l'homme se rappelle ces mots. Les mots qu'IL lui a dits.

CELUI qui est entré dans sa tête pour y déposer l'étincelle de feu.

S'il existe aujourd'hui, chasseur et prédateur à la fois, c'est grâce à SES mots chuchotés à son oreille.

« Lent mais précis. »

Maintenant, traduire SES mots en actes. LUI-MÊME l'a reconnu. Ne l'a-t-IL pas complimenté, comme d'habitude, de SA voix claire et remplie de gaieté ?

« Vous êtes formidable. Jusqu'ici vous avez réussi à vous retenir. Il est temps maintenant de passer à l'acte. N'oubliez pas : lent mais précis. Compris ? »

Bien sûr que j'ai compris.

Durant son hibernation, quatre mois, l'homme

a même choisi sa proie. Se contenter de l'observer fut difficile, mais cela démultipliait aussi le plaisir, laissant le loisir à l'homme d'imaginer sa jouissance au point culminant de la chasse.

L'homme a fini ses préparatifs.

Fin prêt, il attend le bon moment.

Où le vent changera de direction.

Là, face au vent, il passera à l'acte.

Apprenties enquêtrices

— Et vous dites que tout le monde est d'accord?

Miri hoche la tête à la question du docteur Park.

— Notre enquête commence aujourd'hui.

— Votre rêve, m'aviez-vous dit, était de devenir détective… Voilà une belle occasion.

Le docteur Park n'oublie jamais le moindre détail des confessions de Miri. Elle qui n'a jamais osé parler de son rêve à son mari lui en est reconnaissante. Plus jeune, elle affirmait avec conviction qu'elle deviendrait la première femme détective du pays. Son assurance lui valait toujours des railleries. On ne se moquait pas d'elle ouvertement, mais la plupart des gens lui conseillaient de poursuivre des rêves plus réalistes.

— Ce métier n'existe pas en Corée.

— Si tu rêves de devenir enquêtrice, pourquoi es-tu comptable dans un petit bureau?

— Tu n'as qu'à te marier. À un homme riche.

Elle entendait ce genre de choses. Il y a beau temps que Miri ne prononce même plus le mot d'*enquêtrice*. Elle se contente de dévorer des romans policiers. Jusqu'au jour où, au cours d'une conversation sur ses passe-temps, elle confie ce rêve au docteur Park. Elle lui dit qu'elle aime lire des polars. Et puis elle lâche qu'elle rêve de devenir enquêtrice. Surprise par son propre propos, elle change de sujet. Mais le docteur Park n'a pas oublié.

— Ce métier n'existe pas en Corée. Je le ferai pour m'amuser.

Malgré cette réponse nonchalante, le cœur de Miri bat très fort.

Enquêtrice.

Quand l'idée d'arrêter Boules de Mulot l'a effleurée, elle n'avait pas ce mot en tête. Elle était en colère et avait besoin d'argent. Alors si elle peut décrocher la prime, et faire un sale coup à Chien Enragé, elle se sentira soulagée. Vraiment.

Enquêtrice.

Elle n'a plus que ce mot en tête.

Grâce au docteur Park.

— Est-ce qu'on a besoin d'en faire son métier ? Vous pourriez mener vos enquêtes comme un hobby. Je vous l'ai dit l'autre jour, vous vous rappelez ? Moi aussi je suis fan de littérature policière. Je serai votre premier supporter. Attrapez ce Boules de je ne sais quoi, s'il vous plaît. Mais ne faites surtout rien de dangereux. Et n'oubliez pas de prendre vos médicaments. C'est très important, les médicaments. Vous avez compris ?

Après l'avoir mise en garde, le docteur Park lui sourit.

Merde, quel sourire rayonnant !

Miri se dit qu'il ferait un bon assistant pour une

bonne enquêtrice, puis elle quitte son cabinet. L'infirmière bourrue la salue d'un bref mouvement de la tête. Est-ce que ça lui arrive de sourire ? Difficile à imaginer… L'infirmière ressemble à une poupée dotée d'une seule expression. Déduction : à moins de remplacer sa tête, pas d'autre expression possible sur ce visage.

Le soleil flamboie dans le ciel. Cela ne déplaît pas à Miri : temps idéal pour porter des lunettes de soleil, accessoire indispensable à tout détective qui se respecte. Miri enfile la paire démodée achetée aux Philippines lors de son voyage de noces, puis descend dans la rue. Aujourd'hui, elle ne coudra pas ces putains d'yeux d'ours. Elle compte faire une pause d'une semaine. Un travail bien plus important, celui d'arrêter Boules de Mulot, l'attend.

Les quatre drôles de dames sont réunies à la supérette Gwangseon. Cheon Yongman, le mari de Jihyeon et patron de la supérette, qui va fêter cette année ses soixante-dix ans, a rejoint ce matin sa colathèque. Comme tous les autres matins d'ailleurs, il est parti vêtu de son costume blanc rehaussé d'un chapeau de la même couleur. Ses chaussures aussi, blanches, bien entendu. Les colathèques accueillent dès le matin une clientèle de vieux buveurs de cola ou de soda, qui n'ont rien à faire de leur journée, hormis boire du soda ou du cola. Elles ferment tôt dans la soirée, au moment où le taux de sucre des vieux commence à chuter. Cheon Yongman prétend qu'il y écoute de la musique, qu'il y danse et qu'il y voit ses potes avec lesquels il partage un verre, de cola. Jihyeon n'y croit pas trop. Elle se doute que son mari rencontre d'autres vieilles. Ses presque soixante-dix ans, bien sonnés, ne l'empêchent pas de se prendre pour un mâle irrésistible. Il continue donc de causer du tort à sa femme, comme il l'a toujours fait.

— Jisuk va mieux ? demande Jihyeon.

— Je suis passée chez elle hier, dit Gyeongja. Elle était allongée et n'arrive toujours pas à se lever. Je lui ai fait un peu de vaisselle et sa lessive.

— Les côtes cassées sont longues à guérir, larmoie Sohui. Ah, ma pauvre Jisuk, j'ai tant de peine pour grande sœur.

— Dis donc, toi, raille Jihyeon, la dernière fois, quand Jisuk a traité Cheoli d'« enfant sans père », j'ai cru que tu allais la tuer.

— C'était différent, se défend Sohui. Là, c'est autre chose.

Sohui a un grand cœur mais quand il s'agit de Cheoli, son fils de deux ans, elle ne laisse rien passer.

— C'est pour ça qu'il faut qu'on l'arrête rapidement, déclare Miri.

— Boules de Mulot ? demande Gyeongja.

— Tu as un plan ? questionne Jihyeon. Comment on y arriverait alors que la police elle-même n'a rien pu faire jusqu'ici ?

— Grande sœur Miri disait qu'il y a des choses qu'on ne partage qu'entre femmes. Je suis bien d'accord. En cherchant bien, on trouvera des indices que la police a négligés.

— Un plan, oui, ajoute Miri en sortant son

bloc-notes. Avant tout, il serait important de résumer ce que nous savons de Boules de Mulot. J'ai pris quelques notes.

Miri dévoile les informations qu'elle a réunies la nuit passée, et le plan d'enquête préliminaire qu'elle a gribouillé sous le titre *Mission Boules de Mulot*. Gravé en couverture, il fait battre son cœur.

— Évidemment, murmure Gyeongja, c'est notre Miri : un as.

— Vous le savez, le surnom de ce délinquant sexuel, Boules de Mulot, vient des témoignages des victimes. Selon elles, son organe sexuel est singulièrement petit. Il est possible que ce soit la cause de ses dérives. Son complexe d'infériorité sexuelle pourrait expliquer ses délits.

L'apparition de Boules de Mulot dans le quartier remonte à deux mois. La première victime a signalé une agression fin mars. Sans être certaine qu'il s'agisse de la toute première, Miri suppose, en comptant large, que Boules de Mulot aurait commencé à fréquenter le quartier début mars.

Au départ, sa méthode était plutôt classique et simple. Il guettait le moment où une femme entre vingt et quarante ans se retrouvait seule, puis exhibait ses mini-parties génitales avant de s'enfuir. Parfois il baissait son pantalon jusqu'aux chevilles, parfois il ouvrait sa fermeture Éclair et libérait son micropénis.

La première victime était sortie jeter un sac-poubelle quand elle a rencontré Boules de Mulot, en pleine nuit. Sur le coup, elle a cru que l'homme habitait la résidence et l'a salué en inclinant la tête. Mais au moment de la relever (sa tête), elle est tombée dessus (son pénis). Épouvantée par ce qu'elle avait sous le nez, elle a balancé sa poubelle et s'est barrée en courant. Les récits de la deuxième puis de la troisième victime étaient à peu de chose près concordants. Ça se passait la nuit, sous un lampadaire. Après les faits, Boules de Mulot quittait le lieu de son crime prestement.

Les trois premières victimes décrivent leur agresseur ainsi : sweat noir à capuche, casquette enfoncée sur la tête et pantalon tenu par un élastique pour un déshabillage efficace. En dépit de la fraîcheur singulière de ce mois de mars, Boules de Mulot porte des habits plutôt légers. Dès lors, la rumeur qu'il habitait la résidence s'est répandue comme une traînée de poudre. La police a basé son enquête sur cette hypothèse.

Or en deux mois elle n'a guère avancé, tandis que les méthodes de Boules de Mulot ont connu une évolution spectaculaire. Ayant observé la rareté des caméras de surveillance dans la résidence, il s'est mis à faire ses apparitions en plein jour. Le périmètre de ses exhibitions s'est aussi largement étendu, jusque dans l'ascenseur et l'aire de jeux. Et bien sûr ses mises en scène sont chaque fois plus audacieuses…

— C'est à partir de ce moment-là que Boules de Mulot est devenu célèbre, explique Miri.

Il ne se contente plus de baisser son pantalon. Désormais, il se masturbe devant sa victime. Si elle crie, il s'enfuit en courant et en continuant de se tripoter. Si elle est plus faible ou plus petite, il s'enhardit à lui toucher la poitrine ou les fesses. En deux mois, l'exhibitionniste s'est mué en criminel sexuel, sans pour autant que ses testicules ne se développent en proportion.

Les faits, une fois connus, ont alimenté la Toile et ses réseaux de nombreux commentaires : Gwang-seon, vieille cité modeste d'un quartier défavorisé, s'est vue affligée du sobriquet déshonorant de « Paradis des pervers ». Mais au moins la gérance de la résidence et la police ont-elles pris conscience de la gravité de la situation. Ils ont enfin commencé à se bouger.

— Le crime évolue. Je veux dire, rien ne garantit que Boules de Mulot ne commettra pas de meurtre sexuel.

Ce n'est qu'une question de temps, se dit Miri.

Les autres hochent la tête pour approuver et Jihyeon ajoute :

— Ils vont installer de nouvelles caméras de surveillance, paraît-il, mais ils n'ont pas encore le budget.

— Si déjà ils réparaient les vieilles, fait remarquer Gyeongja, c'est juste des boîtes vides…

Hormis les caméras à l'entrée de la résidence et celles postées devant les bâtiments, aucune ne fonctionne. Les rares images disponibles sont en noir et blanc, et elles sont si floues qu'il est presque impossible d'identifier les personnes.

— Combien y a-t-il eu de signalements jusqu'ici, grande sœur ? demande Sohui.

— Treize, répond Miri. Treize en deux mois, un record.

— C'est énorme, commente Gyeongja. Je ne suis pas tranquille quand je sors la nuit. Même si, je pense, il ne ferait rien à une matrone comme moi.

— Méfions-nous de ce genre de raisonnement. Ce cinglé ne trie pas. Mères de famille, jeunes filles, personne n'est à l'abri. Cette affaire nous concerne toutes.

— Je sais bien mais…

Son poids est le plus grand complexe de Gyeongja, et aussi sa principale préoccupation. Elle n'est pas toujours prête à le reconnaître mais il affiche pas loin de trois chiffres, en grande partie du fait de sa constitution : des os fermes et solides. Qu'importe, les gens préfèrent penser qu'elle est grosse.

Son premier détracteur, en ce qui concerne son poids, est son mari. Roh Gangsik qui, depuis vingt ans, se nourrit de repas déséquilibrés pris n'importe où, n'importe quand et n'importe comment, et dont le mode de vie est acrobatique, est lui-même bien en chair, pour ne pas dire obèse. Ce qui ne pondère en rien sa méchanceté virulente à l'égard sa femme. Parfois, il lui fait des commentaires avec son accent provincial (de Gyeongsang, sa région natale).

« Toi, il ne faut pas que tu ailles au zoo. Jamais de la vie. Tu sais pourquoi ? Des hippopotames te prendront pour l'une des leurs et te courront après. Que feras-tu alors ? Tu dois être dans le lot des jolies chez eux. Les mâles se battraient pour s'accoupler avec toi… »

C'est quelque chose. De quoi mettre mal à l'aise les témoins de ces déclarations.

Lui, il désire juste créer un sursaut chez sa femme. Mais ces mots sont autant de lames plantées dans le cœur de Gyeongja. Aérobic, fitness et yoga, elle a tout tenté, jusqu'à la natation. Elle a fait le tour des sports amaigrissants mais rien n'a jamais marché. Il lui suffit de boire un verre d'eau pour grossir. La faute à son métabolisme, se défend-elle toujours, et à cette habitude consistant à boire de l'eau par dizaines de litres…

— D'accord, d'accord, dit Jihyeon. On en parlera une autre fois. Mais concrètement, Miri, quel est ton plan ?

— Déterminer, à partir des informations rassemblées jusqu'à aujourd'hui, les endroits où on peut le surprendre. Aller voir les victimes et recueillir leurs témoignages. On en tirera peut-être des détails précieux, qui leur seraient revenus plus tard ou qu'elles n'auraient pas osé raconter aux policiers. Cette constellation d'indices nous aidera sans doute, par déduction, à découvrir l'identité de Boules de Mulot, son adresse, etc.

— Wow ! s'exclame Sohui, salivant devant les explications de Miri. *Par déduction*, ça fait tout de suite important.

— *Par déduction*, oui, bien sûr. Désormais, nous sommes détectives.

— Détectives ? répète Gyeongja.

— C'est quoi détective ? demande Jihyeon avec curiosité.

— C'est une personne qui trouve des coupables

sans être policier. Sherlock Holmes, par exemple, ou Miss Marple.

— Je ne connais ni l'un ni l'autre. Des étrangers ?

— Grande sœur Jihyeon, quand même ! s'indigne Gyeongja. Tu ne connais pas Holmes ? La série télé ? Il y a même des films.

— On n'a déjà pas le temps de regarder le JT ou les séries, alors les films étrangers… Et puis les sous-titres passent tellement vite qu'on n'arrive pas à les lire.

— Je vais te prêter quelques romans, grande sœur. Faciles et intéressants. Conan Doyle, Agatha Christie… Quant à vous autres, je vous donnerai une liste, vous les lirez et de cette manière vous vous habituerez à la *déduction*.

— *Yes !* s'écrie Sohui avec un sourire rayonnant.

— Avec mon petit cerveau, je me demande bien en quoi je serai utile, fait Gyeongja. Bon, on va essayer.

— Tu me prêteras des livres en gros caractères ? demande Jihyeon. Je ne peux plus lire les petites lettres.

— OK, grande sœur. Je te prendrai des livres pour les jeunes avec peu de lettres. Et puis…

Miri marque une pause pour embrasser les trois femmes du regard, un regard lourd qu'elles lui rendent.

— Avant d'entamer notre carrière d'enquêtrices, il nous reste une chose à faire.

— Laquelle ? interroge Gyeongja.

— L'uniforme, répond Miri.

— L'uniforme ? Quel uniforme ?

Miri se lève théâtralement avant la fin de la phrase de Jihyeon et s'écrie :

— Au centre commercial ! Toutes !

Personne, évidemment, ne s'oppose au cap fixé par Miri.

Pour escalader une montagne, des vêtements d'alpinisme sont recommandés. Pour skier, une combinaison de ski, et pour la piscine, un maillot de bain. De même, pour le travail d'enquête, une tenue d'enquêteur. C'est du moins ce que pense Miri, depuis longtemps d'ailleurs.

Une enquêtrice, murmure-t-elle par-devers elle, *c'est quatre-vingts pour cent de style…*

— Quoi ? demande Gyeongja.

Les quatre femmes arpentent les allées de l'hypermarché en poussant chacune un chariot. Elles n'ont pas l'impression d'avoir acheté grand-chose, pourtant leurs Caddies sont déjà pleins. Mais elles n'ont encore choisi aucun vêtement.

— Alors, lance Gyeongja, ces fameux habits ?

Jihyeon devance Miri :

— Ah, voilà un imperméable !

— Pas un imperméable, corrige Miri, un trench-coat. Et de grandes lunettes de soleil teintées. Très sombres.

— Que penserais-tu d'un foulard ? suggère Sohui.

— Bien sûr, un foulard aussi. Un trench-coat et un foulard. Indissociables, comme Holmes et Watson.

À ces mots, les trois autres échangent des regards d'incompréhension. Rien compris, non.

En tout cas, se répète Miri comme une formule magique, *c'est important, l'uniforme.*

Le problème, c'est la saison. Aucune chance de trouver des trench-coats en ce printemps déjà bien avancé. Elles ont beau fouiller tout le deuxième étage, rayon femme, pas de trench-coat. Bientôt, il sera temps de rentrer. Si le couvre-feu de Cendrillon tombe à minuit, le leur arrive à midi : tâches domestiques obligent.

— Laissons tomber, dit Gyeongja qui a faim et qui commence à s'impatienter. Il est tard.

— Non, répond Miri. On ne peut pas.

— Ce que tu peux être obstinée !

— Tu ne m'as pas dit, l'autre jour, que tu avais eu honte de ton vieux jogging en allant à ton cours de boxe ?

— C'est vrai, mais…

— C'est exactement la même chose. Arrêter Boules de Mulot en T-shirt maculé de sauce de kimchi ne serait pas stylé.

— Hum… je vois ce que tu veux dire.

Jihyeon hausse soudain la voix :

— Fadaises ! C'est comme quand mon vieux met ses chaussures blanches pour aller à la colathèque, non ?

Elles doivent être fatiguées d'avoir longtemps marché, pense Miri.

— Grandes sœurs, intervient Sohui, il y a un outlet au dernier étage. On va y faire un tour avant de repartir ?

Étant la benjamine, Sohui est la plus dynamique et aussi la plus positive. Elle coche toutes les cases pour faire un Watson idéal, songe Miri, l'imaginant comme candidate à ce rôle. Sauf si le docteur Park Dojin se proposait. Ce serait encore mieux.

— Alors le dernier, vraiment… d'accord ? dit Jihyeon.

— Bien sûr, promet Miri.

Elle ne pourra pas en imposer plus. Il faut savoir entretenir la pression, mais aussi prévoir des moments de relâche. Ainsi, lors d'une enquête, Kindaichi[1], bien que connaissant le coupable, a perdu un temps précieux dans un bras de fer avec celui-ci. Résultat, des victimes inutilement sacrifiées.

Cette affaire lui a tout de même permis de déclarer avec un accent théâtral : « Le coupable est dans cette pièce. » Ainsi est-il devenu super-détective. Cocasse.

— Là-bas !

Sohui a déniché des trench-coats.

Parfait, se dit Miri en serrant les poings.

Un peu plus tard, les quatre femmes sortent du centre commercial vêtues d'un trench-coat écru et munies de lunettes de soleil.

Miri est satisfaite de leur reflet dans la vitrine : de vraies enquêtrices.

— Waouh ! Grande sœur Jihyeon, tu es encore plus chic que la vraie Jeon Jihyeon.

— La vraie Jeon Jihyeon ? répond celle-ci, bourrue mais visiblement flattée. Je suis née bien avant elle ! La vraie, c'est moi. Et puis ce n'est même pas son vrai nom. Juste un nom d'actrice !

1. Héros de la série de mangas *Les Enquêtes de Kindaichi.*

— Grande sœur Gyeongja, ajoute Miri, les lunettes te vont à merveille.

Gyeongja lui retourne le compliment.

— Tu parles… Quant à toi, tu as l'air tout droit sortie d'un film.

— La plus jolie, décrète Jihyeon, c'est quand même notre Sohui.

— C'est trop chouette de se pavaner avec vous dans cette tenue, se réjouit celle-ci. Trop contente.

Un ange passe puis elles rient toutes en même temps.

— Ha ha ha !

— Heu heu !

— Ha ha !

— Hi hi !

En cette fin mai, toute proche de l'été, ces quatre femmes portant trench-coat, foulard et lunettes de soleil attirent d'autant plus les regards qu'elles rient aux éclats. Mais elles n'ont pas l'air de s'en soucier.

— D'accord, dit Gyeongja, on est stylées. Mais qu'est-ce que j'ai chaud…

— Moi aussi, admet Miri en toute franchise.

— Je dégouline, ajoute Jihyeon en retirant son foulard.

— OK. Restons-en là pour aujourd'hui, propose Miri. Rentrez bien, on se voit à la supérette demain matin. On commencera l'enquête…

Toutes acquiescent. Timide, Sohui demande :

— On porte ce trench demain aussi ?

— Bien sûr ! s'exclame Miri. En quelque sorte, c'est notre uniforme.

— Je comptais le mettre de toute façon. Ça me

donne la pêche. Et puis j'ai l'impression qu'il me rend plus mince.

— Moi, fait Jihyeon, ça m'est égal. De toute façon je suis chez moi.

— Non, grande sœur, toi, tu es notre caution morale. Il *faut* que tu le portes, insiste Miri.

— D'accord, d'accord. Mais… caution morale… quelle drôle d'idée.

Jihyeon cache sa joie, elle excelle dans l'art de se dissimuler derrière des réflexions abruptes, mais les commissures de ses lèvres remontées trahissent son sourire.

— Très bien, conclut Miri. Alors, à demain !

Gyeongja lève discrètement une main.

— Dites, personne n'a faim ? C'est pour bien manger qu'on fait tout ça, non ?

Les quatre femmes entrent dans un restaurant chinois.

Ce soir, Miri attend le retour de son mari qui, comme prévu, rentre pile à l'heure pour son match de foot : deux célèbres équipes anglaises s'affrontent sur le petit écran. Plusieurs rencontres opposant des pays étrangers sont programmées aujourd'hui. À force de subir la passion footballistique de son mari, Miri en est presque devenue une spécialiste… Les soirs comme celui-ci, il reste scotché devant la télé, faisant corps avec le canapé jusqu'à ce que ses yeux deviennent rouges. Le foot est l'unique plaisir de Choi Seungho, éternel chef de section à la veille de ses quarante ans. Et sa soupape de décompression.

De retour chez lui, il retire ses chaussettes, sa chemise, les laisse traîner dans le salon et se jette sur le canapé tel un acteur hollywoodien prêt à jouer le rôle d'un gardien de but. Quand Miri lui demande s'il a déjà dîné, c'est à peine s'il hoche la tête. Les yeux rivés sur l'écran, le corps immobile, seuls ses doigts s'activent, diligents, sur la télécommande.

— Chéri, regarde-moi.

Déterminée, Miri se tient debout devant Seungho. Elle a couché Hyeonji assez tôt. Et ce putain de match de foot se dresse entre son mari et elle. Des Occidentaux – tous la même tête – qui courent frénétiquement derrière un ballon. Pourquoi les gens raffolent-ils de ce genre de spectacle ? Incompréhensible. Mais elle se dit qu'elle doit accepter le hobby de son mari sans trop se poser de questions. Ce qui ne change en rien le fait qu'elle ne l'aime pas.

— J'ai quelque chose à te dire. Regarde-moi un peu.

— Quoi ? Suis occupé moi, répond Seungho distraitement.

— Ce sont les footballeurs qui sont occupés.

— Justement. Je dois les soutenir.

Même pas drôle.

Ces mots montés jusqu'à sa gorge ne sortent pas de sa bouche. Elle les retient, puis retourne dans sa chambre dont elle ferme silencieusement la porte. Là-dessus, elle enfile son trench-coat et chausse ses lunettes de soleil avant de ressortir dans le salon. Au bruit de la porte, Seungho tourne furtivement la tête. Pour la première fois de la soirée, son regard se pose sur Miri :

— Tu vas quelque part ?
— Dès demain je deviens enquêtrice.
— Tu commences un atelier au centre culturel ?
— Je t'ai dit que je deviens enquêtrice.
— Même pas drôle.

Miri cherche quelque chose à lui balancer mais y renonce assez vite. Pas la peine de gâcher son énergie pour cette sorte d'humain.

— Tu es prévenu. Je risque de sortir tard le soir. Je laisserai Hyeonji chez ma mère, ne t'inquiète pas.

— C'est pour devenir enquêtrice ou je ne sais quoi que tu as mis un imperméable ? Au mois de mai ?

— Ce n'est pas un imperméable !

— Ça rapporte de l'argent ? Du riz ? Tu n'as qu'à t'occuper de la maison.

— Ça rapporte de l'argent, oui. Bien plus que ton salaire !

En colère, Miri quitte l'appartement non sans le sac-poubelle qu'elle sort tous les jours. Un feu lui monte à la tête, aussi brûlant que l'air est chaud.

Avant, sans être un chic type, c'était un homme correct… L'homme idéal selon Miri était un type ordinaire, aussi ouvert que simple. Choi Seungho, commercial dans la boîte d'un client, correspondait en tous points à ce profil quand elle l'a rencontré. Ni particulièrement distingué, ni particulièrement compliqué, elle se sentait bien avec lui. Huit ans de mariage plus tard, leur relation s'est distendue comme un vieux T-shirt. Il ignore jusqu'à ses consultations chez le psy (depuis un an) et sa prise d'antidépresseurs.

Si seulement on n'avait pas fait une fille.

Ressassant ce regret jusqu'à l'usure, elle monte dans l'ascenseur. Ras le bol. Tout l'agace. Les gémissements de ce vieil ascenseur l'irritent. L'odeur du sac à ordures l'insupporte. Le fait même de sortir en trench-coat et lunettes noires est intenable.

Le conteneur à déchets alimentaires se trouve dans un coin de parking. Miri s'y dirige en traînant la patte : tongs et trench-coat, quel mariage… Mieux vaudrait rentrer tout de suite sous peine d'être vue par des voisins.

Elle jette son sac et se retourne quand son regard croise celui d'un homme tenant un sac plastique noir. Il porte un T-shirt à capuche et des chaussures de sport.

Le pantalon, bien sûr, un jogging ! L'homme s'arrête net, fait volte-face et se met à marcher vite.

C'est lui !

Elle le sent intuitivement.

T-shirt à capuche, jogging, le geste douteux… tout colle. C'est d'une logique imparable. Un grand détective a dit : « Quand l'intuition et la logique indiquent une même direction, la dernière pièce du puzzle trouve sa place. »

C'est donc lui. Boules de Mulot.

— Attrapez-le ! crie Miri sans même s'en rendre compte.

Sa voix, plus forte qu'elle ne l'aurait cru, l'enhardit :

— Attrapez-le ! C'est Boules de Mulot !

Miri lui court après en hurlant.

L'homme se retourne une fois, lui lance un regard

noir et se met à courir. Ses mouvements sont légers et agiles. Il court vite, ses deux longues jambes prennent appui sur le sol avant de rebondir. Miri court elle aussi, question de vie ou de mort. Elle est surprise par sa propre force. Où la puise-t-elle ? Ainsi que ce milieu de terrain chauve qui poursuit le ballon dans un pays lointain, Miri se précipite derrière Boules de Mulot.

— Attrapez Boules de Mulot ! s'égosille-t-elle à nouveau.

L'homme sort du parking, prend la direction du poste de sécurité. Une belle occasion. Miri crie à tue-tête.

— Monsieur ! Gardien ! À l'aide !

Monsieur Gardien, alias Gwangkyu, ouvre sa porte violemment et bondit hors de sa cage. Il semble un peu étourdi, on dirait qu'il était en train de somnoler.

— Quoi ? Qu'est-ce qu'il y a ?

Miri l'attrape par une main et l'entraîne dans sa course.

— Qu'y a-t-il ?

— Cet homme… là. Non, ce connard. C'est Boules de Mulot.

Miri lui indique le dos de celui qui s'engouffre derrière un petit pavillon.

— Quoi ? Boules de Mulot ?

La voix de Gwangkyu monte dans les aigus.

Il sort son sifflet de sa poche de chemise et siffle de toutes ses forces.

Piiiiiiiiiiiik ! Piiiiiiiiiiiik !

Le bruit strident déchire le ciel étoilé. Quelques têtes passent par les fenêtres.

— Attrapez-le ! s'époumone Miri.

— Attrapez-le ! hurle Gwangkyu dans la foulée.

Tous deux courent en direction du petit pavillon derrière lequel a disparu le présumé Boules de Mulot. Il se trouve maintenant dans la zone sombre séparant le mur d'enceinte de la résidence et son dernier bâtiment. S'engageant dans cette zone mal éclairée, Miri est saisie d'une frayeur instinctive. Là-bas, l'homme s'enfuit en courant, à une distance trop importante pour qu'elle arrive à l'attraper, à moins que quelqu'un ne lui vienne en aide. Pour autant, elle ne renonce pas. Elle ira jusqu'au bout, jusqu'au bout de son souffle, jusqu'à ce que mort s'ensuive.

— Venez nous aider ! crie Gwangkyu.

Peinant à courir, il paraît suffoquer, reste en arrière, de plus en plus. Boules de Mulot file à toute allure vers l'aire de jeux, dont le mur arrière est assez bas. S'il l'enjambe, il sera impossible de l'attraper. L'angoisse monte en Miri. S'il n'était pas si éloigné, elle se jetterait simplement sur lui. Or, à ce moment précis, un curieux son sort de la gorge de l'individu :

— Heok !

L'espace d'une seconde il flotte dans les airs, comme suspendu, puis s'affaisse sur le sol l'instant d'après.

— Aïe !

Il crie de douleur. Fin tragique de Boules de Mulot. Se rapprochant du suspect, Miri jette un coup d'œil vers celui qui, après avoir surgi de l'obscurité, a fait ce croche-pied à Boules de Mulot. D'âge moyen, c'est un homme en tous points ordinaire, un simple voisin. Il lève la main en guise de salutation, puis se retourne et continue son chemin sans un mot.

— S'il… S'il vous plaît…

Elle tente une interpellation, mais il y a plus urgent : Boules de Mulot sur lequel elle se jette avec la sensation d'embrasser dix millions de wons. Gwangkyu la rejoint en courant et, ensemble, ils s'efforcent d'immobiliser Boules de Mulot.

— Merde, pourquoi c'est toujours sur moi que ça tombe ce genre de rôle ? demande Gwangkyu on ne sait à qui.

Des badauds s'attroupent autour de la scène.

— Boules de Mulot ! hurle Miri, à bout de souffle. C'est fini. Je t'ai attrapé.

Il lui est difficile de parler mais pour rien au monde elle n'aurait manqué cette déclaration.

— Je… Je vais alerter la police, enchaîne Gwangkyu, haletant.

— Boules de Mulot ? s'écrie l'homme. Mais je n'ai rien à voir avec ça !

— C'est ce qu'on dit toujours, réplique Miri en lui retirant sa capuche.

Le visage d'un trentenaire apparaît, le nez en sang : il a dû se blesser en tombant.

— Je suis de la police ! Un policier !

— Quoi ?

Un voile blanc passe devant les yeux de Miri.

— Pou… Pourquoi vous vous êtes enfui ?

— J'allais jeter les ordures en cachette. Vous m'avez surpris et puis voilà, je me suis enfui. Vous n'avez qu'à vérifier. Demandez au poste du quartier !

Une douleur monte, qu'enfin elle ressent. Son pied. Elle se rend compte qu'elle saigne du pied. La douleur s'amplifie à la vue du sang. Une tong s'est perdue pendant la course-poursuite, son pied gauche est ensanglanté.

— Ma foi… madame, opine Gwangkyu, il a l'air de dire la vérité. On va le relâcher.

La tête vide, Miri s'affale comme une tente dont on aurait enlevé les piquets.

Une sirène retentit au loin. Suffoquant de colère, l'homme se redresse :

— Vous allez voir ce que vous allez voir. Ah, merde, ça fait un mal de chien !

Son jogging est troué au genou. Il semble qu'il soit pas mal amoché.

Mais quelle idée de se sauver, la tête sous sa capuche ?

Elle aurait envie de lui lancer sa question, mais impossible d'ouvrir la bouche. La tête de son mari, l'air moqueur, surgit dans son esprit. Elle ferme les yeux.

Aujourd'hui, elle n'a pas marqué de but. Excepté contre son camp.

La sirène hurle tout près.

Gyeongja se demande s'il s'agit de son mari, de retour avec l'avertisseur, ce qui serait tout de même bizarre. Le téléphone hurle à son tour.

— C'est moi, dit son époux, je rentre.

Son cœur bat, mais la ligne coupe avant qu'elle

ait le temps de poser la moindre question. La sirène est synonyme d'angoisse pour les femmes de flic. Surtout quand leur mari appartient à une brigade criminelle. Elles se surprennent parfois à craindre le pire.

Peu après, elle entend le bruit lourd de la porte d'entrée. Son mari rentre.

— Purée ! Y a de drôles de bonnes femmes dans cette résidence.

Plaintif, il se déchausse dans l'entrée.

— Pourquoi ? Il s'est passé quelque chose ?

— L'inspecteur Choe… tu vois, celui qui habite dans notre résidence ? C'est un cadet à moi. Figure-toi que quelqu'un l'a pris pour ce… Boules de Mulot… Ce n'était pas une plaisanterie. Pas du tout. Le nez cassé, il est pas mal amoché. La honte… D'où sort cette bonne femme ? Complètement folle, quoi… Elle, une enquêtrice ? Purée, c'est à faire rire un chien errant.

Gyeongja est piquée au vif. Elle avait mis son trench-coat pour le montrer à son mari. Son foulard aussi. Quant aux lunettes noires, elle les a posées délicatement sur son épaisse chevelure permanentée.

Heureusement Gangsik est trop occupé à récriminer pour remarquer la tenue de sa femme. *S'il allait dans la salle de bain, je pourrais me changer…*

— C'est quoi ? demande-t-il tout à coup.

— C'est quoi, quoi ?

Gyeongja se réfugie devant l'évier et se met à laver des assiettes déjà propres.

— Toi, tu es endimanchée. Tu vas quelque part ?

— Où veux-tu que j'aille ? Je me suis amusée à changer de style.

— De style ? Foutaises ! Ton mari meurt de chaud, et toi tu as envie de sortir en manteau ? Des lunettes de soleil ? Un foulard ? Attends… Ça me dit quelque chose… Je viens de croiser cette femme qui… qui porte à peu près la même chose… Cette folle… quand même… toi aussi ?

— Oui, c'est ça ! Moi aussi !

Gyeongja prend vivement la main de son mari dans les siennes qui dégoulinent d'eau et de liquide vaisselle.

— Merde, tu me fais peur ! Toi aussi ? Toi aussi tu es…

— Enquêtrice, oui.

— Enquêtrice ?

— J'en ai envie. Je vais le faire. On va arrêter Boules de Mulot. On peut le faire.

— Fichtre, tu veux dire que tu es comme la foldingue de tout à l'heure ? Vous êtes copines ? D'une même secte ? Tu crois que *enquêtrice* est un jeu ? Que Boules de Mulot se laisserait attraper par des bonnes femmes comme vous ? Arrête ton cinéma et file-moi à bouffer.

Sans plus prêter attention à sa femme, Gangsik entre dans la salle de bain. Gyeongja retire ses lunettes noires et enlève son foulard. Il n'a pas tort. Il a même raison. À quoi elle s'attendait ? Déclarer à son lieutenant de mari qu'elle serait enquêtrice… Tout de même, il aurait pu l'écouter deux minutes, au moins faire semblant. Gyeongja réprime les larmes qui montent. S'il la voyait pleurer, elle aurait droit à d'autres remarques.

— À bouffer ! crie Gangsik dans la salle de bain.

— Oui, j'ai compris.

— Toi, il ne faut pas que tu manges !

À ces mots, Gyeongja qui s'apprêtait à préparer une soupe aux pâtes de poisson change d'avis : elle fait bouillir de l'eau pour des nouilles instantanées. Quant à son trench-coat, elle le garde sur elle. L'enlever serait vraiment trop triste.

L'eau frémit dans la bouilloire électrique.

À l'abri de ce frémissement, Gyeongja pleure un peu.

L'homme 2

L'imprévu surgit toujours au dernier moment.

De nouveau, l'homme prend conscience de cette règle du jeu. Au début, il ne comprenait pas ce qui se passait.

Il y a des bruits, et quelqu'un se met à crier.

Un incendie ?

Non, en fait. Un feu aurait été très embêtant. Des gens en uniforme auraient fait des allers-retours quelques jours. Patienter quelques jours est tout simplement impossible pour lui.

Il a faim.

Sa famine est immense, violente, elle domine ses pensées, elle laboure son cerveau. Ce désir brûlant le pousse constamment dehors. C'est aujourd'hui le jour J. Le jour où, enfin, il apaisera son désir en se rassasiant.

Dès la fin de l'après-midi, il se met en embuscade. Telle une panthère appliquée et patiente, il reste silencieusement assis en attendant le bon moment. Laisser le temps couler lui est très facile. Une fois le soleil paresseux disparu derrière l'horizon, il retrouve son calme. Si tout se passe comme prévu, la proie ne tardera pas à se montrer. Même pas besoin de consulter sa montre.

Mais il faut cet incident. Qu'il éclate.

Le brouhaha se rapproche, de plus en plus, ainsi qu'une force hostile activée pour empêcher son projet.

Non! a-t-il envie de crier. *Surtout pas!* Qu'on ne vienne pas ici. Ici, c'est son terrain de chasse à lui.

Finalement, il a le bon réflexe et s'en sort. S'il n'avait pas suivi son intuition, il aurait eu de sérieux problèmes. Mais il a réglé la situation avec facilité. Puis il a quitté les lieux sans se retourner. Il a bien croisé le regard de la femme qui a provoqué cette agitation, mais pas de quoi s'inquiéter. Il connaît sa valeur. N'est-ce pas LUI-MÊME qui l'en a complimenté ?

D'être tout à fait ordinaire.

D'être non identifiable même quand on le recroise dans la rue.

Il a attendu la fin de l'incident avant de revenir sur ses pas et de reprendre sa position de chasseur. Les hurlements de la sirène résonnent encore dans ses oreilles, ce qui n'est pas forcément agréable, mais il ne peut pas renoncer. Qu'adviendrait-il s'il n'arrivait pas à satisfaire, aujourd'hui, son désir impérieux ?

Heureusement, un peu de temps reste avant le passage de la proie.

Dix minutes, une demi-heure, une heure…

Enfin, 23 heures.

Sa cible rentre du travail le soir, après quoi elle fait

du sport jusque tard dans la nuit. Vers 23 heures, après sa séance d'exercice, elle passe à cet endroit.

La voilà.

La cible apparaît, lointaine. Une femme, à son goût. Jolie, elle éclate de santé et de calme. Il n'aura aucun mal à traîner ce petit gabarit jusque chez lui. Une proie parfaite, en somme. En plus, gracieuse.

Mains dans les poches et écouteurs aux oreilles, elle marche vers lui.

L'allée derrière le bâtiment de la résidence. L'unique lampadaire qui l'éclairait a été éteint par ses soins. Pour la chasse, il préfère l'obscurité. La femme avance à grands pas sans prêter attention aux alentours, peut-être est-elle de nature intrépide ou alors c'est son chemin habituel.

Après son passage, l'homme débouche du local électrique où il était tapi. La femme, sentant une présence, tourne la tête. Il se colle le portable à l'oreille et fait semblant de parler au téléphone.

— Oui, papa est sur le chemin du retour. J'ai pris du poulet. J'arrive.

En effet, un sachet de poulet frit pend à sa main. Camouflage parfait, décor merveilleusement adapté à la circonstance. Un père de famille qui rentre avec le dîner. Ses victimes, des femmes, n'ont jamais eu de soupçon.

Celle-ci ne fait pas exception. Après un bref coup d'œil à l'homme, elle avance à son rythme habituel.

Il presse le pas en simulant toujours sa discussion au téléphone.

— Oui, je suis presque arrivé. Oui, papa aussi a envie de te voir vite.

À l'autre bout du téléphone, le silence. Le silence sombre, abyssal. Un monde où personne ne parle.

Il s'approche farouchement de la femme en écoutant sa propre voix.

Il doit être à deux mètres de la cible. Reniflant quelque chose, la femme pivote brusquement. Mais l'homme, plus rapide, sort une serviette de son sac de poulet frit et la colle sur le nez de la femme. Elle est imbibée de chloroforme.

La femme s'évanouit sans opposer de résistance. L'homme la prend rapidement dans ses bras. C'est un petit corps qui se laisse glisser dans cette étreinte. Décidément une proie idéale.

Il commence à marcher en soutenant la femme. Elle donne l'impression d'être ivre. Lui est l'ami attentionné qui prend soin d'elle. Ou son mari.

« Vous avez une très bonne méthode. Formidable. »

Quand il LUI a expliqué sa méthode de chasse, IL lui a fait ce compliment. Il se sentait comblé d'être reconnu par LUI. Il savait désormais.

Je ne me suis pas trompé.

Je ne me suis pas trompé.

En répétant deux fois, trois fois, l'homme continue de marcher. Le corps de la femme pèse sur ses épaules, une sensation qui l'excite furieusement.

Quatre longs mois d'attente. Cette nuit, il ne dormira pas.

Cette nuit sera longue, très longue.

Plus qu'enivrante.

Une nuit de prédation.

Odeur de terre et parfum de fleurs

Réunies le lendemain, nos quatre enquêtrices n'ont pas l'air très en forme.

Miri, surtout, ressemble à un concombre desséché : elle n'a pas réussi à trouver le sommeil de toute la nuit. Sitôt ses yeux fermés, elle entendait la sirène. Puis le visage du policier la fixant avec dépit surgissait dans son insomnie. Pire encore, son mari l'affligeait de son regard moqueur avec l'air de lui lancer : « Qu'est-ce que je te disais ? »

— Quel fumier, ronchonne Miri à voix basse. Qui jette ses déchets n'importe où… Un flic, en plus.

Jihyeon fait claquer sa langue.

— C'est déjà bien que ça se soit terminé de cette façon. S'il avait déposé plainte, ça aurait été très embêtant.

— Il n'avait pas non plus de quoi se vanter.

— Je n'en reviens pas, qu'est-ce que tu comptais faire toute seule à lui courir derrière ?

— Je n'étais pas toute seule.

— Tu crois que ce monsieur maigrichon aurait pu t'aider ?

Miri pousse un long soupir en guise de réponse.

— Tu t'es donné bien de la peine en tout cas.

Jihyeon va chercher du jus d'orange cent pour cent pur fruit – qu'elle n'a pas coutume de leur servir – et passe la bouteille aux trois femmes. Son visage est fermé, à l'instar de ses amies.

— Vous savez, sort Gyeongja en buvant son jus, *glou-glou*, mon mari ne s'est pas privé de m'aligner avec ses remarques désagréables quand il m'a vue en uniforme.

— Moi aussi, j'ai eu ma part, réplique Jihyeon de sa voix rauque. Humiliée. Vous n'imaginez pas ce que ce vieux con m'a dit.

Tout le monde s'arrête de boire, suspendu aux lèvres de Jihyeon.

— « C'est le début de la sénilité ? », il m'a dit ça.

— Il exagère ! réagit brutalement Gyeongja. Il n'a pas le droit de te dire une chose pareille !

Sa voix résonne dans la supérette comme un coup de tonnerre. Sa propre colère contre son mari y est sans doute pour quelque chose.

— Et toi ? demande Miri à Sohui. Ça a été ?

Celle-ci secoue la tête.

— Je n'en ai pas encore parlé. Je n'avais pas le courage.

Sohui habite toujours chez ses parents. Lors de sa première année d'université, elle a rencontré son ami dont elle s'est retrouvée enceinte, accidentellement. Lui voulait un avortement. Au début, elle pensait comme lui.

C'était une erreur. Une erreur, on peut toujours la corriger.

Mais quand il le lui a dit, elle a senti que quelque chose clochait.

Pourquoi il parle d'une erreur ?

Si c'est une erreur, qui a commis cette erreur ?

Si c'est une erreur, pourquoi cet enfant est-il venu à moi ?

Elle est allée à la clinique en cachette. À l'échographie, une vie pas plus grande que l'articulation d'un doigt était là, tapie dans son ventre. Sohui s'est effondrée. Elle a compris qu'elle allait commettre une grosse erreur. Elle a proposé le mariage à son ami plutôt qu'une IVG. Il lui a opposé un séjour linguistique à l'étranger. Prenant ce départ pour le Canada comme prétexte, il lui a annoncé la rupture :

— Et puis si tu n'avortes pas, tu seras mère célibataire. En as-tu bien conscience ?

En temps normal, Sohui aurait pleuré tout son soûl avant d'essayer de le retenir. Mais ce jour-là, elle est restée étrangement calme et lucide.

— OK. Je préfère être mère célibataire plutôt que vivre avec un enfoiré comme toi.

Au lieu des larmes, elle lui a lancé ça dans la figure. Dans la foulée, elle a arrêté ses études et est revenue vivre chez ses parents. Évidemment, que leur fille partie vivre seule près de l'université leur revienne avec un bébé dans le ventre a été un drame pour eux. Sohui n'a pas révélé le nom du père malgré leurs questions insistantes.

Et Cheoli est venu au monde. Cela remonte à deux ans. Le matin, Sohui coud des yeux d'ours avec les grandes sœurs, la nuit elle est caissière dans une épicerie ouverte vingt-quatre heures sur vingt-quatre. Déterminée à gagner son indépendance d'ici quelques années, elle économise sou à sou, avec pour seul but l'éducation de son fils, comme les autres enfants, sans qu'il n'ait rien à leur envier.

— Bien sûr, tu leur en parleras plus tard, dit Gyeongja qui connaît bien sa situation, en lui tapotant la main.

— On fait quoi maintenant? demande Jihyeon.

— Comment ça, *quoi* ? Au point où on en est, on doit aller jusqu'au bout!

Miri ne veut pas renoncer. Depuis qu'elle est mariée, c'est la première fois qu'elle a envie de faire quelque chose. Rater cette occasion est la garantie de ne jamais revenir de sa dépression, une mare sans fond. Gyeongja va dans son sens :

— Je n'ai pas envie non plus de laisser tomber.

Elle pense à peu près comme Miri. Honnêtement, jusqu'à hier, elle ne croyait qu'à moitié à ce projet. Mais les moqueries de son mari ont ranimé sa volonté d'y contribuer.

— Moi aussi, ajoute Sohui à son tour, j'essaierai de dégager du temps, le plus possible. Du moment que je peux participer avec Cheoli, pas de problème.

— Dis donc, la jeunesse, commente Jihyeon, vous avez la pêche.

— Et toi, grande sœur, lui demande Miri, tu ne te joins pas à nous?

— Et comment! Je vais attraper Boules de Mulot et rabaisser la crête à mon mari! Lui clouer le bec une fois pour toutes!

Gyeongja éclate d'un rire homérique.

— C'est quand même Jihyeon la plus motivée !
Miri demande confirmation :

— Donc, personne n'abandonne. On est bien d'accord ?

Trois hochements de tête lui apportent une réponse positive.

— Mais alors pourquoi suis-je la seule habillée d'un trench-coat ? questionne Miri.

Nulle réaction…

— Combien de fois vous l'ai-je dit ? Ce n'est pas possible ! Ce que vous êtes entêtées.

Gwangkyu paraît sincèrement embêté. Dans son état normal, il a déjà la figure triste, mais la contrariété aggrave cet air chagrin en y ajoutant un je-ne-sais-quoi d'embarras, on dirait même qu'il est victime d'une injustice. C'est à la fois la qualité et le défaut de ce gardien en chef.

— Ce sont des informations personnelles. Je vous le répète, des informations personnelles. Autrefois, on pouvait communiquer ce genre de renseignements, mais de nos jours… ce serait très grave !

— C'est justement pour cette raison qu'on vous en demande un minimum.

— Écoutez, mesdames, restez un peu tranquilles, s'il vous plaît. Quand je repense à la nuit dernière…

Gwangkyu marque une pause avant de poursuivre :

— Je n'ai pas eu de chance hier. C'est arrivé juste avant la relève de mon collègue de nuit. Avec ça, je n'ai pas fermé l'œil… et puis je devais revenir bosser tôt ce matin. Et quelle honte. C'était quand même un peu bizarre… quand même…

Sa langue bien pendue est une autre de ses qualités, et de ses défauts.

— Toute cette agitation, réplique Miri, c'était pour la bonne cause. Mais franchement, c'est la faute de qui ?

— Qu'est-ce qui est la faute de qui ?

— Boules de Mulot. S'il fait tout ce raffut dans notre résidence, c'est la faute de qui ?

— Vous voulez dire que c'est ma faute ? Est-ce que je suis Boules de Mulot ? Moi… enfin… moi j'en ai de suffisamment grosses, vous comprenez ?

— Je ne parle pas de… ça. Pas plus que je ne cherche à critiquer vos…, monsieur le gardien en chef. Le problème, c'est le système de sécurité, vous n'êtes pas d'accord ?

— Euh, effectivement. Vous avez raison.

— Faute de gardiens, vous ne pouvez pas faire toutes les tournées nécessaires. Quant aux caméras de surveillance, elles sont en nombre insuffisant.

— Continuez à me faire vos remarques plus que justes… Déjà que je ne suis pas à l'aise avec ça…

— Alors aidez-nous ! Le mérite d'avoir arrêté Boules de Mulot rejaillira aussi sur vous. Nous ne vous laisserons pas tomber. Qui sait ? Peut-être qu'on parlera de vous à la télé ? Sur le web ?

— Vous croyez ?

— Absolument ! Si vous nous aidez…

Miri fixe intensément Gwangkyu, technique éprouvée qu'elle utilise sur Hyeonji quand elle s'entête. La méthode s'avère aussi efficace :

Gwangkyu baisse lentement le regard et se met à geindre en se grattant le crâne, qu'il a dégarni.

— Je suis embêté. Si le directeur administratif l'apprenait, il en ferait tout un plat.

— On vous demande juste d'appeler les victimes de Boules de Mulot par l'interphone. Dites-leur qu'une nouvelle enquête est ouverte. Demandez-leur si elles accepteraient de nous recevoir. Quand vous avez une réponse positive, vous nous en informez, voilà tout. Votre aide, précieuse, ne sera pas oubliée. Jamais.

— Je vois. Mais… est-ce que je n'aurai pas des ennuis, après ?

Gwangkyu a besoin d'être rassuré. Gyeongja s'en charge avec une formule digne de son titre de diaconesse du temple de Pyeongkang :

— Nous en assumerons la responsabilité. Et vous, vous porterez les lauriers !

— D'accord. Je vais les appeler, je vous tiendrai au courant.

Sa promesse enfin prononcée, les quatre femmes reviennent à la supérette Gwangseon. Il est temps de suivre un cours sur les particularités de Boules de Mulot, dispensé par Mme Gong Miri, grande enquêtrice à l'endurance si incroyable qu'elle peut supporter un trench-coat sous une chaleur étouffante d'été.

— Selon les quelques centaines de livres que j'ai lus…

Miri marque une pause pour embrasser son audience du regard. Trois personnes seulement, mais Miri trouve que parler devant les autres n'est pas désagréable.

— … Boules de Mulot est un poltron, une poule mouillée.

— C'est évident, non ? intervient Gyeongja.

— La réponse est justement dans cette évidence, opine Miri.

Les *quelques centaines de livres* sont en fait des romans policiers, pour la plupart. Tant qu'elle n'était pas enquêtrice, son seul plaisir consistait à lire des polars. Elle y rencontrait des criminels de toutes sortes, des cambrioleurs ingénieux, d'atroces meurtriers… les plus atroces, même.

— Dans ces livres, le personnage principal n'est presque jamais un délinquant sexuel.

Sohui donne son avis :

— Ça me semble plutôt logique. Un délinquant sexuel, comment dire, c'est un peu mesquin pour un personnage principal. Ça fait médiocre.

— Exactement. C'est en général comme ça que les délinquants sexuels sont perçus dans notre société : ce sont des êtres médiocres ! Perception qui n'est pas sans fondement, d'ailleurs.

— Mon mari dit à peu près la même chose. Boules de Mulot aurait un complexe sexuel.

— C'est ce que je pense moi aussi. Boules de Mulot n'est certainement pas capable de mener une vie sexuelle normale. Soit il n'arrive pas à bander, soit, comme disent les témoins, il a un tout petit truc. D'où son complexe. Ou alors les deux causes sont mêlées…

Feuilletant la collection de *Sherlock Holmes*,

une édition jeunesse que Miri lui a prêtée ce matin, Jihyeon lui demande :

— Comment est ce Boules de Mulot, d'après toi ? Un détraqué ? Un pervers ?

— Très bonne question. J'allais y venir. Qu'il soit impuissant ne relève pas de la déduction… et n'a aucune importance. Ce qui compte, c'est l'influence de son handicap sexuel sur sa personnalité. Pour la déterminer nous allons réexaminer les informations réunies jusqu'ici.

— Quelles informations a-t-on réunies ? demande Sohui.

— Son truc minuscule, sa petite taille, sa maigreur… un gringalet, quoi. Il doit avoir un caractère réservé, pas très bavard. Son entourage n'imagine certainement pas qu'il est obsédé sexuel. Il est probablement très banal, voire transparent. Mais malgré son manque de présence les gens le trouvent sûrement doux et gentil.

— Flippant, commente Gyeongja. Ce serait un calme, un type ordinaire comme on en croise partout.

— Pas ordinaire, non, un monstre calme. Considérer qu'il y a des types comme lui partout revient à réduire ce genre de comportement à un dérapage banal. Or il s'agit bien d'un crime, qui doit être puni par une peine appropriée. Montrer son zizi à des femmes et se masturber, ce n'est pas un simple harcèlement sexuel, c'est une violence sexuelle. Elle peut évoluer vers bien pire.

— Apparemment c'est ce qui se passe, hein ? demande Jihyeon. J'ai entendu dire que les pervers deviennent chaque fois de plus en plus hardis.

Miri hoche la tête.

— Oui, de récentes études le confirment.

— Mince, pourquoi ces ordures restent impunies, même par le Ciel ? Tellement de salauds devraient crever… être châtiés… mais ils se promènent dans la nature comme si de rien n'était !

— On n'a qu'à attraper Boules de Mulot, réplique Gyeongja, et le châtier nous-mêmes à la place du Ciel.

— Qu'est-ce qu'il peut bien faire comme métier ? enchaîne Sohui.

— Pas un travail fixe, à mon avis. Sinon, il ne pourrait pas opérer à n'importe quel moment de la journée : l'après-midi… en pleine nuit. Sans doute un petit job ou un travail journalier. En tout cas, il doit avoir un travail et une vie sociale. Sans quoi il pratiquerait la perversité d'une manière plus intime. Le fait qu'il l'affiche dénote une certaine sociabilité. Un solitaire pas tout à fait déconnecté de la société.

— Compliqué, dis donc, murmure Jihyeon. Comment trouver un individu qui colle à ton portrait-robot ?

— Compliqué, oui. Mais pas impossible. Un type, la vingtaine, petit, maigre. D'un caractère calme, vivant de petits jobs, sans travail régulier. Voilà à peu près à quoi on peut le résumer. Mais on peut aussi ajouter un autre élément, à mon avis assez significatif, à ce portrait. La police n'y a pas pensé.

— Un dernier élément ?

— Boules de Mulot n'habite pas notre résidence

depuis longtemps. Il me semble qu'il y habite depuis ses premiers délits. Ou plutôt, depuis qu'il habite ici, il a commencé ses activités criminelles. On devrait donc chercher un type louche parmi ceux qui ont emménagé en mars. C'est à ce moment que Boules de Mulot a fait ses premières apparitions. Vous savez, les types qui viennent s'installer ici ne sont pas si nombreux !

— Hein ? s'exclame Gyeongja. Comment peux-tu en être aussi sûre ?

Miri réfléchit un moment.

Comment l'expliquer ?

Si je leur dis simplement que c'est une intuition, elles vont certainement ne pas me prendre au sérieux.

La nuit précédente, ne trouvant pas le sommeil, elle a examiné quantité de documents sur Boules de Mulot. La plupart étaient des articles du web. Pendant qu'elle les lisait et relisait, le profil de Boules de Mulot se dessinait dans sa tête. Un archétype qui ne semblait pas un être de chair et de sang, mais ni plus ni moins un personnage de fiction, un pervers dans un film ou une BD.

Puis elle est tombée sur l'interview d'une victime. Rien de particulièrement intéressant si ce n'est les derniers mots de ce témoignage, qui l'ont marquée.

« Il s'est figé, il avait l'air tendu, et il s'est enfui. »

La victime a rencontré Boules de Mulot début avril. Elle est donc l'une des premières. Selon elle, Boules de Mulot a surgi de derrière un lampadaire cassé. Il allait sortir son pénis quand il a subitement croisé le regard de cette femme. Alors il s'est figé, il a eu l'air tendu, et il s'est enfui.

Tendu.

Ce mot lui est resté dans la gorge comme une arête.

Pourquoi étais-tu tendu? a-t-elle demandé à Boules de Mulot.

Aucune réponse ne lui est parvenue mais son profil impeccable d'obsédé sexuel s'est soudain craquelé. Boules de Mulot était en fait un être humain, vivant. Bingo, elle avait pigé. Fin mars, à l'arrivée de la douceur printanière, Boules de Mulot a fait ce truc – sortir son pénis devant une femme – pour la première fois de sa vie.

Blanc-bec, c'est normal d'être tendu les premières fois, pas vrai?

Une autre question restée sans réponse.

D'après ce que rapporte Gyeongja, la police a mené en priorité une enquête auprès des hommes ayant un casier judiciaire et habitant dans le quartier. D'après leurs conclusions, il ne pouvait pas s'agir d'un délinquant primaire. Sans doute à cause de sa hardiesse et de son habileté. Pourtant…

S'il semble hardi et habile, ne serait-ce pas justement parce qu'il n'a pas d'expérience?

Miri en est arrivée à cette hypothèse. À ce stade de sa réflexion, une autre intuition a frappé son esprit.

Dans ce cas, qu'est-ce qui a poussé Boules de Mulot à commencer ces délits?

Le penchant pervers n'aurait pas explosé tout seul. Comme un volcan, ça devait bouillonner au fond de son âme, et puis un jour un motif quelconque l'aurait déclenché. Quelque chose a appuyé sur le déclencheur.

Si ce quelque chose avait été le système de sécurité déficient ? Les caméras de surveillance qui ne fonctionnent pas, les lampadaires cassés, les ascenseurs miteux et les aires de jeux peu fréquentées ?

Il est possible que Boules de Mulot ait pris le chemin de la délinquance sexuelle à son arrivée dans la résidence de Gwangseon si délabrée et si mal sécurisée.

Dans un endroit comme celui-ci, ça peut se faire, hein ?

Elle imaginait nettement Boules de Mulot qui, le cœur excité, inspectait les coins et recoins de la résidence.

— … Voilà pourquoi j'ai pensé qu'il venait d'emménager ici, conclut Miri après l'exposé de son intuition. Son côté pervers s'est révélé au moment de son emménagement.

— Ouah…, fait Gyeongja. Il faut donc trouver qui a emménagé ici, et quand. Puisque ça commence fin mars, on se fixe une marge et on cherche les nouveaux arrivants depuis janvier ?

Miri hoche la tête et ajoute :

— Il doit être arrivé entre janvier et mars. Les gens déménagent peu en hiver, alors il ne doit pas y avoir grand monde.

— J'ai bien peur qu'ils ne nous lâchent pas ces informations, s'inquiète Jihyeon.

— On va faire la demande à la gérance ou à Gwangkyu. S'ils refusent, on fera la tournée des délégués de chaque escalier. Mais attendons d'abord les nouvelles du chef de la sécurité, résume Miri. Rencontrer les victimes est plus important.

— J'espère qu'il va se grouiller, cette fois-ci. Il n'est tellement pas doué, ce chef… tss…

Après avoir fait claquer sa langue, Jihyeon commence à lire *Le Chien des Baskerville*. Ses lunettes de lecture sur le nez, elle fait penser à Miss Marple plutôt qu'à Sherlock Holmes.

— Bien, déclare Miri pour terminer son cours magistral. En dernier lieu, on va distribuer les missions.

— Tu as raison, dit Gyeongja. Débarquer à nous quatre chez les victimes ferait un peu lourd.

— Voilà. Pour cette raison j'ai pensé que grande sœur Gyeongja et moi on se chargerait des entretiens pendant que grande sœur Jihyeon et Sohui s'occuperaient de l'analyse des caméras de surveillance.

À ces mots, Jihyeon lève la tête de son livre.

— C'est quoi l'analyse de caméras de surveillance ?

— C'est l'examen des enregistrements au poste de sécurité, pour comprendre le comportement de Boules de Mulot. Par exemple, vous noterez l'heure et l'endroit de ses apparitions.

— Ça marche, grande sœur. Comme je n'ai pas beaucoup de temps, je pense que cela me conviendra tout à fait.

— Eh bien moi aussi, mon hobby est de regarder la télé. Ça doit être à peu près la même chose.

— Grande sœur, demande Miri à Gyeongja, ça va aller pour toi, les entretiens ?

— C'est toi qui poses les questions, dis ?

— Oui.

— Dans ce cas, OK pour moi.

— Très bien. On attend la réponse du chef de la sécurité. Et on commence demain. Si tout se passe bien, bien sûr.

— C'est fini pour aujourd'hui ? questionne Gyeongja.

— Pour aujourd'hui, oui.

— Eh bien… on va aller déjeuner !

Personne ne s'oppose à la proposition de Gyeongja, mais Miri bondit de sa chaise.

— Tu ne veux pas manger ? l'interroge Gyeongja, yeux écarquillés. Tu vas quelque part ?

— Non, non. C'est juste que j'enlève mon trench-coat. Je cuis là-dedans.

Le soir même, Gwangkyu, gardien en chef, appelle Miri. D'abord il présente ses excuses pour son appel tardif : s'étant endormi après son service, il n'a pas été en mesure de l'appeler plus tôt, etc. Ceci étant dit, il la contacte pour annoncer plutôt de bonnes nouvelles.

— Je vous ai trouvé trois personnes. Elles acceptent de vous rencontrer demain mais m'ont demandé qui vous étiez, et quel était le cadre de votre enquête. J'ai sué, mais je me suis débrouillé pour leur répondre : c'est le comité des résidents, je leur ai dit. Je craignais des problèmes plus tard si je leur disais que c'était une association de femmes…

— Oui, l'interrompt Miri, je vois.

Gwangkyu parlerait sans jamais s'arrêter si elle ne le coupait pas.

— Merci infiniment, en tout cas. Je passerai au poste demain matin. Et vous me donnerez le bâtiment et les numéros d'appartement.

— Comme vous voudrez. Mais êtes-vous sûre de vouloir le faire ?

— Quoi donc ?

— Arrêter Boules de Mulot. Je vous ai vue l'autre jour, je vous ai trouvée vraiment courageuse, mais ce n'est pas une affaire anodine. C'est un criminel, vous voyez ? On dit qu'il les a toutes petites, mais il n'en reste pas moins un homme. Je ne sais pas comment vous allez vous y prendre mais je m'inquiète pour vous. Moi, c'est vrai, ça m'arrangerait qu'il soit arrêté, n'importe comment. J'aurais moins d'occasions d'être critiqué.

— Merci de vous soucier de moi.

Gwangkyu n'est peut-être pas si irresponsable que ça, pense Miri. *Même s'il est un vrai moulin à paroles*.

— On fera attention, promet Miri. On a toutes une famille.

Sur ce, elle raccroche.

Elle entend vaguement la télé qui criaille depuis le salon : un match de foot. Le bruit d'un ventilateur lui parvient, elle pense à son mari, allongé sur le canapé comme un éléphant de mer. Elle se sent oppressée. Son cœur bat la chamade et une migraine lui monte à la tête. Elle réalise qu'elle n'a pas pris ses médicaments de toute la journée.

Elle attrape la boîte restée au fond d'un tiroir et avale ses comprimés sans eau. L'idée de les avoir pris l'aide à se sentir mieux. La dépression et l'angoisse la happent sans préavis. C'est un peu moins fréquent que durant la période où elle allait très mal, mais elle ne s'y habitue pas. Toujours pas. Comme on ne s'habitue pas aux intrus qui se pointent chez vous sans sonner.

Les symptômes de sa dépression sont apparus il y a un peu plus d'un an. Au début, elle se croyait tout bonnement fatiguée. Sans force et sans envie, de rien. Se lever le matin pour s'occuper de sa fille et de son mari était difficile à en mourir. Elle a bien tenté de vieux compléments alimentaires abandonnés dans un placard, mais ils n'ont pas amélioré son état.

À peu près à la même période, l'insomnie a commencé. Cette satanée dépression formait un couple uni avec la maudite insomnie, un mariage sous la communauté de biens, à la vie à la mort, un duo cruel de première classe. La dépression l'empêchait de dormir, et, par la faute du manque de sommeil, elle s'enfonçait dans la dépression. Faute de mieux, elle est allée acheter des somnifères à la pharmacie. Un jour, elle s'est rendu compte qu'elle était en train de vider la moitié du flacon dans sa bouche. C'est vers cette période qu'elle a commencé à consulter un médecin.

Bien sûr, d'autres choix étaient possibles. Le suicide paraissant la solution le plus efficace. Terminer sa vie nettement, proprement. De toute façon, traîner sa médiocrité derrière soi conduit rarement à des jours meilleurs. C'est ce qu'elle pensait. Elle n'a tenu que pour sa fille.

Sans sa fille, elle aurait quitté la vie il y a longtemps,

ou elle aurait tué quelqu'un. Probablement son mari. Enfin peu importe, elle aurait tué quelqu'un.

Miri regarde l'heure. 20 heures. Il n'est pas si tard. Elle hésite un moment puis compose un numéro.

Certes, il lui a dit de l'appeler en cas de besoin, mais c'est bien la première fois.

— Allô, répond aussitôt le docteur Park.

— Bonsoir, docteur. C'est moi, Gong Miri. Elle se présente après une longue inspiration.

— Ah ! Madame Gong Miri.

Il y a de la joie dans la voix de Park Dojin.

— Je suis désolée de vous appeler après la fermeture de la clinique. Mais je me sens un peu oppressée. Et je n'ai personne à qui parler.

— Vous avez bien fait. En réalité, je suis toujours à la clinique. J'attends un rendez-vous. À vous entendre, vous avez oublié de prendre vos médicaments, n'est-ce pas ? Ha ha.

Il a vu juste. Miri ne sait pas quoi lui répondre. En bon psychiatre, le docteur Park Dojin lance parfois des mots qui se plantent en plein cœur. Et il le fait en riant, comme si de rien n'était. Dénués de méchanceté, ses rires ont la vertu de faire rire Miri elle aussi.

— Si je prends des médicaments, je me sens vaseuse. Je vous ai parlé de mon activité d'enquêtrice, n'est-ce pas ? Je m'y mets, à fond. Alors j'ai besoin de cent pour cent de ma tête.

— J'ai du mal, en tant que médecin, à voir mes patients souffrir parce qu'ils négligent leur traitement. Cela dit, je suis d'accord pour que vous fassiez ce dont vous avez envie. Mme Gong s'en sortira bien, j'en suis certain.

— Je vous remercie. De votre encouragement. Dans mon entourage on essaie plutôt de me retenir.

Et même… on se moque carrément.

— Une fois que vous aurez arrêté le coupable, Boules de Mulot ou de machin, le regard des autres sur vous changera du tout au tout. Vous vous sentirez mieux.

— Puisqu'on parle de Boules de Mulot, comment peut-il être si insaisissable ? J'ai vu pas mal d'obsédés, au collège ou au lycée, qui étaient plutôt des demeurés. Boules de Mulot lui aussi doit être assez médiocre, mais il y a quelque chose de différent.

— Peut-être qu'il a rencontré le Diable au carrefour ?

— Le Diable au carrefour ?

— On dit que, si on rencontre le Diable au carrefour, il nous donne un talent exceptionnel en échange de notre esprit. Je vous dis ça parce que vous supposez un talent particulier à Boules de Mulot.

— Justement, est-ce que ça ne le rendrait pas encore plus dangereux ?

Miri pose la question qu'elle n'avait pas osée jusqu'ici. Elle n'en était pas certaine. Aucune raison d'affirmer qu'il ne portait pas un petit couteau dans sa poche. *Si jamais… Si jamais Boules de Mulot se précipitait sur vous, une lame à la main.* D'y penser lui donne le vertige.

— Ce n'est pas la dangerosité qui vous donne envie d'y aller, non ? demande Park Dojin.

Cet homme me connaît mieux que moi-même.

— Je ne suis pas un médecin tout à fait conventionnel. Du moment que c'est efficace, je suis favorable à toutes les méthodes qui mènent à la guérison de mes patients. Alors c'est peut-être dangereux, mais si ça peut vous aider à améliorer votre état, à vous débarrasser de votre dépression, je vous le conseille sans hésiter. Et puis au fond, y a-t-il des choses qui ne soient pas dangereuses dans la vie ? Ha ha.

— Vous avez raison. Il n'existe rien qui ne soit pas dangereux. Être médecin psychiatre aussi, c'est dangereux ?

— Sans doute. Si on ne fait pas suffisamment attention, on peut se faire bouffer la tête par les monstres que sont nos patients.

Sa dernière phrase donne la chair de poule à Miri.

Serais-je juste un monstre aux yeux du docteur Park ?

Elle secoue la tête, c'était une idée idiote. De toute façon, tout n'est qu'illusion. Une femme détective dépressive-décadente, ça n'arrive que dans les polars. Une romance entre cette détective et son psychiatre serait une intrigue bas de gamme, même pas digne d'un roman.

— Je vois. En tout cas, d'avoir parlé avec vous m'a bien aidée à me calmer. Merci. Au revoir…

Elle s'apprête à raccrocher quand elle entend la voix du docteur Park.

— Attendez !

— Oui ?

— Appelez-moi quand vous voulez. Je serai toujours disponible.

— Merci. C'est noté, répond Miri en s'efforçant de calmer sa respiration accélérée.

— Et puis, ajoute le docteur Park, ne vous inquiétez pas.

— De quoi ?

— Pour moi, vous n'êtes pas un monstre. Donc pas d'inquiétude.

Miri raccroche sans répondre. Son cœur se met à battre, mais pour une autre raison que plus tôt.

— But !

Le cri de son mari retentit depuis le salon.

Bon sang, mais quel imbécile.

Elle pense à Boules de Mulot. Parfois son esprit digresse vers le docteur Park et ce n'est pas désagréable du tout.

Le visage de Gwangkyu rayonne, rieur. Sa mine est plus fraîche que celle de Miri et de Gyeongja qui viennent de terminer la bataille matinale consistant à organiser le départ de leurs enfants et de leur mari.

— Vous avez bonne mine. Après seulement un jour… À cette remarque de Gyeongja, il rit de nouveau.

— J'ai un horoscope de dingue ce matin. Je suis censé rencontrer une personne qui me portera chance. J'ai acheté une moto pour ça, au cas où. Et mon petit doigt me dit que cette fois-ci, c'èst la bonne. Demain matin, je ne serai peut-être plus là ! Ha ha !

— Si je pouvais prendre la vie avec autant de légèreté que lui, murmure Jihyeon. Pourquoi faut-il que je me laisse distraire par mon cerveau ? Zut.

Gyeongja pouffe.

— Cette personne, c'est nous. Puisque vous faites une bonne action en notre faveur, c'est votre jour de chance ! Nous sommes votre porte-bonheur.

À cette réplique de Miri, le visage de Gwangkyu redouble de rayonnements.

— Si vous êtes bien les bonnes personnes, alors ça veut dire que vous allez l'attraper, Boules de Mulot ? Comment on doit vous appeler, vous quatre ? Avez-vous un nom, du genre… *team* Avengers ?

— Puisque vous en parlez…, répond Gyeongja, c'est vrai que nous n'y avons jamais pensé. Nous sommes juste *nous*.

Jihyeon commente à son tour :

— Un nom ? Ridicule ! Nous sommes de simples mères au foyer. Jouer aux enquêtrices n'est qu'un passe-temps, vous comprenez ? Pas la peine d'en faire toute une histoire.

— Il vous faudrait quand même un nom, vous ne pensez pas ? Vous ne diriez pas juste… on est enquêtrices pour le fun ? Vous n'êtes pas d'accord ?

Il n'a pas tort. Hier soir, après ses conversations téléphoniques avec Gwangkyu, puis avec le docteur Park, Miri a réfléchi à leur identité. Car… toute activité officielle requiert un nom. Quelque chose comme « Comité de Gwangseon pour l'arrestation de Boules de Mulot ». Au moins ça.

— Monsieur le chef de la sécurité a raison. D'ailleurs, j'y ai moi-même pensé. J'ai réfléchi à nous trouver un nom adapté.

— Dans ce cas, propose Jihyeon, que diriez-vous de « Comité de la supérette Gwangseon pour l'extermination de Boules de Mulot » ? « Gwangsuboule », en abrégé. Après tout c'est notre supérette qui sert de QG et fournit même les boissons.

N'étant pas tout à fait sûr que Jihyeon plaisante, Gwangkyu se retient de rire.

— Le nom, donc…, murmure Gyeongja. C'est vrai, ça peut être important. Comme pour les enfants.

— Eh bien, grandes sœurs, que diriez-vous de… Restée silencieuse jusqu'ici, Sohui ouvre la bouche.

Tous les regards convergent vers elle. Intimidée, elle baisse la tête.

— Vas-y, l'encourage Gyeongja. Dis-nous ! On a même eu Gwangsuboule, alors…

— C'est tout pourri ! s'écrie Jihyeon.

— Et si…, reprend Sohui, on disait tout simplement « Section des enquêtrices mères au foyer ».

— Section des enquêtrices mères au foyer ? répète Gyeongja.

— Oui. Facile à prononcer. Et enquêtrice n'étant pas encore une profession reconnue dans notre pays, y ajouter « mères au foyer » affirme notre côté amateur. Et puis, c'est aussi notre identité.

En dépit de son caractère humble et doux, Sohui a les idées bien tranchées. Elle est aussi logique. Issue d'une université réputée de Séoul, c'est une figure d'élite. Son apparent manque de confiance en elle est surtout lié à la vie dure qu'elle mène. Mais Miri pressent qu'elle sera d'une grande aide dans l'enquête.

— Section des enquêtrices mères au foyer, déclare Miri. Moi, j'aime bien. De prime abord, ça peut paraître un peu puéril, mais à force de se le répéter… C'est vrai, pas mal. Si grande sœur Jihyeon est d'accord, va pour Section des enquêtrices mères au foyer.

— Je préfère « Section des belles femmes enquêtrices »…

— OK. On va dire que grande sœur Jihyeon est d'accord !

— Tout pourri !

Ainsi la Section des enquêtrices mères au foyer vit-elle le jour, en toute spontanéité.

— Il conviendrait de célébrer cette naissance, intervient Gwangkyu sur le ton d'un agent. Mais d'abord, faites le tour de ces appartements.

Miri jette un œil sur la liste que lui remet Gwangkyu. Appartement 403 du bâtiment 2, appartement 506 du bâtiment 4 et appartement 110 du bâtiment 7. Seules ces trois personnes, parmi les nombreuses victimes, ont accepté la visite de la Section des enquêtrices mères au foyer. Il leur reste donc encore des choses à dire.

— Notre chef de la sécurité a fait un bon travail. Passez à la supérette quand vous aurez du temps, je vous offrirai quelques sachets de nouilles instantanées.

— Ça marche ! Bonne chance.

— Sohui et moi, on n'ira pas…

À cette sortie de Jihyeon, le visage de Gwangkyu s'assombrit, et pour la première fois depuis ce matin il affiche cette mine embarrassée si caractéristique de sa personne. Enfin, on le reconnaît. Enfin, il ressemble à lui-même.

— Pardon ? Que voulez-vous dire…

— On va rester ici pour analyser les enregistrements des caméras de surveillance. Notre mission est une vérification de… la présence de gens douteux sur les vidéos, dans la période d'apparition de Boules de Mulot.

Son air chiffonné toujours collé à la figure, Gwangkyu se retourne vers Miri. *Nous n'avions pas parlé de ça !* semble-t-il lui faire remarquer. Miri attrape Gyeongja par le bras et l'attire à l'extérieur. Quittant son poste, elle lance un dernier commentaire sans même se retourner :

— Les agents de sécurité ont le devoir de montrer les enregistrements des caméras de surveillance à la demande des résidents.

— Madame ! Mais c'est…

Miri et Gyeongja disparaissent dans la lumière du jour sans rien vouloir entendre.

Leur première visite est pour la femme au foyer vivant dans l'appartement 403 du bâtiment 2. Elle a croisé Boules de Mulot début avril, c'est-à-dire à peu près au début de cette affaire. Quand elle est montée dans l'ascenseur, un homme a sorti son pénis devant elle.

— Bon sang, je vous jure ! Rien à voir avec les exhibitionnistes qui nous tombaient dessus dans la rue à l'époque du lycée. Quand on était ado, c'était dégoûtant, mais c'était aussi intrigant. Seulement, arrivée à l'âge où on connaît les choses de la vie, ça vous donne la chair de poule. Une trouille pas possible. Quand j'ai raconté ça aux policiers, devinez ce qu'ils m'ont répondu ? Ils m'ont dit : « Qu'est-ce qu'il y a de si effrayant là-dedans pour une dame de votre âge ? » Après ça, je ne leur ai plus adressé la parole. J'ai bien compris qu'ils ne comprendraient rien. Rien de rien.

Gyeongja semble un peu gênée mais elle continue de hocher la tête avec empathie.

— Vous deviez mourir de peur. À votre place j'aurais perdu connaissance.

— Évidemment ! Qui n'aurait pas eu peur ? Et vous savez ce que m'a dit mon mari ? Lui, il m'a dit : « Qu'est-ce que tu as attendu pour donner un coup de pied sur le truc de ce cinglé ? » Franchement, vous croyez qu'on a la présence d'esprit de faire ça, sur le moment ? Quand on ne sait pas ce qui va se passer l'instant d'après ?

— Ces actes pervers sont trop souvent pris à la légère, déplore Miri. Alors qu'ils sont traumatisants. La frayeur vous saisit. Et ça reste douloureux.

— Pfiou, qu'est-ce que ça fait du bien de parler avec des gens qui vous comprennent ! Enfin ! J'en ai été malade, vous savez. Le corps a réagi, quoi, pour évacuer cette pression. Mais je ne pouvais en parler à personne. Pourtant *je suis* la victime. Seulement j'avais l'impression d'être l'idiote dans cette affaire !

— Eh ben, vous avez dû beaucoup maigrir.

— Curieusement, non. Rien perdu. Le poids résiste à tout, vous savez. Je l'ai compris grâce à cette histoire. C'est tenace, le poids…

— Avez-vous déjà fait votre déposition ? l'interrompt Miri afin de remettre sur les rails la conversation qui prend une drôle de tournure, au moins concernant le physique de l'agresseur. Avez-vous d'autres choses à signaler ? N'importe quoi. Des détails dont vous vous souvenez…

— Hum…, fait la victime, réfléchissant pendant un court moment.

Elle relève la tête en poussant un « Ah ! ».

— Oui, ça sentait la terre !

— La terre ?

— L'odeur de la terre après la pluie. Il sentait cette odeur, oui. Je me le suis rappelé après coup. Parce que vous comprenez, depuis, à chaque fois qu'il pleut, ce jour me revient. C'est dur.

— Une odeur de terre, vous dites…

Qui peut s'avérer un indice important.

Miri et Gyeongja saluent le témoin et quittent son appartement. Elle les remercie, leur dit combien elle se sent mieux après leur échange, les remercie encore.

— Interroger les femmes victimes de crimes sexuels est délicat… Mon mari lui-même me l'a dit.

Avançant dans le long couloir, Gyeongja ouvre la bouche :

— Les flics hommes ne savent pas y faire dans ce genre de situation. S'il y avait plus de femmes dans la police, ça arrangerait bien des choses. Parce que pour le moment… la police n'y entend rien. Je suis désolée pour celles qui, comme elle, sont victimes.

— Tu sais, répond Miri, je n'ai jamais pensé que c'était la faute du papa de Yunmi.

— Merci.

Gyeongja sourit en silence.

Les deux amies sortent du bâtiment 2 et se dirigent vers le bâtiment 4. Elles ne sont pas restées longtemps chez la première victime, mais entre-temps la chaleur a redoublé. Cet été caniculaire semble se préparer à une course. Sous peu, la chaleur filera vers sa ligne d'arrivée en renouvelant chaque jour son record de température. *Il vaut mieux boucler cette enquête avant*, songe Miri en comptant les jours dans sa tête.

— Comment va Jisuk ? demande-t-elle.

— Rentrée de l'hôpital. Mais elle souffre encore pas mal. Elle est jalouse de la Section. Qu'on s'affaire autour de Boules de Mulot sans elle l'attriste. Elle aurait aimé participer à notre enquête.

— Et son chien enragé de mari ?

— Apparemment calmé. Classique. Après une connerie, ça s'écrase pendant un mois ou deux.

— Il faudra résoudre notre affaire avant. Parce que la prochaine fois, sa rage sera pire !

— Tu as raison.

Elles entrent dans le bâtiment 4 en s'éventant de la main. Miri jette un coup d'œil à la caméra de surveillance à l'entrée. Elle est curieuse de savoir si elle enregistre. Elle s'apprête à agiter la main mais y renonce car l'objectif est tourné dans l'autre sens.

— Voilà pourquoi ça ne va pas, murmure Miri en montant dans l'ascenseur.

Gyeongja s'essouffle déjà. La porte se referme. Tomber sur un pervers sexuel dans un espace si exigu doit en effet déclencher un sentiment de terreur extrême. Les hommes n'imaginent pas à quel point.

La deuxième victime, appartement 506, est étudiante. Elle a rencontré Boules de Mulot en rentrant chez elle. Toujours dans ce putain d'ascenseur.

Miri et Gyeongja sont reçues par la victime et sa mère. Le visage de l'étudiante est très sombre. L'accident est relativement récent, début mai. Elle semble encore sous le choc. Les cheveux mal peignés et le vernis à ongles écaillé, elle donne l'impression de ne pas être sortie de chez elle depuis un moment.

— On a décidé de collaborer avec vous, dit la mère, un peu nerveuse, parce que vous enquêtez sur cette espèce de cinglé. Mais vous êtes toutes des femmes ? Pourquoi ? D'où venez-vous ?

— Nous résidons ici. Cette série d'accidents nous indigne et nous avons fondé un comité avec les résidents, la Section des enquêtrices mères au foyer. Nous ne sommes pas motivées par l'argent, nous nous sommes portées volontaires dans le seul but d'arrêter Boules de Mulot. Et puis, comme les victimes sont toutes des femmes, nous avons pensé que nous pourrions nous parler plus facilement, à cœur ouvert.

Gyeongja est assez douée pour ce genre de discours. Son visage bienveillant, sa façon de parler amicale. Les gens s'ouvrent facilement à elle. C'est grâce à elle que Jihyeon, Miri, Sohui et Jisuk ont pu former cette bande unie.

— Enquêtrices ou pas, je ne comprends pas grand-chose à votre histoire. Mais regardez ma fille. Elle ne peut plus prendre l'ascenseur. Elle a si peur qu'elle ne veut plus sortir de la maison. C'est à peine si elle est allée voir un médecin. Mais la police continue de la convoquer. Ça m'énerve et ça épuise ma fille. J'apprécie beaucoup que vous soyez venues jusque chez nous. Alors dites-nous, qu'est-ce qu'on peut faire pour vous aider ?

Le ton de la mère s'est nettement adouci, au point qu'elle propose du jus de grenade à ses visiteuses. Cependant, son étudiante de fille paraît plutôt mal à l'aise.

— Racontez-nous ce qui s'est passé ce soir-là. Je sais que c'est douloureux. Mais donnez-nous le plus de détails possible… si vous pouvez. S'il y a des choses que vous n'avez pas dites à la police, n'hésitez pas à nous les confier.

Miri s'adresse ainsi à l'étudiante après avoir bu une gorgée de jus de fruit.

— Oh là là, fait la mère, ce soir-là, en rentrant à la maison, son visage était pâle comme…

— Pas vous, madame, votre fille. Je voudrais qu'elle nous raconte elle-même.

Miri fixe la fille, droit dans les yeux, et ajoute :

— C'est de cette manière que nous arrêterons Boules de Mulot.

— Mais ma fille ne veut plus y repenser. Elle a suffisamment parlé au poste de police…

— C'est bon, maman, je vais leur dire.

Enfin, la fille ouvre la bouche. Sa mère s'apprête encore à dire quelque chose, mais finalement se tait. Sa gamine qui rentre à la maison après avoir subi une violence sexuelle… Trop de gens considèrent ces crimes comme une sorte de happening, mais pour sa fille… plus possible de mener une vie normale. Comment une mère n'éprouverait-elle pas le besoin de couver son enfant dans de telles circonstances ? Miri sent quelque chose de lourd remonter du fond d'elle-même.

— Je suis rentrée un peu plus tard que d'habitude, après la réunion de notre club à l'université. Je suis montée dans l'ascenseur, la porte allait se refermer quand cet homme… une capuche sur la tête, y monte en toute hâte. Il se poste derrière moi, tout près. Je ne suis pas très rassurée, en tout cas j'appuie sur le bouton du cinquième étage. Collée contre la paroi de l'ascenseur, je fixe les boutons des étages quand soudain, j'entends des bruits bizarres dans mon dos.

Le souvenir de cette scène bouleverse l'étudiante. Elle arrête de parler un moment.

— Ça va aller, glisse Gyeongja, prenez votre temps. Si c'est trop douloureux, passez…

— Ces bruits… Au moment où j'ai entendu ces bruits, j'ai eu la chair de poule. J'ai compris d'instinct ce que c'était. Je me suis retournée. Le type… avait baissé son pantalon… et puis il m'a aspergée.

La fille fond en larmes.

— Aspergée ? répète Gyeongja sans s'en rendre compte.

— Oui, aspergée. Quand la porte s'est ouverte. J'ai couru à toute vitesse. C'était difficile, je n'avais plus de forces dans les jambes. Mais j'avais si peur qu'il me rattrape. Alors j'ai couru.

— Vous avez bien fait. Si vous l'aviez provoqué d'une manière ou d'une autre, ça aurait pu être plus grave. Vous avez bien fait. Vous êtes très courageuse.

La fille sourit légèrement aux encouragements de Miri.

— N'empêche. Comme vous voyez, je suis complètement défaite. Je n'arrive plus à monter dans l'ascenseur. Dès qu'il s'ouvre, j'ai l'impression que je vais encore tomber sur ce type.

— C'est normal. Ça m'aurait fait pareil. Moi j'aurais pris l'escalier. Ce type-là, c'est juste un enfoiré qui se nourrit de notre peur. Ne le laissons pas prendre l'avantage sur nous.

La mère fait les yeux ronds, l'étudiante rit. Le mot « enfoiré » semble lui plaire.

— C'est vrai. Se laisser impressionner par un enfoiré a quelque chose de dégradant. Dorénavant je prendrai l'escalier.

Miri et Gyeongja hochent la tête dans un même élan.

— Et puis… une chose que je n'ai pas dite aux policiers…

— Oui ? fait Gyeongja, redevenue sérieuse. Pourquoi ne pas l'avoir dit ?

— J'ai eu peur qu'on se méprenne, répond la fille.

— À quel propos ? demande Miri.

— Une odeur. Quand ce type, non, cet enfoiré, s'est mis derrière moi, j'ai senti un léger parfum de fleurs. Un parfum très agréable, à vrai dire.

— Du parfum industriel ?

— Non, ce n'était pas une odeur artificielle.

Miri et Gyeongja échangent un regard. Après l'odeur de terre, un parfum de fleurs.

— Je vous remercie. Merci à votre mère aussi. Si vous avez besoin de quoi que ce soit, si on peut vous aider ou si d'autres souvenirs vous reviennent, contactez-nous à ce numéro.

Miri laisse son numéro de portable avant de se retirer avec Gyeongja.

Le poste du gardien est étroit et il y fait très chaud. Un seul ventilateur, accroché au mur, tourne péniblement sur une seule vitesse, la première. Ils s'en contentent et, gentiment, la première vitesse broie l'air chaud.

— La police a déjà décortiqué tous les enregistrements des caméras, dit Gwangkyu en agitant son éventail.

De la sueur perle sur son front dégarni.

— On fait confiance à la police, réplique Jihyeon. Bien sûr. Mais c'est juste au cas où.

C'était ce que pensait Miri.

— La police est bien entendu cent fois plus compétente que nous en matière d'analyse d'enregistrements. Ils ont déjà dû tout décortiquer, oui. Boules de Mulot y apparaissant par endroits, et ne quittant la résidence sur aucune image, ils ont sans doute conclu qu'il habitait notre résidence. Partons de cette hypothèse nous aussi. On devrait rassembler les passages où notre suspect est visible, et les examiner. On découvrira peut-être des indices que nous seules pouvons remarquer. Je l'espère.

Miri n'a aucune idée des indices qu'elles seules pourraient remarquer. Simplement, elle pense que, pour un certain nombre de choses, les femmes au foyer surpassent la police. Aussi espère-t-elle déceler, grâce aux regards des différentes parties, d'importants indices jusque-là non dévoilés.

Jihyeon et Sohui s'installent dans un coin du poste et commencent leur examen des enregistrements. Les images sont d'une qualité franchement médiocre, et elles ont été prises dans les mauvais angles. Fait appréciable en revanche, Gwangkyu leur a fourni les séquences sélectionnées par la police. En les scrutant, Jihyeon fait remarquer :

— Vous êtes incroyable. Vous étiez si peu coopératif hier… Aujourd'hui, vous êtes pratiquement notre complice. Votre zèle m'inquiète, Gwangkyu.

— C'est le minimum que je puisse faire. J'ai réfléchi et je me suis rendu compte que vous essayiez simplement de rendre service… Vous avez d'autres chats à fouetter, pourtant vous prenez le temps de vous retrouver tous les matins pour faire avancer les choses. C'est chic. Voilà… voilà pourquoi je ferai tout ce qui est en mon pouvoir pour vous aider.

Gwangkyu sourit timidement.

— Ça alors ! Quel soutien nous apporte notre chef de la sécurité !

— Vous voyez la dame, celle qui a couru avec moi derrière un faux suspect. Franchement elle m'a épaté. Comment dire… En tant que chef de la sécurité, j'ai été touché par son sens civique…

— Très bien. Arrêtons là. J'ai besoin de me concentrer pour regarder tout ça.

— Oui, bien sûr, je vais faire un tour, je vous laisse.

Gwangkyu prend son talkie-walkie et sort du poste. Jihyeon promène ses yeux autour d'elle.

— Tss… il bosse dur, le pauvre. Par cette chaleur, enfermé dans cette case sans clim.

— J'avoue que je me suis fait la même réflexion en entrant ici, ajoute Sohui. Avant, je considérais que les gardiens étaient responsables de tous mes problèmes.

— On va attraper Boules de Mulot rapidement. Comme ça, on gagnera des sous et lui des compliments.

— Ah, ça serait vraiment bien !

— Je me sens déjà tellement mieux, moi. Jusqu'à maintenant, mon vieux était le seul à profiter des plaisirs de la vie, à faire ce qui lui chante. Aujourd'hui, c'est moi. Regarde-moi ! Tout ce que je peux faire !

— À ce propos, comment tu as fait pour la supérette ce matin ?

— Je n'en sais trop rien. Le vieux la garde, je suppose ? Puisque je ne suis pas là. Franchement, j'en ai assez de la supérette. Ça ne tourne pas, et puis j'ai envie de faire autre chose.

— Autre chose ? Comme quoi ?

— Tu ne vas pas te moquer ?

Jihyeon sourit, puis scrute le visage de Sohui.

— Pourquoi je me moquerais de toi, grande sœur ?

— On se moque quand une vieille dit ce genre de choses.

— Quel genre de choses ?

— Un café.

— Un café !

— Oui. J'ai vu un café à la télé, en France, il était si beau. J'ai envie d'ouvrir un café comme celui que j'ai vu.

— Génial ! Grande sœur, tu vends la supérette et tu ouvres un café.

— Fichtre, on ne fait pas ce qu'on veut dans la vie. Il y a mon vieux… Enfin, on va arrêter de causer, on a nos enregistrements à étudier. Il y en a tellement, on en a au moins pour jusqu'à demain.

— C'est vrai.

Les deux femmes commencent à parcourir les vidéos remontant à la fin mars. Concentrées, elles ne disent plus un mot.

Miri et Gyeongja ressortent de l'appartement 110 du bâtiment 7. Midi approche, la température atteint des records. Un saut impressionnant. La troisième victime était elle aussi une femme au foyer ordinaire. Elle a rencontré Boules de Mulot en allant chercher son enfant à l'école maternelle. Il a bondi devant elle et l'a suivie en se masturbant. Un comportement qui différait sensiblement de ses débuts.

— Il s'enhardit. C'est du moins ce que nous apprennent les interrogatoires des victimes.

Celle-ci se trouve désormais dans un état encore plus déplorable que celui de l'étudiante. Elle consulte un psy et prend des médicaments, mais il lui arrive souvent de se réveiller en sursaut au milieu de la nuit. « Je tiens grâce à mon enfant », a-t-elle dit en raccompagnant Miri et Gyeongja à la porte. Cette phrase résonne encore dans la tête de Miri.

— Qu'est-ce qu'on fait maintenant ? demande Gyeongja.

Les deux femmes s'installent sur un banc, chacune une glace à la main. Un orme jette son ombre épaisse sur elles. Sous l'arbre, elles respirent mieux. Les cigales commenceront à chanter dans une semaine. C'est bien le seuil de l'été. Miri ouvre la discussion :

— Nous sommes les seules à avoir recueilli ces témoignages. Plutôt fructueux.

— Tu parles de l'odeur de terre et du parfum de fleurs ?

— Oui. Tentons un raisonnement déductif… pour découvrir ce que signifie cette odeur inhabituelle pour un homme de son âge. D'où vient-elle ?

— En effet. Eh bien, l'odeur de terre et le parfum de fleurs… Serait-il amateur de jardinage ? Hum…

Le portable de Miri sonne à cet instant. Un numéro qu'elle ne connaît pas. En temps normal, elle ne répondrait pas, mais là, la situation est différente.

— Allô ?

— Bonjour… excusez-moi, êtes-vous bien l'enquêtrice dont on m'a parlé ?

C'est la voix d'une femme, âgée, une voix si sombre qu'elle semble s'éteindre à chaque souffle.

— Elle-même. Que puis-je pour vous ? demande Miri prudemment.

Une telle voix présage une affaire grave. Sauf à se noyer dans une mare profonde sans trouver de sortie, il n'est pas possible de traîner une voix pareille.

— Je suis désolée de vous appeler si abruptement. C'est la mère de Hyein, de l'appartement 506, qui m'a donné votre numéro. Je suis dans une situation désespérée. Je me permets de vous appeler en dernier recours.

— *C'est qui?* demande Gyeongja en remuant les lèvres.

— C'est la dame de l'appartement 506 qui lui a donné mon numéro, murmure Miri en couvrant son portable de la main. Je ne sais pas encore ce qu'il y a.

— Allô?

— Pardon, je vous écoute.

— Pourrait-on se rencontrer, s'il vous plaît?

— Bien sûr, répond Miri. De quoi s'agit-il? Est-ce en rapport avec Boules de Mulot?

C'est un peu délicat. Malgré leur nom pompeux de Section des enquêtrices mères au foyer, elles ne sont pas officiellement enquêtrices et ne peuvent donc se présenter sous cette identité. Aux yeux des autres, il ne s'agit que d'un hobby de ménagère, rien de professionnel. Il serait d'ailleurs très embêtant qu'une personne malveillante soulève la question.

— Ma fille…

La voix de la femme se brise encore.

— Ma fille… n'est pas rentrée depuis deux jours.

Elle parvient à peine à finir sa phrase.

— D'accord, enchaîne Miri illico, voyons-nous. Où voulez-vous que je vous retrouve?

Son esprit s'éveille. Elle renifle quelque chose. Elle le sent bien, si elle ignore cette piste elle le regrettera toute sa vie. Il s'agit très probablement d'une affaire peu ordinaire.

— Pouvez-vous venir au 801 du bâtiment 6?

— On arrive.

Après avoir raccroché, Miri tire Gyeongja par le bras. Celle-ci se lève en poussant un gémissement mais ne pose aucune question. Sorties de l'ombre, elles retrouvent le soleil qui grille leur chevelure.

Les deux femmes arrivent au bâtiment 6 moins de dix minutes plus tard. Le secteur 1 de la résidence municipale de Gwangseon, où habite Miri, est composé de dix bâtiments. À l'instar d'autres résidences plus anciennes, les bâtiments sont espacés et disposés d'une manière particulière. Deux colonnes de cinq immeubles s'alignent à partir de l'entrée principale : les 1 à 5 constituent la première rangée, les 6 à 10 la deuxième. Ainsi le numéro 6 se trouve-t-il tout au fond du secteur 1.

Elles montent au huitième étage, s'arrêtent devant l'appartement 801, sonnent à la porte. Peu après, une dame au visage émacié leur ouvre ; la soixantaine bien tassée, mais sa mine sombre et son teint blafard rendent cette estimation incertaine. Sa peau donne l'impression d'avoir été aspirée par une paille qui en aurait bu toute la pulpe. Pas besoin d'être clairvoyant pour faire le lien avec sa fille disparue.

— Bonjour, entrez, s'il vous plaît.

Elle les salue poliment.

Miri et Gyeongja la suivent et prennent place dans le canapé. La vieille dame marche à petits pas chancelants, telle une poupée de papier.

— Aidez-moi, s'il vous plaît, balbutie-t-elle sitôt qu'elles sont assises.

Sa voix vibre de désespoir. Des traces de larmes séchées filent sous ses yeux rouges.

— Dites-nous ce qui s'est passé. Et puis sachez-le…

Ne pas la laisser trop espérer. Si l'affaire n'a rien à voir avec Boules de Mulot, elles ne seront pas non plus en mesure de la résoudre.

— … nous sommes détectives amateurs. Nous ne pourrons peut-être pas vous aider comme vous le souhaiteriez. Si vous êtes d'accord, alors nous vous écoutons.

Gyeongja exprime son soutien.

— Vous savez, ça peut soulager de parler à cœur ouvert.

La femme hoche la tête, puis lâche un long soupir. Mettre de l'ordre dans ce qu'elle va raconter.

— Ma fille s'appelle Sumi. Lee Sumi. C'est elle.

Elle montre une photo sur son portable, celle d'une belle jeune femme, petit gabarit. Sumi sourit face à l'objectif, dessinant un V avec ses doigts. Une tache de naissance grande comme un ongle à l'intérieur de son poignet attire le regard.

— Sumi a terminé ses études l'année dernière. Elle a récemment été embauchée dans une entreprise et se plaît dans son travail. Comme elle ne fréquente personne, pour l'instant, elle rentre presque tous les soirs à la même heure. Après son travail, elle va au fitness du quartier et revient vers 23 heures. Mais avant-hier soir, elle n'est pas rentrée. Je l'ai appelée à minuit mais son téléphone était éteint. Aucune nouvelle depuis.

— Vous avez signalé sa disparition à la police ? demande Gyeongja.

— Hier, oui. J'ai appelé pour dire que je viendrais

au poste faire ma déclaration mais les agents ne m'ont pas prêté une grande attention. Selon eux, une personne qui ne rentre pas au bout d'un jour n'a pas disparu. Je ne savais plus quoi faire. J'ai téléphoné à ses collègues de travail et à ses amis mais personne ne sait rien.

— Quand a-t-elle été vue pour la dernière fois ? la questionne Miri.

— Au fitness. J'ai pu le vérifier. Elle y était à l'heure habituelle, on me l'a confirmé. Rien de spécial n'a été remarqué dans son comportement ou dans sa tenue, elle a fait son sport comme d'habitude. S'il s'agissait d'une simple fugue, comme le suggèrent les flics, elle n'aurait pas fait ses exercices comme si de rien n'était. Et puis une mère a de l'intuition. Contrairement à ce qu'on dit, les parents ne sont pas les derniers à connaître leurs enfants. On ne peut pas nier mon intuition. Ma fille et moi on a vécu seules toutes ces années en l'absence de son père. Je suis sûre qu'il est arrivé quelque chose à Sumi.

La voix de la femme tremble à nouveau.

Miri ne sait comment réagir. Elle comprend ce désarroi, mais partage aussi l'avis des policiers. Elle se rappelle les statistiques : la plupart des disparitions d'adultes sont des fugues. La mère affirme que sa fille ne fréquente pas d'hommes mais ce n'est que son intime conviction. Qui dit qu'elle ne fréquente pas quelqu'un avec qui elle aurait passé des nuits enflammées avant de partir en escapade avec lui ? Peut-être y a-t-il, hors de portée de l'intuition maternelle, une difficulté relationnelle entre la mère et la fille qui expliquerait le départ de Sumi ?

— J'ai entendu dire que vous enquêtiez sur Boules de Mulot, cette affaire à laquelle la police a plus ou moins renoncé. C'est pourquoi je vous ai contactées. À vrai dire, je ne sais pas quoi faire d'autre. Retourner à la police ou juste attendre que Sumi revienne ? À partir de combien de jours on peut envisager une disparition ?

Miri réfléchit un moment avant d'ouvrir la bouche. Pour l'heure, il faut se concentrer sur Boules de Mulot. Rien ne prouve que la disparition de Sumi soit liée à lui. Et si la disparition est avérée, elles n'ont aucun moyen d'y remédier. Et puis, dans une heure, elles doivent être chez elles pour remplir leurs tâches ménagères.

— Attendez encore aujourd'hui et allez voir la police demain. C'est la meilleure solution pour l'instant. Quand une femme disparaît plus de trois jours, la police se mobilise. Et, si ça se trouve, elle poussera cette porte dans l'heure.

Les mots de Miri ont un effet consolateur :

— Je vous remercie, dit la femme. Je vais attendre encore aujourd'hui.

La femme se penche si bas pour la saluer que Miri en est gênée. En sortant, elle s'arrête sur le palier et lui dit :

— En cas d'urgence, appelez-moi.

— D'accord. Merci.

La femme s'apprête à saluer et à remercier de nouveau quand le portable de Miri sonne. C'est

Sohui. Les deux femmes se dépêchent de quitter l'appartement. Miri prend l'appel dans le couloir.

— Allô ?

— Grande sœur !

L'excitation de Sohui est palpable dans sa voix.

— Je crois qu'on a trouvé quelque chose.

Mission Boules de Mulot

Les quatre femmes se retrouvent au poste de sécurité. Il est presque midi.

De retour de sa tournée, Gwangkyu leur offre du café glacé, il est perspicace.

— Regardez bien là, explique Jihyeon en rajustant ses lunettes. Cette image a été filmée le 15 avril.

— Il est apparu ce jour-là aussi, commente Sohui.

Miri sort son cahier et vérifie la chronologie. Ce jour-là, une femme, la vingtaine, a garé sa voiture au parking et est tombée sur Boules de Mulot en rentrant chez elle. Il l'a suivie avec son pantalon baissé, et quand elle s'est mise à hurler, il s'est enfui.

— On a examiné les enregistrements dans l'ordre chronologique depuis mars, fait Jihyeon. J'ai trouvé quelque chose de bizarre en avril.

Gyeongja indique un coin de l'image :

— C'est là, le parking ?

— Oui, grande sœur, dit Sohui.

— Waouh, l'image est vraiment nulle. Dans les vrais films, on a au moins de la couleur et on peut agrandir.

Planté devant le ventilateur, Gwangkyu réplique sur un ton bourru :

— Comment pouvez-vous dire ça, madame, vous dont le mari est policier ? Toutes nos résidences utilisent d'anciennes CCTV. Avez-vous la moindre idée de ce qu'il en coûterait de les remplacer ? Une fortune !

— Je ne suis pas en train de vous critiquer. Ce n'est juste pas normal, quoi. Et puis qu'est-ce qu'ils font des charges qu'on paie ?

— Des travaux paysagers, pour le premier semestre. Moi j'ai voté contre, bien sûr.

— Les gens raffolent de l'apparence, remarque Gyeongja. Ils ne savent pas ce qui est important.

À ces mots, Gwangkyu ferme la bouche. Riant innocemment, Sohui ajoute :

— On aura de belles fleurs et des arbres magnifiques, c'est drôlement bien !

— Attention ! lance Jihyeon en pointant le doigt vers l'image. Ça commence là.

Une femme apparaît dans le coin supérieur droit de l'écran. En dépit de la mauvaise qualité du film, on voit qu'elle titube, paniquée. Un homme surgit derrière elle. Son pantalon pendouille au bas de ses fesses.

— Boules de Mulot, murmure Miri.

Boules de Mulot fait quelques pas vers la femme, puis relève rapidement son pantalon avant de disparaître du champ de la caméra. Jihyeon crie :

— Stop !

Sohui appuie sur pause, figeant la femme dans son cri et son expression d'horreur.

— Reviens un peu en arrière, demande Jihyeon.

— Comme ça ?

Sohui fait glisser la souris jusqu'à l'image qui précède la disparition de Boules de Mulot.

— Oui, parfait. Pff, c'est frustrant, je ne sais pas utiliser l'ordinateur… Regardez par où il s'est enfui. En bas à gauche, vous voyez ?

En effet, Boules de Mulot qui a fait irruption par le haut de l'écran en est ressorti par le bas.

— C'est juste, dit Gyeongja. Mais en quoi c'est important, grande sœur ?

— Tu ne vois vraiment pas ? Il s'agit du parking situé à l'arrière des bâtiments. La partie visible à l'écran, c'est le fond du parking. Si on se dirige par là, en bas à droite, on arrive où ?

— Ben nulle part ! Il n'y a rien là, en bas.

— Bingo ! S'enfuir dans cette direction n'a aucun sens puisque c'est une impasse. En dehors des monticules de terre laissés pour les paysagistes, il n'y a rien. Excepté si Boules de Mulot s'y est caché…

— Tu veux dire qu'on ne peut pas se cacher là, c'est ça ? intervient Miri.

— Exactement. Nous avons regardé plusieurs fois la suite de l'enregistrement, Sohui et moi. Il ne réapparaît jamais. Regarde ! Des agents de sécurité vont et viennent, mais ils ne trouvent pas Boules de Mulot.

En effet, des agents de sécurité fouillent les alentours avec des lampes de poche.

— Je me souviens bien, ajoute Gwangkyu, le cou tendu vers l'écran. Je suis allé sur place ce jour-là. Il n'y avait personne.

— C'est très étrange, intervient Gyeongja.

— J'ai du mal à me rendre compte, commente Miri, je ne conduis pas. Il faudrait que je fasse un tour au parking pour voir.

Le secteur 1 de la résidence municipale de Gwangseon est construit sur un terrain en pente. Il donne sur une route, tandis que l'arrière est protégé par un mur haut de trois mètres. Derrière le mur coule la rivière Gwangseon. Quelques années plus tôt, un résident qui garait sa voiture dans le parking a fini dans l'eau : il a accidentellement appuyé sur l'accélérateur et traversé le grillage. Depuis, on a construit ce mur, plus haut et plus solide.

— J'y vais avec toi, se propose Gyeongja. Sohui affiche une mine désolée.

— Grandes sœurs, moi je vais devoir aller travailler. Aujourd'hui je commence plus tôt que d'habitude.

— C'est vrai que tu remplaces ta collègue de l'après-midi, se souvient Jihyeon.

— Bon courage, alors. Dis, c'est ta maman qui s'occupe de Cheoli ?

Sohui hoche la tête à la question de Gyeongja. Jihyeon se lève et rassemble les CD des enregistrements.

— J'emmène ça à la maison. Il en reste pas mal à visionner, je finirai ça chez moi. Je ne suis pas à l'aise ici.

Gwangkyu sursaute et bloque le passage à Jihyeon.

— Non, madame, vous ne pouvez pas les sortir

d'ici. Déjà que… ce que vous avez vu doit rester entre nous…

— Comment ça, je ne peux pas ? Quelle différence ça fait que je regarde ici ou chez moi ? Je comprends qu'on dise que vous êtes bouché. Soyez un peu souple, monsieur. Je ne vais quand même pas les vendre, pas vrai ? Ni les faire circuler ? Vous me les laissez ou pas ? Je vous promets de vous les rendre demain.

— Bon…, bougonne-t-il. Mais quand même, ce n'est pas possible.

Il se range sur le côté pour laisser le passage à Jihyeon.

— Ça ne va pas être trop dur, grande sœur ? lui demande Miri.

— Ça ira. Je n'ai qu'à les regarder comme je regarde des feuilletons à la télé. Le vieux à la maison, mine de rien, il sait tripoter un peu l'ordinateur. Je vais lui demander de me les mettre.

— D'accord, grande sœur. Moi je fais un tour au parking avec grande sœur Gyeongja avant de rentrer. On se voit demain matin à la supérette.

— Ça marche.

Jihyeon marche en direction de sa supérette en balançant les bras, Sohui se dirige vers l'épicerie où elle travaille. Il est midi à peine passé mais la journée de la Section des enquêtrices mères au foyer est officiellement terminée.

— On y va, nous ? lance Gyeongja. Miri hoche la tête et se poste devant.

À nouveau sous le soleil, Gyeongja transpire à gros flots.

— C'est parce que j'ai l'estomac vide. J'ai sauté le petit déjeuner et ça me fait ça. Après notre tour au parking on va déjeuner.

— Tu m'as dit que tu faisais un régime, fait remarquer Miri.

— Le régime, c'est pour toute la vie.

— Disons que c'est pour le lendemain de toute la vie.

— Tu as raison. Pff… je n'ai pas de chance, moi. Comment tu fais, dis, pour rester si mince ?

— Je suis une boule de nerfs et j'ai un sale caractère, comme tu sais.

Elles passent devant le bâtiment 3 en bavardant ainsi quand elles croisent une minipelleteuse qui passe en crachant de la poussière.

— Bon sang, toute cette poussière ! toussote Gyeongja. C'est quoi cette pelleteuse qui roule comme une voiture de course !

Les aménagements paysagers se prolongent, les plaintes des habitants se multiplient. Poussière et bruits en sont les motifs principaux. La gérance a annoncé la fin des travaux pour le début de l'été au plus tard mais au vu de leur avancement, cette promesse semble difficile à tenir.

Des ouvriers plantent un arbre dont le nom échappe à Miri. D'autres sèment des arbustes. Ils sont tous en sueur, ce doit être difficile pour eux aussi.

— Tu sais pourquoi ils se sont lancés là-dedans, lance Gyeongja à voix basse, plutôt que dans des travaux plus urgents ?

— Pourquoi ?

— Le patron de l'entreprise mandatée serait un pote du directeur de la gérance. On leur a confié tout l'ouvrage. Voilà comment le budget caméras s'est évanoui, quelle aberration !

— C'est ce genre d'aberration qui provoque l'apparition des monstres, complète Miri en jetant un œil au chantier.

Des particules de terre dansent comme des folles dans la lumière éclatante de mai.

— N'empêche, dit Gyeongja en souriant, ça sent bon, ces fleurs. Elles sont déjà ouvertes.

C'est à se demander quand Gyeonja se plaint.

— Normal, répond Miri en savourant la fragance florale, on est déjà fin mai. C'est la saison des fleurs. Il faudra qu'ils accélèrent les travaux.

— On arrive bientôt, s'encourage Gyeongja en soufflant.

C'est à ce moment qu'une scène peu ordinaire entre dans le champ de vision de Miri. À peu près à leur niveau, de l'autre côté, se trouve le bâtiment 7. Dans le couloir du cinquième étage, une femme court, une main devant la bouche. L'ascenseur se trouve à l'endroit d'où elle est sortie.

— Grande sœur, une petite seconde !

— Miri se lance vers le bâtiment.

— Hé ! Où tu vas ? s'écrie Gyeongja qui est restée en arrière.

— Viens vite.

Miri est pressée. Sa fameuse intuition lui agrippe le cœur et le secoue. Un gyrophare rouge lui tourne dans la tête.

Il se passe quelque chose, là.

Sûr, il y a quelque chose…

Miri entre dans le bâtiment 7. Au même moment, l'ascenseur arrive au rez-de-chaussée. La porte s'ouvre. Les yeux de l'homme croisent ceux de Miri. Il porte un T-shirt à capuche et un pantalon de jogging, avec une casquette enfoncée sur la tête. Miri pousse un cri réflexe :

— Toi ! Boules de Mulot !

L'homme appuie rapidement sur le bouton de fermeture.

— Non !

La porte se referme. C'était à un cheveu… Miri regarde autour d'elle. Là-bas, Gyeongja court pour la rejoindre, à bout de souffle. Elle veut lui crier de garder l'entrée mais se rend vite compte qu'il est trop tard. Chaque bâtiment possède deux ascenseurs. Miri est devant l'ascenseur A. Si l'homme descend pour prendre l'ascenseur B, elle va le rater.

Sans perdre une seconde Miri prend l'escalier de secours. Elle saute les marches et arrive au premier étage en un éclair. L'ascenseur vient de passer. À ce rythme, elle peut encore le rattraper. *Respire profondément.* Elle continue à monter l'escalier.

Au lycée, tu étais l'une des meilleures en course.

Deuxième étage.

Tu as même été sélectionnée pour représenter ta classe.

Troisième étage.

Quand tu allais bosser, tu courais tout le temps pour ne pas rater le bus.

Quatrième étage.

Pour une enquêtrice, la force physique… ah merde !

Miri s'écroule sur une marche entre le quatrième et le cinquième étage.

Clang !

Un demi-étage plus haut, l'ascenseur s'arrête. Miri grimpe jusqu'au cinquième en rampant, les cuisses et les mollets en souffrance. On dirait qu'un zombi acharné s'agrippe à ses jambes. Des gémissements sortent de sa bouche malgré elle. Elle transpire, mouillée comme au sortir de la douche, et sa tête lui fait l'effet d'un tourniquet. Quand elle atteint enfin le cinquième étage, elle vomit. Tiens, revoilà le café glacé qu'elle a pris au poste de sécurité.

Son portable sonne. L'homme sort de l'ascenseur et court aussitôt dans le couloir.

— Bou… Boules de Mulot.

Elle a un mal fou à prononcer ces mots. Le portable sonne toujours. « Gyeongja » est affiché sur l'écran. Pas le temps de décrocher. Miri suit l'homme, trébuche. Sa destination est claire : ascenseur B ou l'escalier de secours d'à côté.

Réfléchis, réfléchis, Gong Miri.

Mains appuyées sur les genoux, Miri reprend son souffle. Son esprit lui revient petit à petit. Sa combativité, qui avait dégringolé dans les tréfonds d'un abîme, remonte aussi à la surface.

Boules de Mulot descendra au rez-de-chaussée. Il n'ira nulle part ailleurs.

Elle renonce à le poursuivre et monte dans l'ascenseur A, imprégné d'un entêtant parfum de fleurs. Quoique étourdie, Miri remarque cette odeur. Elle appuie sur « RDC », décroche enfin son téléphone.

— Où tu es ?

La voix de Gyeongja résonne.

— Grande sœur, je crois que j'ai croisé Boules de Mulot. Cet enfoiré est en train de descendre au rez-de-chaussée. Tu surveilles celui qui sort du bâtiment 7 et tu regardes où il se dirige.

— Je suis montée par l'escalier. Je suis au premier étage.

— Quel escalier ? Escalier B ?

— Oui. Je redescends. Attends !

La ligne s'interrompt. *Qu'est-ce qui se passe ?* Miri est saisie d'angoisse. Gyeongja a-t-elle rencontré Boules de Mulot ?

Le vieil ascenseur descend lentement, grinçant. Une éternité se déroule entre chaque étage, signalé par une loupiote engourdie. Miri la fixe, elle a l'impression de se trouver en face d'un sablier bouché.

Clang !

Enfin le rez-de-chaussée. Miri se projette à l'extérieur de la cabine telle une balle de pistolet. Hélas, ses jambes ont la consistance du ciment séché au soleil. Elle tombe en avant. Par réflexe, elle tend le bras et évite de se fracasser la tête contre le sol. Mais le choc est terrible.

Je ne peux pas le laisser s'échapper comme ça !

Elle se relève péniblement et sort du bâtiment 7. Gyeongja n'est pas visible. Mais l'homme qu'elle vient de louper court en direction du parking. Un T-shirt à capuche, un pantalon de jogging et une casquette, c'est lui.

Miri se remet à courir. Le parking est tout proche. Elle manœuvre ses jambes, désespérément, pour ne pas perdre l'homme de vue. Elle n'a plus de souffle, ses poumons lui montent à la gorge, ils vont bientôt lui sortir de la bouche et tomber sur sol où ils continueront à gigoter.

L'homme contourne le bâtiment 5 et entre dans le parking.

Miri fonce sans regarder autour pour traverser l'espace qui sépare les bâtiments, et rejoindre le parking. À ce moment précis, une voiture surgit devant ses yeux.

Kkkiiiiikkkkkk !

Boum !

Miri freine, le conducteur percute la barrière piétons en tournant le volant.

Elle s'effondre. Cette fois-ci, elle ne peut plus bouger, pas même d'un millimètre. Aucun poumon ne lui est sorti de la bouche, mais le cœur… si. C'est en tout cas son impression. Bref, c'était moins une. Eût-elle été plus rapide, ou l'automobiliste eût-il tourné le volant plus tard, il y aurait eu télescopage.

— Miri ! Miri !

Gyeongja arrive en courant.

L'écho de sa voix aide Miri à retrouver ses esprits. Elle se redresse d'un bond et se dirige vers la voiture. La priorité n'est plus Boules de Mulot.

— Vous n'avez rien ? Je suis désolée.

Miri incline la tête vers l'homme, entre deux âges, qui descend de sa voiture. C'est un SUV noir. Le pare-buffle est abîmé par le choc contre la barrière.

— Je n'ai rien. Et vous ?

L'homme garde un calme olympien, son visage est impassible. Miri s'attendait aux pires jurons.

Mais l'homme demeure si tranquille. Elle en est muette de surprise.

Gyeongja arrive en courant et, le souffle court :

— Tu vas bien ? Oh là là, tu as failli te faire écraser !

— Vous étiez pressée, dites donc. Heureusement, vous n'êtes pas blessée.

— C'est moi qui me suis jetée sur la route. Je suis désolée. Je vais vous dédommager…

— Ce n'est pas la peine, la coupe l'homme en lui souriant avec bienveillance.

Son âge moyen et son apparence ordinaire renforcent son air sympathique.

— C'est également ma faute : j'aurais dû rouler plus lentement, surtout dans la résidence. Je m'arrangerai avec mon assurance, ne vous inquiétez pas.

— Ça alors, dit Gyeongja, vous êtes un vrai gentleman. Miri, tu n'es pas blessée… écoutons ce monsieur.

— Mais…

L'homme lève une main comme pour dire « Pas de soucis ! », puis remonte dans sa voiture. Miri insiste :

— Dans ce cas, donnez-moi au moins votre numéro de téléphone. Je tiens à vous rembourser les frais de réparation. C'est clairement de ma faute.

L'homme secoue la tête.

— Je vous l'assure, tout ira bien. C'est une vieille voiture de toute façon, toute cabossée. Eh bien… je vous laisse.

L'homme amorce une marche arrière, incline légèrement la tête vers Miri puis roule vers la sortie. Suivant du regard le SUV qui s'éloigne, Miri mémorise son numéro d'immatriculation :

17가3472

— On a eu la chance de tomber sur quelqu'un de gentil. Qu'est-ce qu'on fait pour Boules de Mulot ? demande Gyeongja.

— Je ne sais pas. Mais… je crois que j'ai déjà vu cet homme-là. Son visage me dit quelque chose.

Miri chancelle. Gyeongja se précipite pour la soutenir.

— Tu es blessée ? dit-elle, inquiète.

— Non, j'ai juste trop couru. Il faut que je rentre.

La douleur se rappelle à elle, la happe tel un tsunami. Miri se retourne vers le parking, là où Boules de Mulot s'est enfui. Il y a quelque chose là-bas. Quelque chose qui lui a permis de disparaître. Elle voudrait découvrir ce quelque chose mais n'a plus de forces. Ses mains tremblent, son cœur bat à tout rompre. Un sentiment sombre et visqueux s'empare d'elle et monte imperceptiblement, tel un brouillard : la déprime. Mauvais présage.

— OK. On rentre. Tu n'as pas l'air d'aller bien du tout. On en parlera une autre fois.

Miri se met en route, toujours soutenue par Gyeongja, dont les bras ronds et rassurants la serrent bien fort. Une force inébranlable et ferme. Puissante.

— Dis donc, tu as passé toute la matinée à te promener je ne sais où, et en rentrant tu ne fais que regarder ce truc-là ? Tu ne vas pas faire à manger, hein ?

Vieux con, râle Jihyeon en son for intérieur.

— Qu'est-ce qui te prend tout à coup ? C'est quoi cette histoire d'enquêtrice ou de je ne sais quoi ? Je ne t'ai jamais vue lire jusqu'ici. C'est quoi tous ces livres, hein ? Mais réponds ! Je ne t'ai pas déjà dit qu'il ne fallait pas fréquenter ces bonnes femmes ? Oui ou non ?

Cheon Yongman a dû garder la supérette toute la journée, ce qui l'a mis dans cette humeur exécrable. Obligé de se débrouiller tout seul, il s'est préparé des nouilles instantanées. Très en colère, il a surtout très faim. Il fait partie de ces hommes qui n'ont jamais cuit un œuf au plat de leur vie.

— Tu n'as qu'à commander, réplique sa femme tranquillement. Moi je prendrais bien des nouilles *jjajang*. Ou peut-être une pizza.

Yongman reste bouche bée. En plus, elle n'a pas daigné décrocher les yeux de son écran pour lui répondre. Du jamais vu, littéralement.

— Merde ! Bouffe des nouilles ou des pizzas, je m'en fous ! Moi je sors !

En dépit de cette grosse voix lancée à travers la pièce, Jihyeon ne se retourne toujours pas.

— Referme bien la porte en sortant, demande-t-elle négligemment.

— Bon sang, il faut avoir vécu pour entendre des choses pareilles !

Yongman a toujours voulu vivre longtemps, très longtemps. Mais pour la première fois de sa vie il se demande s'il n'a pas trop vécu.

Quel geignard! se dit Jihyeon une fois son mari dehors. Enfin elle peut se concentrer totalement sur son écran. Dans une heure ou deux, il sera rentré après avoir mangé son plat dans un petit restaurant. Inutile de s'inquiéter pour lui. Profiter plutôt de son absence pour se plonger dans ces enregistrements.

Leur nombre et leur durée diminuent avec le temps. C'est clair : Boules de Mulot se déplace en fonction de l'emplacement des caméras de surveillance, qu'il connaît.

Sait-on jamais, je trouverai peut-être quelque chose.

Jihyeon fixe l'écran. Quatre heures se sont déjà écoulées. Ses yeux piquent et la migraine s'amplifie mais elle n'a pas envie d'arrêter. Elle ne s'était pas plongée dans quelque chose depuis une éternité. À l'ouverture de la supérette, elle y mettait tant d'ardeur que les journées passaient en un clin d'œil. Maintenant, elle n'en a plus la force, ni la volonté.

Que sont devenues mes passions ?

Laisser la vieillesse éteindre sa flamme serait trop triste.

Jihyeon ouvre grand les yeux devant l'écran afin de ne pas éprouver ce chagrin. La pensée qu'elle œuvre à quelque chose d'utile apaise ses yeux et sa migraine.

C'est vrai, tenir bon, c'est la spécialité de Jeon Jihyeon.

En matière d'endurance, elle peut se faire confiance, certes. Et franchement, en dehors de sa patience, il n'y a pas grand-chose dont elle puisse se vanter.

Attends.

Jihyeon met sur pause. Sohui le lui a appris :

appuyer sur la barre la plus grande, celle dont elle a oublié le nom, « Espace ».

Encore le parking !

L'image a été prise le 3 mai. Un homme portant une casquette enfoncée sur la tête s'enfuit vers le fond du parking. Depuis mi-avril, le nombre de ses apparitions à cet endroit a sensiblement augmenté. Avant, il privilégiait les ascenseurs ou l'aire de jeux.

Les enregistrements sélectionnés par la police ne montrent que le lieu de ses apparitions, un ascenseur, l'aire de jeux, le parking.

C*omment savoir par où il s'est enfui avec ça ?*

Jihyeon fait claquer sa langue.

Après son délit, il s'est enfui vers le fond du parking. Possible qu'il revienne s'y cacher après chaque agression perpétrée dans un ascenseur ou sur l'aire de jeux. Comme Miri l'a dit, il y a certainement quelque chose dans le parking.

Jihyeon enfile un gilet et appelle Miri. Son téléphone sonne occupé. Quant à Gyeongja, elle ne répond pas. Un coup d'œil à l'horloge et elle se rend compte qu'il est l'heure de préparer le dîner. Elle compose le numéro de Sohui.

— Grande sœur !

La voix de Sohui est joyeuse, aérienne.

— Tu as fini à l'épicerie ?

— Oui. J'ai commencé tôt dans l'après-midi, alors le patron m'a laissée rentrer avant. Je viens tout juste d'arriver.

— Et Cheoli ?

— Il s'est bien amusé avec sa mamie !

— Tu as un peu de temps, maintenant ?

— Pourquoi ?

— C'est que… j'ai assez envie de faire un tour au parking. Mais une vieille comme moi ne voit pas grand-chose dans le noir. Si j'y vais toute seule, j'ai peur de ne rien trouver.

— Ah, attends un instant.

Sohui parle à quelqu'un. Elle demande sans doute l'autorisation de sortir à sa mère. Jihyeon regrette de l'avoir appelée. C'était stupide. Elle hésite un instant à lui dire d'emmener Cheoli mais se ravise aussitôt. Il vaut mieux faire un tour rapide et la laisser rentrer.

— Ça ne va pas prendre longtemps, hein ? C'est d'accord.

— Bien. Juste un petit tour. Je te retrouve là-bas.

Après avoir raccroché, Jihyeon prend quelques boîtes de conserve. Elle s'est souvenue que Cheoli aimait les pêches au sirop.

Bon ben, allons-y.

Jihyeon se glisse dans des chaussures de marche qui, selon la publicité, soulageraient les articulations en un éclair, puis elle sort. Bien que les jours aient rallongé, il fait noir à cette heure. Les lampadaires sont allumés mais éclairent assez mal, excepté près de l'entrée de la résidence. À mesure qu'elle avance vers le parking, le nombre de lampadaires cassés augmente. La lumière, rare, attire des papillons de nuit, l'obscurité, grande, attire les criminels.

Mieux vaut les papillons de nuit que les criminels, se dit Jihyeon, chassant de la main les insectes qui volettent autour de son visage.

Miri a pris des médicaments et s'est reposée quelques heures. Ses forces sont revenues. Son cœur, qui cherchait à s'échapper par sa bouche, a retrouvé sa place. Son angoisse se terre sous la surface, au moins pour l'instant. Miri serre le poing, puis l'ouvre. Sa main est faible. Une douleur atroce lui cisaille les cuisses et les fesses. Comme au lycée, le lendemain des épreuves sportives.

La porte d'entrée s'ouvre, Miri se relève péniblement. Hyeonji rentre du dojo de taekwondo.

— Maman ?

La voix de l'enfant est toujours vive et joyeuse. Miri en est reconnaissante.

— Ça a été, ton cours ?

Miri la serre fort dans ses bras et lui parle elle aussi d'une voix enjouée. Sa fille dégage une odeur d'enfant, saine et fraîche. C'est l'odeur préférée de Miri.

— Maman, tu es malade ? demande Hyeonji, inquiète.

— Non, j'étais juste un peu fatiguée. Ça va maintenant. Ce soir je te fais des spaghettis.

— Tes spaghettis sont les meilleurs ! Comment tu les fais ?

— Secret de maman. Attends juste un peu.

— Oui. Je vais me reposer alors.

Lave-toi les mains et finis tes devoirs.

Miri ravale ces mots qui remontent dans sa gorge. Aujourd'hui, elle a envie de laisser sa fille tranquille. Elle ignore pourquoi. Elle a envie de sentir aussi longtemps que possible cette odeur qui lui donne de la force.

— Odeur…, murmure Miri.

Le mot « odeur » danse à la surface de sa conscience, tel un appât appétissant au bout d'un hameçon. Dans l'attente de se faire attraper par quelque chose…

Odeur.

Une odeur propre aux enfants.

Une odeur qui rappelle naturellement une personne particulière.

— Ah !

Miri relève soudain la tête. Un éclair vient de traverser son esprit.

— Maman, ça va ?

Sur le point d'allumer la télévision, Hyeonji s'arrête net et pivote vers sa mère.

— Oui, ça va. Attends une petite seconde.

Miri rejoint sa chambre pour mettre ses idées au clair.

Elle prend son cahier, parcourt ses notes. Tout, ou presque tout ce qui concerne Boules de Mulot est écrit à l'intérieur. La plupart de ces informations sont issues du web ou de l'enquête de police. Sauf une chose.

Boules de Mulot sent l'odeur de la terre et le parfum des fleurs.

Une autre phrase est griffonnée en dessous. Celle qu'elle a laissée en rentrant, dans un état second, presque évanouie.

L'ascenseur où se trouvait Boules de Mulot sentait aussi les fleurs.

Ces deux phrases amènent une conclusion.

Boules de Mulot est un homme qui sent la terre et les fleurs. Quel métier peut lui donner cette odeur ?

La réponse est proche.

Miri appelle Gyeongja pour vérifier son analyse. Gyeongja ne répond pas. Elle appelle Jihyeon. Elle est en ligne. Sohui aussi.

Que faire ?

Après réflexion, Miri pense au docteur Park Dojin. Il lui a dit de l'appeler quand elle voudrait, elle s'en souvient. Miri consulte l'heure. Si elle passe rapidement un coup de fil et prépare vite les spaghettis, elle pourra servir Hyeonji avant qu'elle se plaigne d'avoir faim.

OK. Après tout, c'est une question de salubrité publique, se rassure Miri en elle-même. Elle téléphone au docteur Park.

— Allô ?

Le docteur Park décroche avant même la sonnerie, comme s'il n'attendait que son appel.

— Ah, bonjour, c'est Gong Miri…

C'est elle qui l'appelle mais c'est elle qui est troublée.

— J'ai vu, oui, que c'était vous. J'ai décroché aussitôt de peur que vous n'alliez pas bien. D'après votre voix, ça a l'air d'aller, non ?

Il est toujours aussi bienveillant.

— Je vous appelle, explique Miri, parce que je voudrais vous demander votre avis à propos de quelque chose.

— Mon avis ?

— Voudriez-vous bien écouter mon analyse et me dire si ça se tient ?

— Quand vous dites « analyse »… vous parlez de l'affaire Boules de Mulot ?

— Oui. Si ce que je vais vous exposer semble incorrect, dites-le-moi.

— D'accord. Je suis honoré d'entendre votre analyse.

— Arrêtez de plaisanter. Je suis sérieuse.

Miri respire profondément et remet tous les éléments en place dans sa tête pour donner un récit logique. Pas une histoire grandiose, certes, mais peut-être bien une déduction essentielle pour arrêter Boules de Mulot.

— Excusez-moi. Je vous écoute.

La voix du docteur Park devient sérieuse elle aussi.

— Grande sœur Gyeongja et moi avons rencontré quelques victimes. Parmi elles, deux personnes nous ont donné des éléments inhabituels. L'un, que Boules de Mulot sentait la terre, et l'autre, qu'il sentait les fleurs. Cette dernière nous a dit qu'elle l'avait caché aux policiers.

— Je vois. Un pervers qui sent les fleurs, elle craignait qu'on ne prenne pas sa déposition au sérieux.

— Précisément. Pour cette raison elle s'est gardée d'en parler. Mais c'est tout de même très étrange. Il ne s'agissait pas de parfums du commerce, mais de terre et de fleurs. J'y ai longuement réfléchi et, moi-même, j'ai senti cette odeur aujourd'hui !

— Vous ?

Miri lui rapporte brièvement l'épisode du midi.

— Il n'est pas rare que Boules de Mulot apparaisse en plein jour. Le nombre des victimes qui l'ont croisé dans la journée a considérablement augmenté ces derniers temps. Il arrive même qu'il surgisse deux fois le même jour, l'une dans la journée et l'autre, la nuit.

— D'après ce que vous me dites, commente Park Dojin, il y a de fortes chances pour que celui que vous avez croisé soit Boules de Mulot. Il donne l'impression de s'enhardir. C'est juste mon avis.

— C'est aussi ce que je redoute. Il est urgent de l'arrêter. Mais la police n'a pas encore d'indice. Je pense, moi, que la clé réside dans cette odeur de terre et de fleurs.

— Comment voyez-vous les choses ?

— Ces deux odeurs supposent une proximité avec de la terre, et avec des fleurs. La réponse est en fait assez simple : les travaux paysagers. Depuis le mois de mars, une entreprise a commencé ces travaux dans notre résidence. À supposer que Boules de Mulot en soit un ouvrier, tout colle : la date, les odeurs…

La voix de Miri monte sans qu'elle s'en rende compte. À mesure qu'elle explique au docteur Park, son intuition se mue en certitude. Les ouvriers vont et viennent tous les jours. Personne ne leur prête attention. On ne sait pas quand ils viennent, on ignore quand ils repartent. Franchement, ça n'intéresse personne.

Et si Boules de Mulot travaillait comme ouvrier, et qu'il pratiquait ses hobbies sur son temps libre ?

— Convaincant. Votre analyse est tout à fait

plausible. Bonne déduction. Les ouvriers de ce type de chantier n'ont pas des horaires réguliers. En admettant que la police ait mené une enquête autour d'eux, il y a fort à parier qu'elle n'ait rien trouvé. Vous devriez creuser cette piste.

À l'instar de Miri, Park Dojin est tout excité.

— Je vous remercie. Pour l'instant, je pense que je devrais faire un tour au parking.

— Au parking ?

— Il reste une autre énigme, non résolue. Je voudrais examiner tous les recoins du parking, avec mes collègues de la Section des enquêtrices mères au foyer. Si c'est possible. Nous découvrirons là-bas par quels moyens Boules de Mulot s'esquive si habilement. Après quoi, il faudra parler avec l'entreprise de travaux.

— Je comprends. Mais madame Gong, faites attention à vous.

— Le risque nul n'existe pas, répond Miri, comme si de rien n'était.

— C'est que je m'inquiète.

— Quoi donc ?

— J'ai un peu étudié la psychologie criminelle.

Encore du nouveau. Et « un peu », dans la bouche de Park Dojin, ça veut dire « beaucoup ». Les compétences de cet homme ont toujours intrigué Miri. Pourquoi un médecin si brillant tient-il une misérable clinique dans un quartier populaire ?

— Oui, dit-elle. Alors ?

— Boules de Mulot semble relever d'un archétype de pervers sexuel. C'est-à-dire que les délits dont vous faites état sont sans aucun doute commis par un pervers psychotique. Quand vous l'aurez arrêté, vous constaterez que la plupart de vos conclusions étaient justes. Mais ce qui m'inquiète, c'est que ce pervers pourrait être sous influence. L'influence de quelqu'un d'autre…

— Vous voulez dire, le Diable au carrefour dont vous m'avez parlé l'autre jour ?

— Oui. Selon la psychologie criminelle, là où se produisent de nombreux crimes se trouvent de nombreux criminels.

— Nombreux criminels…

— Les criminels s'inspirent mutuellement. Dans de nombreux cas, le crime d'un tueur incite un autre psychopathe à commettre des meurtres encore plus atroces. Je veux dire qu'il existe des êtres comme le Diable au carrefour, oui. Il n'est pas impossible que l'affaire Boules de Mulot soit inspirée par un autre criminel ou, à l'inverse, qu'elle encourage d'autres assassins.

— Vous pensez par exemple à la disparition de la jeune femme ?

Elle lui parle de Lee Sumi dont on ignore encore si elle a fugué ou disparu. Le docteur Park Dojin garde le silence un moment avant de répondre avec prudence.

— Cette disparition relève possiblement d'un crime. C'est un avis personnel, bien sûr. Mais faites attention à vous.

Il met l'accent sur « disparition », laissant à penser qu'il est vraiment inquiet pour Miri. Elle le sent.

— Oui, j'ai compris. Ce que vous avez dit…

— Madame Gong, fait le docteur Park d'une

voix embarrassée. Je suis désolé mais je dois recevoir mon dernier patient.

— Je vous en prie. C'est moi… je vous ai retenu trop longtemps. Je suis désolée.

— Rappelez-moi plus tard. Tenez-moi au courant.

Park Dojin raccroche.

Miri rejoint le salon où Hyeonji ouvre de grands yeux étonnés devant le trouble de sa mère. Miri consulte à nouveau l'heure. Bientôt le retour de son mari. Et du match de foot.

La porte d'entrée s'ouvre. Quand on parle du loup… Se dirigeant vers la porte, Miri annonce :

— Hyeonji, je vais faire un petit tour. Je reviens.

— Où ça, maman ?

— Devant la résidence.

Miri tombe sur son mari.

— Tu vas où ? demande Seungho, interloqué.

— Je reviens très vite, répond Miri en enfilant ses chaussures. C'est pour la Section des enquêtrices mères au foyer.

— Quoi ? Et le dîner alors ?

— Tu n'as qu'à faire des spaghettis.

— Comment je saurais ?

La voix de Seungho s'amplifie.

— Il suffit de cuire des pâtes dans de l'eau et puis d'ajouter de la sauce. Ce n'est pas sorcier !

— Mais comment…

Miri referme la porte sur Seungho avant la fin de sa phrase. Dans le couloir, l'air nocturne est frais. Son cœur bat tout doux, c'est agréable. Elle reçoit un appel de Sohui et décroche énergiquement.

Un peu ivre, Gwangkyu entre dans la résidence en bâillant. Après le relais, il a pris un dîner accompagné de quelques verres dans un restaurant du quartier. Il n'a pas beaucoup bu mais se sent grisé, peut-être à cause de la fatigue. Le nombre de gardiens a été réduit cette année. Ceux qui restent ont plus de travail qu'avant. À salaire égal.

— Si le moine n'aime pas le temple, il n'a qu'à le quitter. C'est tout.

Résigné, il fredonne en marchant dans la résidence. Par ces temps de marasme économique, son poste n'est pas si mal. Et son titre fait plutôt bien : agent de sécurité en chef. Il a reçu ce grade en début d'année. Son prédécesseur ayant été licencié, Gwangkyu lui a automatiquement succédé. Agent chef, monsieur le chef… il est très fier de ce sobriquet. Intimement fier. D'un autre côté, le stress induit par la fonction n'est pas négligeable.

À propos de stress, il revoit ces dames. Celles qui s'agitent pour attraper Boules de Mulot.

— Mères au foyer de… C'était quoi déjà leur nom ?

Sous l'emprise de l'alcool, il ne s'en souvient pas exactement. Qu'importe, enfin, si ces dames veulent bien ne pas trop l'embêter…

Gwangkyu lève la tête vers le ciel, le cœur mélancolique. Un lampadaire cassé, là-bas, s'offre aussitôt à sa vue. Il en a changé l'ampoule plusieurs fois, mais quelqu'un vient toujours la casser. Fatiguée, la gérance a renoncé à payer les frais de réparation.

— Quels radins ! murmure-t-il en s'asseyant sur un banc.

S'il rentre maintenant, il va devoir supporter les piques incessantes de sa vieille maman. Il décide de rester là, dans l'air frais, et attend de dessoûler.

— C'est quand même louable ce qu'elles font… Se donner autant de mal.

Gwangkyu se parle à lui-même. Les visages des quatre femmes lui reviennent à l'esprit. La tâche n'est certes pas simple. Pourtant elles se proposent de résoudre l'énigme de Boules de Mulot. Gwangkyu se dit qu'il devrait les aider de son mieux. À une époque, il ne se rappelle plus laquelle, il était en quête de sensations fortes. Et la vie a passé sans qu'il ait vu le temps filer. Il l'a perdu à tergiverser. Et un jour il a dépassé la cinquantaine, sans même s'être marié. La chose n'arrivera probablement pas. Vieillir sans tomber malade, tranquille aux côtés de sa mère, est son ultime vœu.

— Demain, c'est congé. Ouf.

Depuis un certain temps, il ne sait plus quand, il parle tout seul quand il a bu. Possible qu'il vieillisse. Avant, c'était sa mère. Il ne comprenait pas sa tendance aux monologues. Maintenant il se surprend à faire la même chose.

Gwangkyu pousse un long soupir et tourne la tête sur le côté. Une poubelle est installée près du banc. Quelle idée… Si près du banc ? Décidément, l'aménagement de l'espace public ne s'arrange pas. Stupide poubelle. Ces poubelles sont un casse-tête pour les gardiens, parce que les résidents y déposent tout et n'importe quoi, en douce.

— Merde, regarde. Encore.

Ce soir, c'est la même chose. Un sac plastique noir dépasse. Carrément provocateur. En plus ça pue. Des déchets alimentaires jetés là clandestinement. C'est sûr.

Tss…

Gwangkyu fait claquer sa langue et s'approche de la poubelle.

Sohui est arrivée au parking avant Jihyeon. Elle a prétexté devant ses parents de passer voir rapidement une amie car elle n'a pas encore osé leur parler du projet d'enquêtrices, ni de Boules de Mulot. L'évoquer déclencherait de sévères réprimandes.

— Retrouve le père de l'enfant !

Déjà deux ans, mais son père est toujours aussi en colère. Elle ne sait plus à quand remonte leur dernière conversation digne de ce nom. Son père refuse son statut de mère célibataire, abandonnée. D'un côté, Sohui le comprend. Mais elle a du mal à cacher sa déception. Alors leur relation ne tient plus qu'à un fil même si, heureusement, son père adore Cheoli. Après tout, il s'agit de son petit-fils.

Aussi les seuls bons moments de Sohui sont-ils ceux qu'elle partage avec les grandes sœurs du quartier. En dépit de leur importante différence d'âge, elle se sent à l'aise en leur compagnie. Elle aime particulièrement Jihyeon, comme une mère. Au début, Sohui allait régulièrement à la supérette avec Cheoli, et peu à peu les deux femmes sont devenues amies. C'est aussi Jihyeon qui lui a trouvé son job à l'épicerie.

Pour être honnête, jouer les enquêtrices est un luxe pour Sohui. Elle aurait davantage besoin de boulots qui paient les factures, même un peu, comme coudre des yeux aux ours. Élever un enfant nécessite de l'argent, et pas qu'un peu. À supposer qu'elles décrochent la prime, la part qui lui reviendrait ne serait pas très conséquente.

C'est donc par amitié et par solidarité qu'elle participe au groupe. La sororité, ça existe. Le sentiment d'appartenance de Sohui à la communauté des femmes est très fort. Quand elles sont ensemble, elle se sent en sécurité, elle est capable de tout. Malgré leur différence d'âge, elles sont de véritables amies. Sohui leur est reconnaissante de l'accepter telle qu'elle est.

Elle fait les cent pas en attendant Jihyeon. Quelques lampadaires sont cassés et il fait sombre. Inspecter un parking si obscur en pleine nuit…

Flippant. En même temps, avec Jihyeon, ça peut être amusant.

Sohui fait quelques recherches sur le web avec son portable allumé. Les aliments solides pour bébés sont sa lubie principale en ce moment. Certains achètent des produits bio pour préparer de la purée à leur enfant. Elle ne peut pas se le permettre. Trop coûteux. Ça lui fait mal au cœur.

Cheoli… Maman rentre bientôt.

Sohui murmure à son fond d'écran, une photo de son bébé. À sa vue, un sourire se dessine sur son visage. Que serait-elle devenue si elle n'avait pas accouché de Cheoli ? L'imaginer la fait tressaillir. Sans doute elle aurait eu plus de liberté, mais elle n'aurait pas ressenti cette plénitude, ce bonheur.

— Oui, bien sûr.

Une voix masculine émerge dans son dos, côté parking.

Sohui sursaute et se retourne. Un homme, d'âge moyen, s'approche d'elle un sac de poulet frit à la main.

Il doit tout juste avoir garé sa voiture.

— Papa a pris un poulet frit.

Sohui sourit à cette conversation. Elle se laisse aller au plaisir d'imaginer l'enfant qui attend son papa et le poulet. Elle pense aussi qu'elle aimerait donner un papa à Cheoli. Dire qu'elle ne se sent pas seule serait un mensonge. Ses sentiments pour le père biologique de Cheoli ont disparu depuis longtemps, mais l'envie d'aimer à nouveau grandit en elle chaque jour.

— Oui, j'arrive tout de suite.

L'homme s'approche, de plus en plus.

Sohui pense soudain à Miri. Ce serait bien si elle nous rejoignait.

Je passerais bien un coup de fil à grande sœur Miri.

Miri donne une impression de froideur tant elle peut être taciturne, mais au fond elle regorge d'affection. C'est elle qui a trouvé des vêtements de bébé et des affaires de puériculture pour Cheoli. Si Jihyeon est pour elle une maman, Miri est une grande sœur, et un véritable soutien.

Miri décroche au bout d'une sonnerie.

— Allô ?

Sa voix est énergique.

— Grande sœur, je suis au parking, avec grande sœur Jihyeon, on va…

Sohui s'interrompt car une présence affleure dans son dos. Elle se retourne encore. L'homme au sac de poulet est presque collé à elle.

— Qui êtes-vous ? demande Sohui.

La main de l'homme se propulse comme une langue de grenouille sur une mouche. Une serviette trempée recouvre le nez et la bouche de Sohui avant même qu'elle puisse réagir.

Ah !

Ce cri, qu'elle croit avoir poussé, n'est pas sorti de sa bouche. Il reste suspendu quelque part dans son cerveau. Sa vue se brouille. Sa conscience plonge dans une mare sans fond. À une vitesse affolante.

— Allô ? Sohui !

La voix de Miri résonne au loin, au-dessus de la surface.

Non, murmure Sohui. Le visage de Cheoli lui sourit. *Fade out*.

— Qui c'est qui a encore jeté ses déchets dans une poubelle publique ?

Personne n'entend le cri de Gwangkyu. Crier le défoule, soulage sa colère, même minime. Dans son métier, il a affaire à toutes sortes de personnes déraisonnables, voire désaxées. Il aurait pourtant suffi de faire quelques pas supplémentaires pour déposer ces ordures à l'endroit dévolu. Gwangkyu n'arrive vraiment pas à comprendre les gens qui refusent l'usage des conteneurs et s'obstinent à jeter leurs détritus dans les poubelles publiques. Quelle mentalité !

— Fumiers !

Tous des fumiers, ces gens-là, la chose est certaine. Gwangkyu marche vers la poubelle en grimaçant. La puanteur est de plus en plus insupportable. Un essaim de mouches opportunistes bourdonnent et profitent du banquet.

— Merde, écœurant.

Gwangkyu saisit le sac entre le pouce et l'index, et le pose à terre. Plus lourd qu'il n'aurait pensé. Le fumier était vraiment décidé sur ce coup-là. Vu la forme du sac, qui pend vers le bas, ce doit être le pied d'un cochon à moitié mangé.

Accroupi devant le sac, Gwangkyu allume son portable pour l'éclairer. Il faut en effet en vérifier le contenu pour le transférer dans la bonne poubelle. Un mal de tête le gagne, peut-être à cause de la puanteur, ou des verres qu'il a bus. Ses paupières tremblent légèrement. Des gouttes de sueur perlent à sa nuque. Ses aisselles sont trempées. Gwangkyu ouvre le sac. Lentement.

— C'est… C'est… Qu'est-ce que c'est que ça ?

Impossible de répondre au premier coup d'œil. Il ne comprend pas. Il approche son portable.

La forme est familière…

Pour sûr, j'ai vu ça souvent…

Sa tête penche à droite, puis à gauche, et ses yeux s'arrêtent sur sa propre main qui tient son portable. Il regarde à nouveau à l'intérieur du sac.

— Ahhh !

Son hurlement le projette en arrière, il tombe

sur les fesses. Le troupeau de mouches, qui n'avait attendu que ce K-O, se rue à l'intérieur du plastique.

Vers le poignet pâle proprement découpé.

Sa sueur refroidie, Gwangkyu frissonne. Peinant à respirer, il lève son téléphone. Appeler la police. Il sait qu'il doit le faire mais tout est blanc dans sa tête. Son cœur bat si fort qu'il est près d'exploser. Gwangkyu ferme les yeux, les rouvre. Le sac n'a pas disparu, non. Toujours là. Son contenu également.

— Alerter la police. Alerter.

Il lui faut du temps pour se souvenir du numéro. Il le compose sans être sûr que c'est le bon.

— Police de Gwangseon, bonsoir…

— Il y a, crie Gwangkyu, il y a un poignet découpé ! Gwangkyu s'affale sur le sol.

Le sang coule de l'intérieur du sac, un pin's jaune s'en extrait et roule à terre. Il figure un smiley.

L'homme 3

Après la chasse il se repose. Au moins un mois. Pendant ce temps, il revoit sa collection et rumine son plaisir. Le plaisir de la chasse. Il sait le contrôler. Du moins jusqu'à la dernière fois.

Au début, quand il était novice, il ne réfléchissait pas. C'était l'époque où il n'avait pas encore sa propre signature. Incapable de dompter sa pulsion, il errait tous les deux ou trois jours dans la rue en quête d'une proie. Une chance qu'il n'ait pas été arrêté à cette époque.

Tout cela, c'est grâce à LUI. S'il ne L'avait pas rencontré, il serait devenu un meurtrier du commun. Un assassin lambda. Un quidam qui n'aurait pas connu la gloire.

Il a écouté SES conseils pour établir ses plans et fixer sa règle. Se contenir, un mois au moins, entre deux prises.

Il L'écoutera toujours avec attention. Jamais il n'a songé à enfreindre SES ordres.

Une seule fois, une unique fois, il n'a pas respecté la règle : deux jours à peine après sa dernière chasse, encore écrasé de fatigue, il est reparti pour un nouvel assaut.

Cette fois-ci, encore, la proie est une femme, petite. Ses cheveux coupés au carré descendent au bas de ses oreilles et ça lui va bien.

La femme regardait son portable sans faire attention à lui. Rien d'étonnant. Il suffit de jouer le papa aimant qui rentre avec son poulet frit, ça marche à tous les coups.

Il s'est approché d'elle en attendant le moment où elle serait distraite, puis l'a maîtrisée facilement. Tellement facilement. Trop facilement. La serviette trempée de chloroforme aussi, ça marche à tous les coups.

L'homme l'a ensuite traînée jusque chez lui. Dans sa planque parfaitement insonorisée.

Aucun bruit ne peut s'en échapper. En plus, la cache se trouve au rez-de-chaussée. Personne pour faire obstacle à son plan.

Il l'a attachée, la femme, dans sa salle de bain. Il ne compte pas s'en occuper tout de suite. D'abord dormir un peu, puis se nourrir, se fortifier. D'autant plus que, demain, il va travailler. D'autant que, accessoirement, après « ce » qu'il a laissé, toute la résidence… non… tout le pays va être en ébullition. Ça va durer un moment. Prudence.

Quand la panique collective baissera d'un cran, et quand son désir de chasse poindra à nouveau, alors il s'occupera de cette proie.

D'en haut, l'homme contemple la femme gisant au sol. Elle murmure un mot dans son inconscience.

— Chcoli…

Savoir qui est Cheoli ne l'intéresse absolument pas. De toute manière, cette femme ne reverra jamais cette personne. Non seulement cette personne, mais aussi toute la bande de bonnes femmes avec qui elle traînait. Adieu.

L'homme colle une bande de Scotch sur la bouche de la femme.

Meurtre

La partie du corps retrouvée dans la résidence X de Gwangseon a été identifiée comme appartenant à une femme. Selon les déclarations de la police locale, des forces spéciales ont été constituées et sont chargées de l'enquête, notamment pour déterminer s'il s'agit d'un crime commis par Smile Man. Smile Man a, au cours de ces deux dernières années…

Jihyeon éteint la télévision. Un silence glacial, profond, emplit la supérette Gwangseon. Personne ne dit un mot, les regards sont perdus dans le vide. Des grains de poussière dansent sous le rayon de soleil matinal. Ce tableau est à peu près similaire à celui des jours passés. À la seule différence qu'il y manque Sohui.

Jihyeon brise enfin le long silence.

— Toujours pas de nouvelles ?

— Non, répond Gyeongja. Son téléphone est éteint.

— Fichtre, mais qu'est-ce que c'est que cette histoire !

Jihyeon soupire. Miri demande :

— Grande sœur, sa disparition a bien été signalée ?

Sa voix est rauque. Elle n'a pas fermé l'œil de la nuit, ce dont témoignent les cernes sombres dessinés sous ses yeux. Les deux autres partagent la même petite mine.

— Mon mari s'en est occupé, oui. Mais puisque Sohui est une adulte, ils penchent pour une fugue.

Gyeongja a répondu d'un air timide, comme si elle était fautive.

— Quoi ? s'emporte Jihyeon en haussant la voix. Une fugue ? Comment Sohui, qui allait me retrouver au parking, aurait soudain fait une fugue ? Ils n'ont pas regardé la télé ou quoi ? Ils ne sont pas au courant de l'horreur qui vient de se produire dans notre résidence ? Comment ils peuvent parler d'une simple fugue ?

— Il paraît que… justement, ils sont très préoccupés à cause de cette affaire. Selon mon mari, ils en feront une priorité dès qu'ils auront du personnel disponible.

— Bon sang, en attendant, notre Sohui…

— Il faut qu'on la retrouve, déclare Miri. On ne peut pas attendre que la police se bouge.

— Je ne demande pas mieux. Mais comment on va s'y prendre ? Elle s'est évaporée… comme ça.

— On doit trouver un moyen, dit Gyeongja. Hier soir, il était trop tard et on n'a pas pu faire notre tour. Fouillons toute la résidence, étudions les enregistrements des caméras, faisons tout ce que nous pouvons.

— Elle a raison, lâche Miri en s'affalant sur une chaise. Hier, on a vu les parents de Sohui, complètement désemparés. Cheoli pleurait. Ils ne sont pas en état de faire quoi que ce soit. On ne peut pas juste attendre que la police se décide à bouger. C'est à nous de bouger. On ne peut pas rester là sans rien faire. Serrons-nous les coudes.

La force lui revient à mesure qu'elle parle. Sa volonté abattue se ranime peu à peu.

— Oui. Bien sûr. Mais c'est tellement soudain, tellement effrayant…

Des larmes montent aux yeux de Jihyeon. Elle est la plus âgée, sa grosse voix tonitrue, c'est une spécialiste des petites piques, mais elle a le cœur le plus tendre.

— Moi aussi, tressaille Gyeongja, j'ai peur, grande sœur.

Ses lèvres tremblent à ces mots.

Miri serre les poings, fort. Elle se dit que, elle, elle ne doit pas s'effondrer. Le temps du chagrin viendra bien assez tôt. Celui de la peur aussi. Maintenant, il est temps de s'activer. De réfléchir, de fouiller, de flairer partout, les moindres indices, tels des chiens, fidèles et robustes.

— Grandes sœurs, récapitulons. On était sous le choc hier soir, trop pour réfléchir. Surtout, garder la tête froide. Et partager franchement nos avis.

À cette déclaration de Miri, Jihyeon et Gyeongja se regardent. Puis elles hochent la tête en même temps. Elles le savent, elles aussi. Que le moment est celui de l'action. Gyeongja commence :

— Je pense qu'il n'est pas question de fugue.

— On la connaît, Sohui. Ce n'est pas son genre. Et puis, tu as dit qu'elle t'a appelée, non ? Que tu as décroché mais que la communication a été coupée brusquement, c'est ce que tu nous as dit, hein ?

— Exact. S'il n'y avait pas eu son coup de fil, j'aurais volontiers pensé à une fugue. J'ai envie de croire à une fugue. Mais ce coup de fil est trop préoccupant. D'où mon inquiétude : elle a peut-être été kidnappée…

Jihyeon coupe la parole à Miri.

— Qui l'aurait kidnappée ?

— Boules de Mulot ou…

S'interrompant, Miri tourne la tête vers l'écran de télé éteint. Les événements de la nuit précédente lui reviennent, nettement. Elle donnerait tout pour ne pas revivre une nuit pareille.

Après l'interruption de l'appel, Miri a couru jusqu'au parking. En chemin elle a téléphoné à Jihyeon pour lui expliquer ce qui venait de se passer. Les deux femmes sont arrivées en même temps au parking et ont constaté que Sohui n'y était plus, nulle part. Jihyeon a appelé Gyeongja qui les a rejointes aussitôt.

Supposant qu'elles s'étaient peut-être croisées sans se voir, elles ont refait plusieurs fois le chemin – allers et retours – entre le parking et le bâtiment 7, chez Sohui. Gyeongja a continué de l'appeler mais elle ne décrochait pas. Une heure a passé, sans résultats, puis elles ont entendu les sirènes. La police débarquait.

Elles ont couru dans leur direction avec un petit espoir. La Section des enquêtrices mères au foyer a été accueillie par Gwangkyu, à terre, et son gyrophare clignotant au-dessus d'un sac plastique noir qui luisait comme s'il était vivant.

Jihyeon et Gyeongja n'en ont pas vu le contenu, mais Miri, qui a réussi à se faufiler entre les policiers, a aperçu la main découpée. Ce n'était pas la main de Sohui. Mais une petite tache sur le poignet lui semblait familière.

— Je sais. Je sais à qui appartient cette main.

En dépit de la confusion générale, Gangsik a entendu le murmure de Miri. Il était en train d'accabler Gyeongja de sermons pour être tombé sur elle dans une situation si improbable.

— Pardon ? Que dites-vous ? Vous la connaissiez ? a demandé Gangsik.

Entre-temps, la foule s'était amassée et le chaos s'était installé. Les jambes de Miri ont fléchi, elle allait s'écrouler mais Gyeongja l'a vite rattrapée et soutenue.

— Grande sœur, c'est elle. La fille.

— Quoi ?

— La fille de ce matin, Sumi. La disparue. Appartement 801.

— Mais, qu'est-ce… qu'est-ce que tu veux dire ?

— Son nom est Sumi ? De quoi vous parlez ? Hé toi, est-ce que tu sais quelque chose ? Dis-moi tout, en détail.

Miri et Gyeongja lui ont raconté leur visite chez

la mère de la disparue. Le visage de Gangsik a changé de couleur.

— La tache sur le poignet, a dit Miri. C'est sûr. Allez-y, dépêchez-vous.

Sa phrase à peine achevée, Miri a vomi.

Les événements se sont enchaînés très vite. Miri a accompagné les policiers et fait une déposition au sujet de sa rencontre avec la mère de Lee Sumi, tandis que Jihyeon et Gyeongja ont continué à fouiller la résidence à la recherche de Sohui.

Il était minuit passé quand Miri est rentrée chez elle. Hyeonji dormait, Seungho lui a jeté un coup d'œil irrité avant de s'éclipser dans la chambre conjugale sans un mot.

— Arrête. Il ne faut pas prononcer ce genre d'atrocités.

Jihyeon coupe la parole à Miri, devinant où elle veut en venir.

— Grande sœur, répond Miri avec peine, on ne peut pas ne pas y songer. Qui aurait imaginé que cette fille, Sumi, aurait connu une fin pareille ?

— Je ne peux pas le croire ! Un meurtre dans notre résidence… mon Dieu !

— D'après mon mari, ils ne sont pas encore certains qu'il s'agisse d'un crime de Smile Man. Parce qu'il y a aussi des imitateurs… des… *copycats*. Oui, il a dit *copycats*.

— On continue à la chercher. Pour Smile Man, j'ai fait quelques recherches la nuit dernière. Je vous raconterai. Et puis, ajoute Miri en se tournant vers

Gyeongja, ce serait vraiment bien si le papa de Yunmi pouvait nous aider.

Gyeongja remue les mains.

— Ne m'en parle pas. Il m'a harcelée toute la nuit. Il m'a posé tellement de questions que j'avais l'impression de subir un interrogatoire.

— Pourquoi ? demande Jihyeon, piquée de curiosité. Qu'est-ce que tu as fait de mal ?

— D'après lui, c'est parce que des bonnes femmes s'agitent en troupeau que ce genre de choses arrive.

— Quoi ?

— Non, non, c'est moi, je n'aurais pas dû en parler. On ne va pas demander d'aide, on se débrouille entre nous. De toute façon, si Sohui ne revient pas rapidement, ils finiront bien par ouvrir une enquête et se mobiliser sérieusement.

Sur cette déclaration, Miri se lève avec détermination. Gyeongja se lève à son tour. Jihyeon les suit, prenant appui sur ses genoux pour se mettre debout.

— Fichtre, saleté de genoux !

Miri et Gyeongja lui tendent la main, Jihyeon leur jette un regard avant de saisir les mains offertes.

Les trois femmes sortent dans la rue où la chaleur commence à monter. Un léger vent rafraîchit pourtant l'air caniculaire de ces derniers jours. Un véhicule marqué du logo d'une chaîne de télé stationne dans la résidence. Des gens, vraisemblablement des journalistes, déambulent ici et là. Plusieurs groupes de trois ou quatre résidents se sont formés pour discuter. Le décor habituel en est troublé. Le choc de la nuit passée semble encore vif.

D'un geste du menton, Jihyeon désigne le cordon jaune de la police.

— Regarde ça. Vraiment flippant.

Pour aller au parking, il faut passer à côté de la poubelle dans laquelle a été découverte la main découpée.

— Un crime qu'on attribue à Smile Man…, rapporte un journaliste véhément à une caméra.

Les trois femmes se dirigent vers le parking en contournant la caméra. Miri raconte ce qu'elle a trouvé sur Smile Man la nuit précédente, une nuit blanche. Jihyeon et Gyeongja connaissent elles aussi son existence : quatre mois plus tôt, un pin's à tête de smiley a été découvert à côté d'un bout de corps, ce qui a ému tout le pays.

Parmi les tueurs en série, tous plus détestables les uns que les autres, Smile Man jouit d'un statut tout à fait particulier. Alors que la plupart des crimes sont dévoilés après l'arrestation de leurs auteurs, Smile Man affiche les siens avec fierté, exhibant sa signature. Le sobriquet « Smile Man » lui a été donné à cause du pin's souriant qu'il laisse toujours à côté de son trophée. Six meurtres commis en deux ans, le septième venant de se produire.

— Jusqu'ici, il a agi au sud de la province du Gyeonggi, explique Miri. C'est la première fois qu'on lui attribue un crime à Séoul. Si c'est lui, ça voudrait dire qu'il élargit son périmètre d'action.

— Y a-t-il une chance pour que ce soit un *copycat*, comme le suggérait mon mari ?

— J'ai vu le pin's de mes propres yeux, reprend Miri. Plus de deux types capables d'une telle folie, ça me paraît improbable. D'autant que, de ce que j'en sais, il agit toujours selon le même mode opératoire : la découpe du corps, l'abandon de ses trophées, etc. On peut en déduire qu'il s'agit d'un seul tueur. Il coupe les corps à la scie et les sème par petits bouts, ici et là, dans des endroits faciles à trouver. Bref, Smile Man est… une ordure de la pire espèce.

— C'est un autre niveau que Boules de Mulot, alors… murmure Gyeongja.

— Cette ordure est une ordure, et l'autre ordure est aussi une ordure. Seulement Smile Man est bien plus dangereux.

Jihyeon fait claquer sa langue.

— Tss… d'où ça sort ce genre d'ordures ? Comme ça, tout à coup ?

— Il n'est quand même pas devenu fou du jour au lendemain, intervient Gyeongja en essuyant la transpiration de sa nuque avec un mouchoir. Il a dû commencer par de petits coups, et évoluer jusqu'à en arriver là.

Miri les écoute et accélère soudain le pas. Quelque chose lui traverse l'esprit. La nuit passée, elle a lu d'innombrables articles de presse. Certains concernaient Smile Man, mais elle a aussi exhumé tous les articles relatant les meurtres commis ces dernières années au sud de la province du Gyeonggi. Deux affaires ont plus particulièrement attiré son attention. Sans être forcément liées à Smile Man, elles présentent tout de même certaines similitudes.

Trois ans plus tôt, le corps d'une jeune femme a en effet été retrouvé dans la décharge d'une petite ville. La victime a été identifiée rapidement. Il s'agissait d'une étudiante dont la disparition avait été signalée quelques jours auparavant. Le décès avait été causé par asphyxie, au moyen d'une pression sur la région cervicale. Pas de traces de violence sexuelle ni d'autres blessures apparentes. Le seul indice qu'on ait trouvé était du tissu cutané sous les ongles de la victime. Une trace de lutte. La police a effectué une recherche ADN, mais aucune correspondance n'a été trouvée. Un mois plus tard, une autre victime a été découverte sur une colline de la même ville. Une femme, la trentaine, employée de bureau ordinaire. Étranglée elle aussi. La police a supposé que le tueur était le même. Une méthode similaire mais surtout un nouveau point commun sont apparus de manière flagrante : un sourire dessiné au stylo-bille dans la paume des deux victimes. Ce que Miri a lu dans la presse s'en tient là. Le coupable n'a pas été arrêté. Quand les meurtres morbides de Smile Man ont été portés à la connaissance du public, ces anciennes affaires ont fait l'objet de mentions rapides, mais les gens les ont vite oubliées. Aucun article à ce sujet par la suite.

— Qu'est-ce qu'il y a ? demande Gyeongja à Miri.

— Supposons que Smile Man ait progressivement évolué.

— Qu'est-ce que tu veux dire ?

Miri raconte ses lectures de la nuit précédente. Les visages de Jihyeon et Gyeongja en blêmissent.

— Tu veux dire que les affaires d'il y a trois ans devraient être attribuées à Smile Man ? demande Jihyeon.

— Oui. Au début, c'était un novice, donc maladroit. À force de répétitions, il a acquis de la technique et de la méthode. Au départ, il se contentait de dessiner un sourire dans la paume de ses victimes. Avec le temps et l'expérience, il a gagné en hardiesse et en cruauté. Jusqu'à découper les corps et utiliser des pin's illustrés par un smiley, par exemple.

— Tout à fait convaincant, acquiesce Gyeongja.

Les trois femmes arrivent au parking, tranquille comme tous les matins après le départ des voitures.

— C'est ici que Sohui a disparu, dit Miri avant de regarder à droite et à gauche.

La veille au soir, au téléphone, la voix de Sohui était on ne peut plus calme. Puis, sans signe avant-coureur, la ligne a coupé. Depuis elle ne décroche plus.

Qu'est-ce qui s'est passé ? Qu'est-ce qui a bien pu se passer…

Nulle réponse du parking désert et de son mur haut de trois mètres. Seul un monticule de terre, au fond, trouble un peu ce morne paysage.

— C'est pour les travaux paysagers, cette terre ? demande Miri.

— Ils en prennent au fur et à mesure de leurs besoins, répond Gyeongja, paraît-il. Ils ont mis une bâche pour que ça ne s'envole pas. Vu ce qui reste, les travaux devraient bientôt se terminer.

— Allons voir.

— Hein ? Où ça ?

Miri avance à grandes enjambées. Avoir repensé à sa recherche sur Smile Man et aux circonstances de la disparition de Sohui lui donne le sentiment que quelque chose n'est pas net. Quelque chose cloche, mais elle n'arrive pas à identifier quoi. Comme si une minuscule épine l'avait piquée, si minuscule qu'elle en devenait introuvable. Pour l'enlever, il faut fouiller la chair.

Mouillée de rosée matinale, la terre est humide et sent une odeur plutôt agréable. Cette odeur de terre, ce parfum de fleurs. Si tout s'était passé comme prévu par Miri, suivant le plan concocté par Miri, elles auraient déjà arrêté Boules de Mulot. C'est pour cette raison qu'elle voulait inspecter le parking hier soir. Mais Boules de Mulot n'est plus le problème. Rien ne sert de trouver Boules de Mulot mille fois, dix mille fois, si elles ne retrouvent pas Sohui.

— C'est ce que je voulais dire hier. Sur les enregistrements, Boules de Mulot disparaît toujours par ici.

Jihyeon aussi pense à Boules de Mulot.

— Mais là, ajoute-t-elle d'une voix faible, il n'y a que de la terre.

Un coup de vent venu de l'autre côté de la rivière se met à souffler dans le parking. De la poussière se détache de la terre non recouverte par la bâche.

Gyeongja détourne le visage et couvre ses yeux.

— Ah, ce sable !

— Une seconde ! s'écrie Miri.

Le vent souffle encore. La poussière danse dans

l'air, comme les pans du trench-coat de Miri, qui ondulent telles des ailes de raie.

Un autre bruit, à peine perceptible, se mêle à celui des vêtements qui flottent dans le vent. Le gémissement douloureux du fer rouillé. Miri avance vers l'arrière du monticule. Le vent s'est un peu calmé mais le bruit de ferraille continue.

Kkiiikk, kkiiikk.

Là se trouve une porte étroite. Située dans un angle, elle permet le passage d'une seule personne. Son loquet de fer rouillé est la source du léger couinement. Cachée tout au fond du parking, à l'arrière du monticule de terre, cette porte se dérobait à la vue de tous.

Miri se retourne en criant :

— Regardez !

— Quoi ? Une porte ? Ici ?

Gyeongja n'en revient pas. Prise d'une illumination, Jihyeon tapote l'épaule de Gyeongja.

— Je me souviens de cette porte ! On l'avait mise là pour faciliter l'accès à la rivière, mais comme elle permettait surtout l'intrusion de non-résidents, elle a été condamnée il y a un bail. Tu ne t'en souviens pas ?

— Si, si… Effectivement. Mais je ne viens presque jamais ici. Je ne conduis pas. J'avais complètement oublié.

— Moi aussi. Oublié… complètement !

— On dirait qu'elle a repris du service, observe Miri en l'examinant de près.

Quoique rouillé, le cadenas semble avoir été utilisé récemment. Dénué de poussière, il brille, comme astiqué. Sur le sol, de la rouille tombée du cadenas témoigne de multiples ouvertures et fermetures. Improbable, donc, qu'elle soit restée condamnée ces derniers temps.

— Quand même…

Jihyeon n'arrive pas à finir sa phrase

— Oui, affirme Miri, je crois que c'est ça : le passage secret de Boules de Mulot.

— Vraiment ? demande Gyeongja en faisant les yeux ronds.

— Concernant Boules de Mulot, nous avons trouvé à peu près toutes les réponses. Après avoir commis ses délits, il vient ici, dans l'angle mort des caméras, et il s'enfuit par cette porte. On peut en déduire que… il y a des chances qu'il ne soit pas un résident.

— S'il ne vit pas ici, comment aurait-il su pour la porte ? demande Jihyeon. Et comment aurait-il mis la main sur la clé ?

— Il faudra qu'on se renseigne auprès du poste de sécurité, ou de la gérance. Ce sont eux qui gardent les clés.

— Ce ne serait pas par cette porte que quelqu'un aurait emmené Sohui ?

Une expression douloureuse se dessine sur le visage de Jihyeon quand elle prononce « quelqu'un ».

— Pas impossible. En sortant par là, on tombe sur la rivière Gwangseon. À supposer qu'il ait garé une voiture tout près, il a pu disparaître facilement.

— Dans… Dans ce cas, il est envisageable que Boules de Mulot l'ait emmenée… et pas ce Smile Man ? Je te l'ai dit, Miri : chaque fois le crime gagne en horreur. Alors… mon Dieu, l'un dans l'autre, l'issue est toujours terrible…

Jihyeon prend sa tête dans ses mains et pousse un long soupir.

Miri demeure fixe, regardant alternativement le monticule et la porte. Non, lui souffle son intuition, ce n'est pas Boules de Mulot. Certes, il s'enhardit, mais pas au point de kidnapper une femme d'un seul coup. Tout le monde ne peut pas devenir Smile Man. Dans ce cas, la seule possibilité…

— Faisons un tour, propose Miri. On va chercher du côté des bâtiments et puis à la fin on ira au poste de sécurité.

Elle se garde bien de prononcer les derniers mots surgis dans son esprit.

Smile Man.

L'image de Smile Man, qu'elle se figurait nettement à la vue de son nom dans les JT et sur internet, lui paraît maintenant irréelle. Aussi irréelle qu'un personnage déguisé dans une émission pour enfants. Un pin's avec un smiley, c'est si puéril. Pourquoi un tel comportement ?

Jihyeon prend les devants :

— Oui, on va faire comme dit Miri.

— Ce n'est pas trop dur pour toi ? chuchote Gyeongja à Miri. Nous, on ne fait pas grand-chose et on te laisse tout sur le dos.

Elle a l'air sincèrement désolée.

— Ne dis pas de bêtises. On aura besoin de l'aide du papa de Yunmi de toute façon. À ce moment-là, je compterai sur toi.

— Mais Gangsik est tellement mécontent…, murmure Gyeongja.

— C'est parce qu'il a conscience du danger.

— Tu crois ?

Jihyeon, légèrement penchée en avant, ramasse quelque chose par terre.

— Qu'est-ce que c'est ? Un papier qu'on a jeté ?

Il s'agit d'un petit dépliant publicitaire. Gyeongja s'approche à son tour :

— C'est quoi ?

— Le vent a dû l'emmener du parking jusqu'ici.

— Une publicité pour un restaurant de poulet frit, commente Gyeongja, l'air ravi.

Miri observe le flyer par-dessus l'épaule de Gyeongja. Propre et lisse, il est illustré du visage souriant d'un célèbre comique. « Papa rentre avec un poulet frit ! » y est écrit en gros caractères. Une pub tout ce qu'il y a de classique.

— Il est tout propre, remarque Miri. C'est quand même étrange. À moins que quelqu'un l'ait posé ici exprès.

— On l'a peut-être fait tomber en sortant d'une voiture après avoir acheté du poulet.

Miri hoche la tête à cette observation de Gyeongja.

— Ouais, je vais le jeter à la poubelle, dit Jihyeon. C'était idiot de le ramasser.

Sur ce, elle le fourre dans sa poche.

Le téléphone de Miri sonne, affichant un numéro inconnu. Mais elle a l'intuition qu'elle devrait décrocher.

— Allô ?

— Vous êtes la maman de Hyeonji ? C'est l'inspecteur Roh. Le mari de Gyeongja.

— Ah ! Bonjour !

Miri se tourne vers Gyeongja et articule « Ton mari » en remuant les lèvres avant de reprendre l'appel. La nuit précédente, après sa déposition et avant de quitter le poste, elle a en effet vivement demandé à Gangsik de la rappeler, au cas où la main trouvée serait celle de Lee Sumi.

Le cœur de Miri se met à battre, très fort.

— Bonjour, vous vous êtes donné beaucoup de peine hier soir. Nous avons le résultat… Eh bien, la main appartient effectivement à Mlle Lee Sumi. La mère de la victime est passée au poste et l'a confirmé. C'est grâce à vous, Gong Miri, que nous avons pu trouver l'identité de la victime si vite. Je vous remercie.

— Oui…

Miri ne parvient pas à dire autre chose.

Jihyeon et Gyeongja scrutent son visage, devenu pâle comme un linge.

— On attend encore les résultats de l'analyse ADN avant de l'annoncer officiellement. Voilà, maman de Hyeonji, oubliez ça et n'en parlez à personne, s'il vous plaît. Vous comprenez ?

Le ton de Gangsik est courtois mais ferme, comme son intention : pas de vagues, pas de commérages.

— Je comprends. Je vous remercie. Miri raccroche.

— Qu'est-ce qu'il a dit ? demande Gyeongja, curieuse.

— C'est bien… elle…

Miri essaie de donner la nouvelle avec calme, mais sa voix tremblante la trahit. Le visage désespéré de la mère, qui la suppliait de retrouver sa fille, ne quitte plus son esprit. *Était-ce déjà trop tard? Aurais-je pu faire quelque chose à ce moment-là?* La culpabilité la ronge.

Gyeongja se met à pleurer.

— Mon Dieu, comment faire, comment…

Elle s'accroche à Miri qui lui passe une main dans le dos, tandis que Jihyeon lui tapote l'épaule.

— Grande sœur, murmure Miri tout bas, gardons nos larmes pour plus tard. Il faut faire quelque chose pour Sohui et sa mère. Et vite.

Elles poursuivent leurs recherches jusqu'à midi sans rien trouver de notable. Entre-temps Jihyeon reçoit un appel de la mère de Sohui. Toujours pas de nouvelles, lui dit-elle, et la police n'a pas l'air de se mobiliser.

— Je suis vraiment désolée, regrette Jihyeon avant de raccrocher.

— Sohui va revenir, sans faute. Cheoli est là. Elle ne va nulle part sans Cheoli.

Ce sont les dernières paroles de la mère.

Les trois femmes fouillent tous les coins et recoins de la résidence et se rendent compte, avec étonnement, que bien des endroits sont propices à cacher quelque chose. Sous-sols, locaux à matériel ou chaufferie, locaux électriques ou entrepôts dont l'usage questionne. La plupart étant équipés d'un cadenas, elles ne peuvent y entrer pour inspecter.

Par endroits, les sous-sols sont ouverts mais il y fait trop sombre pour voir quoi que ce soit.

Jihyeon est à bout de forces.

— Oh mes jambes ! Encore une heure et on arrête !
Gyeongja aussi a l'air fatiguée mais elle hoche la tête.

— Séparons-nous ici, dit Miri. Moi je prends les bâtiment 6 à 10. Et vous, grandes sœurs, investiguez auprès des témoins.

— C'est quoi investiguer auprès des témoins ? demande Jihyeon.

— C'est interroger les gens. Leur demander s'ils n'ont pas remarqué quelque chose d'inhabituel.

— OK. Fais attention à toi. Et n'oublie pas de nous appeler.

Jihyeon et Gyeongja retournent vers l'intérieur de la résidence, tandis que Miri se dirige à l'arrière des bâtiments. L'enquête sur les lieux est importante, mais il lui faut le temps de la réflexion. La main découpée ne quitte pas son esprit. Sitôt qu'elle ferme les yeux cette scène surgit avec une netteté effrayante. Elle voit ce genre de choses pour la première fois.

— Smile Man…

Miri marmonne ce nom.

Quelle sorte d'humain est-il pour exposer ainsi son crime et son trophée ? Face à l'existence tangible de ce tueur, les criminels croisés dans les livres lui paraissent dérisoires. Elle éprouve le sentiment d'une confrontation avec une chimère, née de la fusion de tueurs diaboliques des romans. Un être monstrueux qui affiche un grand sourire. Et un poignet découpé à la main.

Argh.

La nausée monte à nouveau. Miri s'appuie contre le mur et vomit. De son estomac vide depuis la veille au soir ne sort que de la bile, amère.

Miri essuie sa bouche et soupire profondément. À ce moment-là, un petit bâtiment entre dans son champ de vision. De la forme d'une boîte d'allumettes, il s'érige après l'aire de jeux. Compte tenu de l'état de ses murs gris, il doit être là depuis bien longtemps. Elle ne l'avait jamais remarqué.

… *Parce qu'il est ordinaire*, se dit-elle en s'approchant de cet immeuble.

LOCAL ÉLECTRIQUE – ACCÈS INTERDIT

La porte en fer affiche cette signalétique. Miri tente d'en tourner la poignée. La porte n'est pas fermée, elle pousse un couinement désagréable en s'ouvrant, comme si elle se réveillait en grinçant des dents.

Il fait noir à l'intérieur de cette pièce aveugle. Des strates d'obscurité s'y superposent, comme l'empilement des trois couches du gâteau préféré de Hyeonji.

Miri allume la lampe torche de son portable. Mais le petit cercle de lumière est trop misérable pour venir à bout de la noirceur nichée dans ce lieu. Le faisceau lamentable dévoile pourtant un enchevêtrement de câbles qui lui évoque les rares cheveux de son mari. Quelques colonnes apparaissent aussi, dont elle se demande l'usage. Exigu et étouffant, ce local poisse de chaleur et d'humidité. Insupportable.

Mais dans l'air flotte une certaine odeur.

Une odeur très discrète que Miri parvient tout de même à sentir. Elle inspire, fort, l'odeur pénètre dans ses narines, la nausée remonte encore. Elle se plie en deux quand soudain elle retourne brusquement la tête. Là-bas, au-delà de la lumière, dans l'obscurité invincible, quelqu'un se tient debout.

Jihyeon et Gyeongja marchent en direction du parking. Peut-être à cause de la chaleur, ou de la découverte de la nuit dernière, personne ou presque ne se promène dehors.

— Qui devrait-on interroger ? demande Gyeongja.

— Puisqu'il n'y a personne alentour, répond Jihyeon, on va devoir frapper aux portes. Les bâtiments 5 et 6 sont les plus proches du parking. Demandons aux locataires du rez-de-chaussée s'ils n'ont pas entendu des bruits étranges, et à ceux des étages plus élevés s'ils n'ont pas vu quelque chose de peu ordinaire.

— Oh ! grande sœur, tu parles comme une vraie enquêtrice ! Miri te l'a appris ?

— Non. Miri ferait mieux que ça. En fait, la nuit dernière, j'étais si angoissée que je n'ai pas dormi. J'ai lu. J'ai lu le livre que Miri m'a prêté. Holmes, là. Lui, il parlait comme ça.

— Wow ! Notre grande sœur est totalement convertie au métier d'enquêtrice !

— Tu parles, convertie ou pas convertie, j'ai hâte de retrouver Sohui.

— On va la retrouver. J'en parlerai encore ce soir à mon mari.

— Oui, s'il te plaît. Quand je pense à Sohui, mon cœur se brise. J'imagine que c'est pareil pour toi…

Jihyeon ralentit le pas. Gyeongja lui saisit la main. Elle semble avoir vieilli de dix ans depuis la nuit dernière. Gyeongja la comprend amplement. C'est elle qui a fait sortir Sohui. Elle doit s'en vouloir amèrement.

Jihyeon serre la main de Gyeongja. Puis elle se remet à marcher, lentement. Les deux femmes arrivent devant le bâtiment 6. Si des gens ont vu ou entendu quelque chose hier soir, il y a de fortes chances pour qu'ils habitent les bâtiments 5 et 6.

— On commence par l'appartement 101 ? demande Gyeongja.

Jihyeon fait un grand pas en avant et sonne à la porte. Des oiseaux leur répondent mais personne ne vient leur ouvrir. Jihyeon sonne une nouvelle fois. Mêmes cris d'oiseaux effarouchés, mais rien d'autre.

— Personne, apparemment.

— Essayons l'appartement d'à côté.

Alors qu'elles s'apprêtent à sonner au 102, un homme entre dans l'immeuble avec une caisse dans les bras, visiblement assez lourde. « Gaz de ville » est imprimé sur son gilet jaune. Après avoir jeté un bref coup d'œil aux deux femmes, il dépose sa caisse devant l'ascenseur.

— Vous travaillez dur…, observe Jihyeon. Avec une chaleur pareille… Mais qu'est-ce que c'est que ça ? ajoute-t-elle, l'œil inquisiteur.

— Un compteur à gaz. Vous n'avez pas vu

l'affiche ? On l'a collée dans tous les bâtiments pour prévenir des travaux. Tous les compteurs à gaz du secteur 1 vont être remplacés. Depuis hier on s'occupe du bâtiment 6.

Le technicien essuie son visage en sueur.

De la gentillesse émane de sa personne et il a une bonne tête. L'ascenseur descend lentement du dernier étage. Jihyeon et Gyeongja échangent un regard.

— Vous avez travaillé tard hier soir ? l'interroge Gyeongja.

— Les compteurs de cette résidence sont situés dans le couloir. Ça facilite un peu les interventions, mais ils sont si vieux que les vis tournent souvent dans le vide. Je dépose un compteur à chaque étage, je le remplace, ça prend plus de temps qu'on pourrait le penser. Résultat, j'ai fini à 21 heures passées.

— Alors vous êtes au courant ? Pour ce qui s'est passé ici hier soir ?

Jihyeon se rapproche du technicien, d'un pas. L'homme sursaute et recule, d'un pas.

— Oui. La police m'a même appelé à cause de ça…

— À mon avis, souffle Gyeongja à Jihyeon, ils ont déjà entendu les gens de l'extérieur.

— C'est ça, oui. Pas moi uniquement, mais aussi les ouvriers paysagistes. Ils ont tous été convoqués pour être entendus. Moi j'ai simplement dit que je n'avais rien à signaler. Pourquoi vous me demandez ça ?

Le technicien est désormais nettement sur la défensive.

— Non, rien. Détendez-vous. On voulait juste vous demander…

— Quoi, qu'est-ce que vous voulez me demander ?

— Vous avez dit avoir travaillé dans ce bâtiment hier soir. Vous n'auriez pas entendu quelque chose ? Des cris de femme, par exemple ?

Jihyeon pose la question avec prudence pour ne pas froisser le technicien.

— Je l'ai expliqué à la police : je travaille avec des écouteurs aux oreilles. J'écoute de la musique. Voilà pourquoi je n'ai rien…

— Vous n'auriez pas *vu* quelque chose ? le coupe Gyeongja. Du côté du parking, une scène particulière…

— Une scène particulière ?

— N'importe quoi qui sorte de l'ordinaire. Vous n'avez rien vu ? Vraiment rien ?

— Je ne sais plus trop… Ah si ! J'ai vu un homme et une femme. Elle était soûle, il la tenait sous les bras.

Ding !

Le technicien finit sa phrase quand l'ascenseur s'ouvre au rez-de-chaussée.

— Ne partez pas ! le prie Jihyeon en appuyant sur le bouton de l'ascenseur. Je vous offre une boisson fraîche. Continuez…

Miri réussit à se tourner, péniblement, parce que ses jambes refusent de bouger. L'obscurité visqueuse qui les entoure ne lâche pas prise.

Non !

Elle essaie de crier mais cette fois-ci c'est sa bouche qui refuse de s'ouvrir. Sa respiration s'accélère et son cœur bat si fort qu'il va exploser. Des gouttes de sueur coulent de l'arrière de ses oreilles, tombent sur sa nuque et glissent dans son trench-coat. Elle brûle et elle tremble de froid tout à la fois.

Tu le sais bien, Gong Miri, il n'y a rien là-bas.

Elle a beau se le répéter dans sa tête, son corps refuse de lui obéir. Ce qui est là-bas, dans le noir, ce sont des câbles entremêlés et des colonnes sans vie. Personne n'est derrière tout ça. Ça ne se peut pas. Elle le sait, mais l'obscurité terrifiante qui lèche l'arrière de son crâne sape son courage et sa volonté.

Les mains tremblantes, Miri fouille ses poches et en sort son sachet de médicaments. Elle l'avait pris au cas où, parce qu'elle n'a pas dormi une seconde la nuit dernière.

Son portable dans une main, elle tente avec l'autre de sortir les comprimés. Ses articulations sont figées, elle n'arrive pas à manipuler le sachet comme elle le voudrait.

Splash.

Un pas lourd se fait entendre. Ou plutôt une personne invisible fait un pas quelque part dans sa tête. Miri essaie d'ouvrir la bouche pour respirer, profondément. Un air malodorant et humide l'étouffe et brûle sa gorge.

— Ne t'approche pas ! crie-t-elle dans l'obscurité, rassemblant toutes ses forces. Disparais de ma tête !

Elle s'effondre sur le sol, des étoiles lui dansent devant les yeux. La migraine monte, sa tête est sur le point d'exploser, sa respiration est chaque seconde plus difficile.

Elle approche le sachet de médicaments de son visage, le déchire avec ses dents. Il s'ouvre, sur à peine deux centimètres. Déjà un soulagement. Elle vide le sachet dans sa bouche et mâche ses comprimés, dont le goût amer la ranime. Un cran de gagné.

Tu sais bien, tout ça, c'est à cause de toi.

Celui qui est dans le noir chuchote.

C'est parce que tu t'es mise à t'agiter bêtement, qu'elle a disparu.

— Non, ce n'est pas vrai !

De la salive coule de la bouche de Miri. Les médicaments agissent mais ce n'est pas suffisant. Miri se met à ramper vers la porte. Trois, peut-être quatre pas l'en séparent, mais cette porte menant à la lumière paraît lointaine, dans une autre dimension.

Tu te crois devenue quelqu'un d'important ? C'est ça ?

— Non, murmure Miri, ce n'est pas vrai.

Tu n'es rien. Tu l'as toujours été et tu le seras toujours.

— No…

À cet instant, la porte s'ouvre brusquement et une tête familière se penche à l'intérieur.

Qu'est-ce que vous faites là, madame ? C'est Gwangkyu.

— Aidez-moi.

Miri tend une main vers Gwangkyu. Il pose sa lanterne et traîne Miri sur le sol pour la sortir de là. Le soleil lui frappe le front, ses frissons s'estompent.

— Qu'est-ce qui vous est arrivé ? lui demande Gwangkyu après l'avoir extraite du local.

Elle demeure muette un instant, le temps de reprendre son souffle, puis elle relève lentement la tête. Le local électrique est là, juste devant. La porte en fer est grande ouverte. L'obscurité s'engouffre dans ce trou noir et y grouille, littéralement. L'être invisible va sortir de là et donner l'assaut, sur elle. Elle ferme les yeux, les rouvre. Le tremblement s'apaise.

— Et vous, prononce-t-elle d'une voix rauque. Vous êtes en service aujourd'hui ? Après l'énorme choc d'hier soir ?

— Tous les agents sont mobilisés. La situation est trop grave pour qu'on reste chez soi, à se reposer. Nous passons tous les recoins de la résidence au peigne fin. Sous-sols compris. Le directeur de la gérance m'a accordé un jour de congé, mais je n'arrêtais pas d'y penser, alors…

Gwangkyu se laisse choir à côté de Miri. Un moment, ils restent tous deux à regarder le local électrique, sans un mot. Le vent qui souffle légèrement fait grincer la porte.

— La maman de Cheoli a disparu, fait Miri.

— Oui, je sais. La plus jeune de votre groupe. Elle est très gentille et elle a toujours l'air gaie. Je l'aime bien.

— Nous sommes à sa recherche… Sohui.

— C'est pour cette raison que vous êtes entrée là-dedans ?

— Ce local ne devrait pas être fermé, normalement ?

Miri observe Gwangkyu.

— C'était ouvert ? Honnêtement, on ne vérifie pas tous les locaux tous les jours. Si quelqu'un force la porte, on ne va pas être au courant tout de suite.

— Non seulement c'était ouvert…, ajoute Miri en se relevant.

Elle s'approche lentement du local. Son intuition lui indique qu'il y a, ou plutôt qu'il y avait quelque chose dans cette bâtisse cubique.

— Venez sentir. Vous ne sentez pas comme du poulet frit ?

— Du poulet frit ?

Gwangkyu bondit sur ses jambes et se précipite vers le local. Il s'applique à renifler, bruyamment, puis ressort de là, l'air dubitatif.

— Je ne sens pas grand-chose.

— Moi je suis sensible aux odeurs. Je vous dis qu'il y a une odeur de poulet frit là-dedans, légère, mais certaine.

Miri retient la nausée qui revient et explique : partout, l'odeur de friture de poulet imprègne l'air humide. Elle en ignore le sens, n'empêche que cette idée ne veut pas la quitter : l'odeur est liée à la publicité ramassée par Jihyeon tout à l'heure.

— Dites…, demande Gwangkyu, sourcils froncés, vous allez bien, vous ? Après ce que vous avez vu hier soir ?

Il parle de la main découpée. Miri lui répond en toute franchise.

— Comment est-ce que je pourrais bien aller ? Moi aussi, c'était la première fois.

— Moi j'ai le cœur qui se secoue si violemment… il faudra que je voie un médecin. Quand je parle avec les autres, comme avec vous, là, ça va. Mais une fois seul, je revois sans arrêt ce sac noir… et ce qu'il y avait dedans… mon Dieu !

Gwangkyu tressaille. À cet instant, quelque chose s'allume dans l'esprit de Miri.

— Qu'est-ce que vous avez dit ?

— Ce que j'ai dit ? Ben, j'ai dit que je devrais aller voir un médecin.

— Non, après.

— Après ? reprend Gwangkyu, intimidé. Que… quand je suis tout seul, je revois sans arrêt ce sac noir avec ce truc. Vous voyez, ce sac en plastique noir…

— Sac en plastique noir ! s'époumone Miri sans s'en rendre compte.

— Vous m'avez fait peur ! sursaute Gwangkyu.

Il recule d'un pas.

— C'est ça, murmure Miri en faisant les cent pas, des pas qui dessinent un cercle. C'était un sac noir. Mais pas n'importe quel sac.

— Vous êtes sûre que vous allez bien? Vraiment, vraiment sûre ? Vous devriez peut-être aller voir un médecin, vous aussi. La police m'a dit hier qu'ils pouvaient me recommander quelqu'un. Pour une thérapie psychologique… ou quelque chose comme ça.

Le ton de Gwangkyu est mal assuré, mais Miri lui est reconaissante :

— Je vous remercie. Je passerai au poste plus tard ! Sur ces mots, elle se met à courir.

— Qu'est-ce que c'est que ça encore..., marmonne Gwangkyu.

Médusé, il reste en arrière.

— Oui, grande sœur. Quoi ? Tu as eu des informations ? OK. J'ai un truc à faire et je passe à la supérette après. À tout à l'heure.

Miri raccroche après sa conversation avec Jihyeon, puis pénètre dans la clinique neuropsychiatrique MISSO. Fin de matinée, pas mal de monde en salle d'attente. Selon ses observations les patients en psychiatrie peuvent être répartis en deux catégories, et ceci d'après leur expression faciale. Il y a ceux dont le visage se fronce comme s'ils avaient une rage de dents, et ceux dont le visage est si inexpressif qu'ils semblent porter un masque. La plupart du temps, Miri appartient à la seconde catégorie. Mais aujourd'hui son front est trempé de sueur, ses joues enflammées et son souffle haletant. À première vue, on la dirait à l'acmé d'un épisode maniaque.

— Vous n'avez pas de séance aujourd'hui, non ?

L'infirmière la reconnaît et lui pose cette question sans se départir de sa mine habituelle, bourrue.

— Non. Mais j'ai besoin de voir le docteur. Dites-lui que je suis venue pour cette affaire, il comprendra.

— Cette affaire ?

— Oui, cette affaire, répète Miri, façon *staccato*, mettant l'accent sur « cette affaire ».

— D'accord.

L'infirmière gonfle les joues tel un poisson-chat. Elle se met à tapoter sur son clavier. Sans doute pour saisir le nom de Miri dans la liste d'attente.

Je n'aurai pas besoin d'attendre.

Miri en est convaincue. Le docteur Park Dojin souhaitera la recevoir tout de suite. Il doit être au courant de la funeste découverte qui a eu lieu dans sa résidence. Le docteur Park sera tout à fait en capacité d'établir le lien entre cette affaire et sa venue, lorsqu'il en sera informé.

En effet, l'infirmière l'appelle au moment où un patient, un jeune homme, sort de son cabinet.

— Madame Gong Miri. Vous pouvez entrer.

Miri incline légèrement la tête en direction de l'infirmière et pousse la porte du docteur Park.

— Il s'est passé quelque chose ? la questionne-t-il avant même qu'elle s'asseoie.

Sa placidité habituelle a laissé place à une très grande curiosité.

— Le temps presse…, répond Miri. Je voulais prendre conseil auprès de vous.

— J'ai vu qu'on avait découvert une main découpée dans la résidence Gwangseon, au JT hier. C'est pour cette affaire ?

Miri hoche la tête. Elle s'installe sur le siège et le rapproche de son médecin, tout près.

— La police pencherait pour Smile Man. Mais quelque chose de pire encore s'est produit.

— Racontez-moi.

Miri lui donne le détail des événements de la veille, après son entretien téléphonique avec lui. Elle lui précise aussi les recherches qu'elles ont effectuées pour retrouver Sohui dans la résidence, juste avant de venir le voir. Park Dojin l'écoute jusqu'au bout sans l'interrompre. Une fois son récit terminé, il lui demande d'un ton prudent :

— La police est-elle au courant de tout ce que vous venez de me raconter ?

— Oui, ils savent. Seulement ils ont l'air de distinguer les deux affaires : l'apparition de Smile Man et la disparition de Sohui.

— Mais vous, vous pensez autrement.

— C'est peut-être extrêmement hasardeux, mais je pense que Smile Man a enlevé Sohui.

La voix de Miri tremble. Elle s'oblige à garder son calme devant Jihyeon et Gyeongja, mais en présence de son psy c'est tout à fait différent. Cela dit, elle n'est tout de même pas au bord des larmes. Se mordant la lèvre inférieure, elle fixe Park Dojin qui lui fait remarquer :

— Si c'est le cas, vous et vos amies ne pourrez pas résoudre l'affaire. Vous aurez besoin de l'aide de la police.

— Le mari de grande sœur Gyeongja est policier. Dès qu'on aura une preuve, on l'alertera. Mais ça ne servira à rien tant qu'on n'a pas de certitudes. Voilà pourquoi je voulais vous demander de l'aide.

— Moi ? J'aime les romans policiers, mais je n'ai pas votre talent !

— Vous avez étudié la psychologie criminelle.

Park Dojin hoche la tête.

— Quel est le profil de Smile Man ? J'ai besoin de le savoir.

— Hum…

Park Dojin pose sa main sous son menton et fixe Miri. Jamais il ne détourne les yeux ni n'évite ceux de son interlocuteur. Le regard bien droit, planté dans celui d'en face, il ne crée pour autant aucune gêne.

— Smile Man… il doit mener une vie très solitaire, du moins en apparence. Sans famille, sans amis, sans personne avec qui entretenir une relation. Il doit avoir vécu de cette façon jusqu'à maintenant. Durant toute la période de ses neuf meurtres.

— Le fait qu'il n'ait pas de famille est certainement très important. C'est ce qui lui permet de tuer comme bon lui semble.

— C'est aussi vrai. Pour ma part, ce qui m'intrigue le plus, c'est sa méthode. Vous en savez quelque chose ?

— J'en ai un peu appris sur internet.

— Un peu… Dans ce cas, ce que je vais vous dire risque de vous choquer. Par le passé, j'ai moi-même fait des recherches sur Smile Man. C'était pendant mes études de psychologie criminelle. À cette occasion, j'ai pris connaissance de quelques informations qui n'ont pas été divulguées au public. Smile Man est de ceux qui attachent une grande importance à la *collection*. Il découpe ses victimes. Puis il jette les morceaux inutiles. Il expose ostensiblement une partie de ce qu'il jette. Ce qu'on sait s'arrête là. Mais les victimes retrouvées jusqu'ici ont toutes un point commun : pas de tête. On a eu beau chercher, on n'a jamais trouvé une tête. Ce qui veut dire que Smile Man collectionne les têtes de ses victimes.

Miri a été prévenue, mais le choc est considérable. Alors que le docteur Park, spécialiste dans le domaine, parvient à s'exprimer sur un ton posé et sans la moindre grimace, Miri éprouve un vertige.

Collectionner des têtes! Mais quel cinglé de malade!

À ce moment-là, un scénario fulgurant, le pire possible, traverse l'esprit de Miri. Elle secoue la tête pour évacuer cette pensée lugubre.

— Vous allez bien? demande Park Dojin.

— Oui, ça va aller. Je vois... Smile Man mène une vie solitaire, c'est sûr et certain. S'il collectionne les têtes de ses victimes, ça l'est encore plus. Personne ne vient chez lui, et l'inverse ne se produit pas non plus. Ceci dit, il doit avoir une vie sociale. Un métier aussi. Compte tenu de sa tendance à vouloir exposer son œuvre, il a probablement un niveau d'éducation élevé. Et exerce un métier spécialisé.

— Il ne doit pas être médecin, plaisante le docteur Park.

Miri laisse échapper un rire.

— J'aimerais savoir dans quel appartement de quel bâtiment de la résidence habite Smile Man.

— Vous pensez qu'il est locataire de la résidence? demande Park Dojin avec étonnement.

— Oui. Un certain nombre de choses ne s'expliqueraient pas, autrement.

Park Dojin scrute Miri sans dire un mot. Elle fronce les sourcils car elle met de l'ordre dans les pensées qui l'assaillent. Elle était sûre d'elle avant de venir à la clinique, mais après son entretien avec le docteur Park elle ne s'explique plus trop… Ses déductions ne sont pas si consistantes. Park Dojin fait preuve de patience. Miri cherche ses mots avec maladresse :

— Hum… j'ai lu d'anciens articles de presse à propos de Smile Man. Jusque-là les bouts de corps ont été retrouvés au sud de la province du Gyeonggi. La police a fouillé toute la zone. Et puis un jour, il s'est arrêté de tuer. Jusqu'à recommencer dans notre résidence, en affichant une main découpée. Je pense que, dans l'intervalle des quatre mois durant lequel les meurtres se sont arrêtés, il a déménagé.

— Vous voulez dire dans la résidence municipale de Gwangseon ?

— Oui. La poubelle où a été retrouvée la main est un point sensible de notre résidence. Des locataires y déposent leurs déchets clandestinement, ce qui contraint les agents de sécurité à y faire des tournées régulières. Smile Man le savait parfaitement. Il a déposé cette main à cet endroit pour qu'elle soit découverte. Être à ce point au fait des usages de notre résidence laisse à penser qu'il en fait partie, vous ne pensez pas ?

— Vous voulez dire qu'il l'a déposée là dans le but d'exposer son crime à la vue de tous ?

— Oui. Smile Man a toujours fonctionné ainsi. Cette fois ne fait pas exception. Il habite dans la résidence et il est convaincu de n'être jamais découvert.

— Pourquoi êtes-vous si sûre qu'il y habite ?

Miri hésite un moment. Elle n'a pas de preuve

irréfutable, il s'agit juste d'une déduction. Son esprit est cependant encore confus, raison pour laquelle elle est venue voir le docteur Park : en savoir plus sur la personnalité de Smile Man, quelque chose qui pourrait renforcer son hypothèse. Ayant atteint son but, il serait maintenant préférable qu'elle en parle avec la Section des enquêtrices mères au foyer.

— J'ai une bonne raison de le penser, mais je ne peux pas encore vous en parler. Le temps venu…

Miri se montre un peu désolée. Park Dojin sourit gentiment.

— Votre intuition d'enquêtrice s'est réveillée ?

— On peut dire ça.

Miri se lève. Elle doit rejoindre Gyeongja et Jihyeon. Si la disparition de Sohui est liée à Smile Man, le temps presse.

— Attendez, madame Gong.

Park Dojin sort un petit objet rose et rond de sa poche et le tend à Miri sans un mot. À première vue, cela ressemble à une montre pour enfant.

— Qu'est-ce que c'est ? demande Miri en le recevant.

— Une alarme de défense personnelle. Vous voyez le petit crochet, là ? Vous le tirez et ça fait un bruit du tonnerre. Ça pourrait vous être utile en cas d'urgence.

Park Dojin lui sourit. Ne sachant comment réagir, Miri incline la tête en signe de remerciement.

— Mer… Merci.

— Faites attention à vous. N'allez pas vous mettre en danger.

— Oui, merci.

Miri fait rapidement demi-tour pour cacher le rouge qui lui monte au visage. De dos, elle lance :

— Nous arrêterons Smile Man. Et nous sauverons Sohui.

Miri sort du cabinet sans se retourner. L'infirmière bourrue a beau l'appeler quand elle passe devant le guichet, elle n'y prête aucune attention. Les pans de son trench-coat battant l'air, elle traverse la salle d'attente.

L'air chaud la happe à l'extérieur. Si des courants d'air ont adouci la matinée, l'après-midi est parti pour nettement se réchauffer. Miri prend son portable et appelle Jihyeon.

— J'ai fini. Je te rejoins à la supérette.

Elle arrive à la supérette Gwangseon en peu de temps. Jihyeon et Gyeongja, qui l'y ont précédée, sont assises sur la banquette en bois. Jihyeon se masse les jambes, Gyeongja agite un éventail autour de la sueur dont elle est totalement recouverte.

— Ça y est ? dit Jihyeon à l'adresse de Miri. Il fait chaud, hein ? Prends une glace.

Elle lui indique les congélateurs du bout du menton. Miri hoche la tête et attrape une Stalactite Glacée, sa glace préférée. Elle l'ouvre, glisse les glaçons dans sa bouche, prend plaisir à les croquer. Sensation de fraîcheur.

— Ouf, ça fait du bien.

— Ma pauvre, dit Gyeongja, tu te donnes bien du mal par cette chaleur…

Elle tend la paume afin que Miri y verse quelques glaçons.

— Assieds-toi, l'invite Jihyeon. Qu'on discute.
Miri prend place sur la banquette.

— Vous aussi, grandes sœurs, vous avez tout donné ce matin. Vous avez trouvé quelque chose ?

Jihyeon et Gyeongja échangent un regard avant que Gyeongja prenne la parole :

— Il y a eu des travaux dans le bâtiment 6 hier soir. Un technicien a remplacé les vieux compteurs à gaz. Or il se trouve qu'on voit le parking, de très près, à partir des couloirs de ce bâtiment. Nous avons posé la question au technicien, grande sœur Jihyeon et moi. S'il n'avait pas remarqué quelque chose de particulier… Il nous a dit avoir vu un homme qui rentrait chez lui, bâtiment 6, avec une femme complètement soûle qu'il soutenait par les aisselles.

— Une femme soûle ?

— Ivre morte, paraît-il. Elle ne tenait pas debout.

Jihyeon tenait à ajouter ce détail.

— Il était quelle heure ?

— Un peu après 19 heures, répond Gyeongja. Pendant sa pause il s'est penché par-dessus la barrière du couloir. C'est là qu'il a vu le couple marcher à partir du parking. La fille était tellement ivre qu'il a eu le réflexe de regarder sa montre. Seulement 19 heures… un peu tôt pour se soûler. C'est ce qu'il s'est dit.

Elle s'évente désormais de l'autre main.

— 19 heures… c'est à peu près l'heure à laquelle Sohui m'a appelée.

— Exact, confirme Jihyeon. J'ai vérifié sur mon portable. J'ai eu Sohui au téléphone vers 19 heures. Ça veut dire qu'elle était au parking à ce moment-là.

Miri réfléchit. À 19 heures, on n'est pas encore ivre au point d'avoir besoin d'être soutenu par les aisselles. Cela dit, si ce couple avait commencé à boire dès le début d'après-midi… pourquoi ne pas retenir cette hypothèse? Mais c'est tellement improbable, mieux vaut ne pas s'attarder sur cette hypothèse et s'en tenir au témoignage dont elles disposent. À la différence de Sherlock Holmes et de Miss Marple, détectives de salon enquêtant depuis leur fauteuil, Miri est une détective de terrain… L'expérience, l'expérience.

— Donc, conclut Miri, il a emmené cette femme ivre dans le bâtiment 6.

Jihyeon et Gyeongja hochent la tête comme une seule femme.

— Si seulement on avait plus d'informations sur les vêtements de la femme…, murmure Miri, ou sur la tenue de l'homme, ça nous serait bien utile.

Gyeongja se tape la cuisse, elle vient de se rappeler une chose.

— C'est vrai, oui! Grande sœur Jihyeon, tu t'en souviens? Le technicien a dit que l'homme avait un sac de poulet frit dans la main. Au moins ça, il l'a bien vu.

— Un sac de poulet frit!

Un lien vague se dessine entre le dépliant publicitaire trouvé par Jihyeon, l'odeur de poulet reniflée par Miri et le sac de poulet frit que portait cet homme. Gyeongja croque le dernier glaçon de la Stalactite et commente, dubitative :

— Un homme qui rentre chez lui avec un poulet frit, ça ne peut pas être bien méchant, non?

— Si, murmure Miri. Il y a quelque chose. Quelque chose dans cette résidence.

— Qu'est-ce que tu as déniché, toi ? lui demande Jihyeon.

Miri raconte son aventure dans le local électrique, et omet volontairement l'épisode avec le docteur Park Dojin. Elle tient à le garder pour elle, elle se réserve cette sensation de proximité qui s'envolerait si elle racontait leur entrevue. En revanche, elle s'attarde sur le léger fumet de poulet frit qui flottait dans le local électrique. Son évocation est si précise que Gyeongja en a l'eau à la bouche. Par la suite, Miri relate l'arrivée de Gwangkyu et, enfin, elle en arrive à sa conclusion : Smile Man habite dans leur résidence.

— C'est vrai, approuve Jihyeon, qui a écouté Miri en hochant la tête. L'emplacement de cette poubelle est impossible à connaître, si on ne vit pas ici. Cela dit, c'est tout de même un peu faible, non ? Je veux dire, comme preuve de sa résidence ici.

— Tu as raison, grande sœur. À ce propos, je viens de trouver une pièce à conviction. Mais je ne l'ai pas sur moi.

— C'est quoi ? demande Gyeongja.

— Le sac. Ce sac en plastique noir qui contenait la main découpée.

— Le sac ? Tu en as déduit que Smile Man habitait ici ?

— Oui, une intuition. C'est arrivé comme ça. Vous n'avez pas vu le sac, grandes sœurs, sinon vous auriez remarqué.

Jihyeon hausse le ton :

— Arrête tes circonvolutions. Raconte.

Les circonvolutions sont exactement le genre de choses qui ennuie Jihyeon quand elle lit les polars de Miri. Ces soi-disant détectives ne révèlent jamais tout de suite ce qu'ils ont découvert. Ils tergiversent, et pendant ce temps-là les victimes tombent comme des mouches.

— Ce sac en plastique noir venait de Lucky Mart, de l'autre côté du boulevard.

— Quoi? s'emporte Jihyeon. Le Lucky Mart qui cherchait à me ruiner?

Un mauvais souvenir lui revient : l'année précédente, en juin, face à la résidence municipale de Gwangseon, de l'autre côté du grand boulevard, cet important supermarché a ouvert. À cette occasion, une campagne de marketing offensive a été lancée et ce pseudo «spécialiste des aliments» a cassé les prix. Voilà ce qu'était Lucky Mart. Un coup dur pour sa supérette. Impossible de résister à ce «spécialiste» qui vendait trois cents wons[1] le morceau de tofu. Seule une poignée de fidèles clients lui a permis de tenir le choc.

— Ce Lucky Mart, dit Miri, oui. Leur patron aurait été accusé de détournement de fonds. Ils ont fermé le magasin en février.

Arrivé en fanfare, Lucky Mart a en effet mis la clé sous la porte au bout de quelques mois. Un beau jour, fermé, plus de boutique. Des rumeurs troublantes font état d'un détournement de fonds, à moins que l'addiction au jeu du patron, assortie

1. Vingt centimes d'euro.

de sa montagne de dettes, l'ait acculé à la fermeture… Ces bruits ont circulé dans le quartier, mais personne ne sait la vérité. Ne restent que les locaux, des préfabriqués vides. Et autre chose :

— Les sacs qu'ils distribuaient…, lance Gyeongja, je dois en avoir un à la maison…

Elle s'interrompt et guette du côté de Jihyeon. En principe, les clients de la supérette Gwangseon ne sont pas censés mettre les pieds chez Lucky Mart.

— Moi aussi, j'en ai un, avoue Jihyeon.

Au comble de la surprise, Gyeongja s'exclame :

— Toi ! Comment ça se fait, grande sœur ?

— « Garde ton ennemi près de toi. » J'ai fait semblant d'être une cliente pour voir. C'est comme ça que j'ai eu ce sac… bon marché. Trop fragile pour un usage quotidien, trop moche pour la promenade… Je l'ai rangé quelque part… Mais alors, c'est dans un sac Lucky Mart qu'a été jetée la main ?

— Je m'en souviens très bien, oui. J'ai vu, nettement, le nom « Lucky Mart » et le logo imprimés dessus.

Miri regarde tour à tour Jihyeon et Gyeongja. Ses yeux étincellent.

— Récapitulons, murmure Gyeongja. Tout cela revient à dire que le dénommé Smile Man serait allé au moins une fois chez Lucky Mart. Pas vrai ?

— Exact, fait Miri. Pour autant que je sache, quatre-vingt-dix pour cent des clients de « Lucky Mart » étaient des habitants de la résidence. J'en déduis qu'il y a de fortes chances pour que Smile Man y soit locataire.

Une idée fulgure dans l'esprit de Jihyeon :

— Donc Sohui est quelque part dans la résidence !

— Probablement. Si Smile Man est ici, Sohui y est aussi.

— Mais..., balbutie Gyeongja, croyez-vous possible que... dans cette résidence ? Enlever une femme et la... tuer ?

Miri a déjà réfléchi à cette question. Après avoir identifié le sac de Lucky Mart, elle se l'est maintes fois posée. *Tu crois que c'est vraiment possible ? Tuer une personne dans ce petit appartement municipal ?* C'est pour cette raison qu'elle a couru à la clinique demander conseil au docteur Park Dojin. Conformément à son intuition, il a estimé que Smile Man était un solitaire. Une personne vivant seule peut aisément tuer une autre personne chez elle. Le problème, c'est le bruit. Même s'il est assez fort pour maîtriser sa victime, comment empêcherait-il les cris ? Ils peuvent survenir à tout moment. Si seulement elle parvenait à résoudre cette énigme, elle se rapprocherait du coupable, plus facilement qu'elle ne croit.

— Ça me paraît possible. C'est d'ailleurs ce qui vient de se passer. Regarde... Nous, on se connaît, mais connaît-on nos voisins ? Ce qui se passe chez eux, entre leurs murs ?

— Pas faux..., acquiesce Gyeongja.

— L'important pour le moment est de resserrer l'étau autour de son lieu de vie.

— À ce propos, intervient Jihyeon, vous ne croyez pas que le témoignage du technicien peut nous mettre sur la piste ? Et si c'était elle, notre Sohui ?

— L'heure correspond. Le poulet aussi.

— C'est ça. Allons au poste de sécurité. L'image sera peut-être floue mais on pourrait quand même reconnaître Sohui.

Miri se lève avant la fin de sa phrase. Jihyeon la suit en poussant un grand soupir.

— Mon Dieu, notre Sohui doit vivre un cauchemar. En ce moment même…

— La guerre contre le temps…, murmure Miri en se mordant la lèvre inférieure. Contre le temps.

Si Smile Man a bien kidnappé Sohui, il faut l'arrêter avant qu'il ne commette une atrocité. Le temps n'est pas dans le camp de la Section des enquêtrices mères au foyer. Ni de Sohui.

L'homme 4

L'homme fredonne. Il se sent plus en forme que jamais, l'humeur au top. Le doux vent de mai pénètre dans sa voiture par la fenêtre légèrement baissée. Glenn Gould interprète Bach à la radio. Pas de bouchon. Circulation fluide. Il arrivera à l'heure sans problème.

Une main posée délicatement sur le volant, il pense à la femme attachée dans sa salle de bain. Il lui a fait respirer du chloroforme, encore ce matin. Elle n'est pas près de se réveiller. Il lui faudra une demi-journée, peut-être plus, avant de reprendre conscience. Alors la terreur la saisira, elle pleurera, elle hurlera. Ou elle restera muette d'ébahissement face au malheur qui l'accable. Et qu'elle ne comprendra pas. Elle se creusera la tête pour trouver ce qu'elle a fait de mal.

L'homme est toujours curieux de savoir à quoi pensent ses proies au moment de mourir. Parfois il le leur demande, mais il n'a pas encore obtenu de réponse satisfaisante. Elles sont si terrorisées, la plupart du temps, qu'elles ne sont pas en mesure de donner une réponse valable. Ce qui peut se comprendre. Perdre ses mots devant un type armé d'une scie est tout à fait compréhensible.

Un rire satisfait s'échappe de sa bouche.

La perspective de cette nouvelle proie à travailler le comble de joie. Il se plaît à les imaginer, tous ceux qui tremblent de peur. La peur de lui. Ce matin, quand il est sorti, les voisins croisés dans la résidence étaient tous effrayés. Leur frayeur s'amplifie.

Terreur.

Il aime bien ce mot. Inspirer de la terreur est le comble de la force. Voilà bien le sens du mot « terreur ». La force vous permet de manipuler, de dominer les gens. Exposer ses œuvres est un excellent moyen de distiller la terreur. En mesurant les risques, bien sûr, pour ne pas se faire attraper. En effet, certains moments sont périlleux. Mais il ne renoncera pas au plaisir sensuel de ses expositions. D'ailleurs, il préfère exposer au grand air, en plein jour. Il lui faut toujours plus de stimulation, de joie, de plaisir…

LUI seul comprend son for intérieur. Évidemment, LUI seul. Si l'homme prend plaisir à la terreur, LUI puise sa joie dans le chaos. Une fois, IL le lui a avoué en souriant : son bonheur le plus pur consiste à plonger les êtres dans le chaos.

Pendant que son esprit vagabonde, il arrive à sa destination. L'homme se dirige vers le parking du sous-sol. Il présente son badge à l'agent de sécurité, qui lui répond par un sourire.

Après avoir garé la voiture, l'homme prend ses habits et marche vers l'ascenseur. Direction le premier étage. Au moment où la porte se referme, une jeune femme aux cheveux longs entre en courant. Elle reconnaît l'homme.

— Oh, bonjour, vous êtes déjà là ?

— Oui, bonjour, lui répond l'homme avec le sourire bienveillant qu'il a peaufiné.

— Faites-nous encore un beau concert aujourd'hui.

L'homme hoche la tête à cette demande de la femme. Puis il pense à son concert. Quand il est au clavier, ses pensées noires l'attendent en coulisse.

Poisson sur une planche (à découper)

Les trois femmes de la Section débarquent au poste de sécurité. Gwangkyu soupire. Son visage exprime une telle fatigue que des cernes se dessinent très nettement sous ses yeux. Sa peau s'est encore desséchée depuis sa rencontre avec Miri dans le local électrique.

— Je ne peux rien faire de plus pour vous, leur dit-il, à bout de forces.

— Montrez-nous seulement les enregistrements des caméras…

— Vous allez mieux ? demande-t-il à Miri. Vous aviez une petite mine tout à l'heure, mais là vous avez l'air en pleine forme.

Pendant ce temps, Jihyeon s'empare de la chaise face à l'écran :

— Vous prendrez des nouvelles plus tard. Les enregistrements d'abord.

— Mais arrêtez ! On ne touche pas !

— Je ne casserai rien, ne vous inquiétez pas. Mettez-moi ces enregistrements, vite.

— La police m'a interdit de les montrer à

n'importe qui. Surtout à vous, mesdames, qui ne savez rien. Vous risqueriez d'entraver l'enquête. C'est le mari de la dame là-bas qui me l'a ordonné, en personne.

Gwangkyu montre Gyeongja du doigt. Elle hausse le ton :

— Elle est bonne, celle-là ! Rien ne vous oblige à écouter le papa de Yunmi. Dépêchez-vous, montrez-les-nous. J'en assumerai toute la responsabilité.

Gyeongja imagine très bien ce qu'a pu dire Gangsik, et comment. Pas besoin de se casser la tête pour deviner la condescendance et le mépris qu'il a pu exprimer à l'égard de sa femme. Il ne manque jamais une occasion de la traiter comme une simplette. La nuit passée encore elle a essuyé ses piques venimeuses. C'était sans fin. L'envie de riposter lui brûlait la bouche, mais elle s'est tue de peur de réveiller Yunmi. Sans comprendre la raison de ce silence, Gangsik a lancé un dernier uppercut avant de disparaître dans la chambre.

— Ne compte pas sur moi pour rester les bras croisés si tu continues à mettre le bordel dehors !

Tu parles, c'est moi qui ne resterai pas les bras croisés.

La voix de Jihyeon s'élève.

— Bravo à notre Gyeongja ! Et vous, vous croyez qu'on n'a pas autre chose à faire dans la vie, peut-être ? Seulement il faut bien faire le boulot de la police puisqu'ils ne sont pas foutus d'enquêter correctement !

— On ne vous demande pas tout ça sans raison,

ajoute Miri, posément. Smile Man… il habite dans notre résidence.

— Pardon ? sursaute Gwangkyu.

Son front dégarni vire au rouge tant il est surpris.

— La… La police n'a rien dit de tel. Ils vont enquêter chez nous, bien sûr, mais aussi dans tous les quartiers de Gwangseon…

— La police n'a pas tout vu.

— Notre Miri, elle, a des yeux de lynx. Elle a *vu* des choses. Écoutez un peu ce qu'elle a trouvé.

Gwangkyu soupire de nouveau. Il ne sait pas pourquoi mais il a du mal à repousser ces dames qui se revendiquent si fièrement de la Section des enquêtrices mères au foyer. Elles se donnent du mal, montrent de la bonne volonté. Comment n'aurait-il pas envie de les aider ?

— OK. Vous regardez rapidement. Ensuite, au revoir !

— Pas de soucis, promet Jihyeon en donnant une tape amicale mais énergique sur l'épaule du chef de la sécurité.

— Quelle date et quel endroit voulez-vous ?

— La nuit dernière, répond Miri, autour de 19 heures, le parking.

— La police doit avoir déjà tout décortiqué…, grommelle Gwangkyu.

Il lance quand même la vidéo. L'image en noir et blanc, de très mauvaise qualité, s'affiche à l'écran. Elle est si floue qu'on arrive à peine à distinguer des contours.

— Ouvrez grand vos yeux, recommande Jihyeon, et regardez bien.

Elle-même se rapproche de l'écran, Gyeongja et Miri se collant au dossier de la chaise où elle s'est assise. Resté à l'écart, Gwangkyu demeure néanmoins attentif aux manœuvres de la Section des enquêtrices mères au foyer. Tout à coup, son talkie-walkie produit un bruit parasite.

— Monsieur le chef de la sécurité, ve… venez par ici…

Il y a urgence.

Trois paires d'yeux convergent vers Gwangkyu. Mal à l'aise – la présence de ces trois femmes –, Gwangkyu répond à son talkie-walkie.

— Qu'y a-t-il ?

— Nous avons découvert des choses étranges à la rivière Gwangseon. Il faudrait alerter la police.

À ces mots Miri bondit à l'extérieur du poste.

— Mais attendez ! Ne partez pas toute seule…

Au comble de l'embarras, Gwangkyu se met à courir derrière Miri.

— Tu ne viens pas ? demande Gyeongja à Jihyeon.

— Je visionne les enregistrements, répond Jihyeon sans quitter l'écran des yeux. C'est ma spécialité.

Une femme digne et fiable, Jihyeon. Elle va toujours au bout de ce qu'elle entreprend. Sa minuscule épicerie du départ, elle l'a agrandie pour en faire la supérette d'aujourd'hui. Sans sa ténacité, rien de tout cela n'aurait été possible.

— D'accord. J'accompagne Miri. Mais je reviens ! À son tour, Gyeongja quitte le poste.

Miri a pris de l'avance. Gwangkyu lui court derrière en criant :

— Attendez, attendez-moi !

Gyeongja court elle aussi, déjà à bout de souffle.

Plus que tout Miri aimerait l'attendre. Mais elle doit arriver sur les lieux avant la police pour obtenir quelque chose. Elle prend la direction du parking.

— On a dit rivière Gwangseon ! Pourquoi vous allez par là ? hurle Gwangkyu de sa voix haletante.

Pour atteindre la rivière, il est nécessaire de contourner les murs de la résidence après en être sorti par la porte principale. On se demande bien pourquoi descendre à la rivière, où il n'y a que des eaux sales. Miri fonce sans répondre aux appels de Gwangkyu, jusqu'à arriver devant le monticule de terre. Gwangkyu y parvient à son tour, s'appuie sur les genoux pour reprendre son souffle.

— Bon sang ! Ce que vous courez vite ! Mais pourquoi ici…

— Vous avez oublié, sans doute. Il y a une porte ici. Nous l'avons découverte récemment.

Miri contourne l'amas de terre et indique la porte à Gwangkyu. Il sursaute.

— Elle est toujours là ? Je la croyais condamnée !

— Des ouvriers ont utilisé cette porte, je crois. Parmi eux, Boules de Mulot.

— Boules de Mulot ?

— Ce n'est pas le plus important pour le moment. Simplement, c'est un raccourci pour la rivière Gwangseon.

Miri pousse la porte de toutes ses forces. Elle couine mais refuse de s'ouvrir.

— Venez, aidez-moi !

Tour à tour, Miri et Gwangkyu se projettent de tout leur poids contre la porte, qui résiste toujours.

Dernier essai. Ils s'apprêtent à se jeter tous les deux dans un même élan, mais arrive Gyeongja. Pour tenter le coup, elle contracte les épaules jusqu'à la dernière extrémité puis se précipite en éructant un cri de combat :

— AHHHHHPPPP!

Clang!

La porte s'ouvre avec une étrange facilité. Son loquet en est presque détaché. Miri lève un pouce admiratif à l'attention de Gyeongja. Qui lui répond avec un petit sourire innocent. Comme si de rien n'était.

— Regardez, dit Gwangkyu en pointant vers le bas, un escalier mène à la rivière.

Ils prennent tous trois cet escalier, rouillé, en file indienne. Plus ils se rapprochent de la rivière, plus sa puanteur leur pique le nez. Diverses matières se décomposent sur le rivage, éparpillées au milieu de déchets de toutes sortes.

— Tss… voilà pourquoi ce pays ne tourne pas. Ce lieu avait été aménagé pour la promenade. Elle devait être accessible depuis la résidence par cet escalier. Mais les gens, ils ont tout fichu en l'air. La nature humaine…

Miri interrompt les récriminations de Gwangkyu, qui promettaient de se prolonger.

— Dépêchez-vous de contacter vos agents. Demandez-leur où ils sont.

— Ils patrouillent dans les parages. La sécurité est ce qu'il y a de plus important, alors on a envoyé des hommes à la rivière Gwangseon…

— Appelez-les vite!

— Bien sûr.

Gwangkyu sort le talkie-walkie de sa poche quand Gyeongja pointe un endroit du doigt.

— Ce ne serait pas eux là-bas ?

Quelque cent mètres plus loin, en effet, deux hommes en uniforme sont debout sous le pont Gwangseon.

— Oui, confirme Gwangkyu. C'est bien eux.

— Alors on y va, lance Miri.

Encore une fois, elle prend les devants.

Les agents tournent la tête vers les trois personnes qui se rapprochent. Ils ont l'air horrifiés, surtout le plus jeune dont le visage est pâle comme un linge.

— Monsieur le chef, salue le plus âgé.

Sa voix est rauque.

— Qu'y a-t-il ? demande Gwangkyu après avoir ravalé sa salive.

— On patrouillait ici quand on a vu ces sacs, sous le pont…

L'agent de sécurité indique un pilier du menton, quelques mètres plus loin. Trois volumineux sacs noirs y sont alignés comme dans une vitrine. Plus haut des mouches bourdonnent. La puanteur surpasse celle de la rivière et semble épaissir à chaque seconde.

— Les mêmes sacs, chuchote Miri à Gyeongja. Les sacs Lucky Mart.

— Tu veux dire que…, dit Gyeongja en reculant d'un pas, là aussi il y aurait…

— Nous ne les avons pas ouverts, explique

l'agent. Ils ont l'air vraiment louches. On a préféré vous appeler, se justifie-t-il.

— Inutile de les ouvrir, prononce Gwangkyu tout en s'éloignant. Alertez la police, tout de suite.

Miri s'avance d'un pas.

— Attendez…

— Qu'est-ce que… Que comptez-vous faire ?

— Au moins vérifier !

— Madame, après tout ce que vous avez enduré hier soir !

Malgré cette tentative de dissuasion, Miri marche vers les sacs. Plus elle s'en approche, plus la puanteur devient insupportable. À nouveau, la migraine montre le bout de son nez. Les sacs Lucky Mart luisent d'une noirceur aussi flamboyante que maléfique. Miri en remarque les poignées, aux attaches si lâches qu'elles semblent l'inviter à les ouvrir. Elle tend la main. Les sacs bruissent dans le vent comme des êtres vivants.

— Attention ! lui crie Gyeongja.

Miri défait les nœuds. De la sueur perle à son front. Après une profonde inspiration, elle ouvre. Une chose blanchâtre lui saute aux yeux. Un drôle de morceau, tout blanc. Il lui faut peu de temps pour reconnaître un morceau humain.

Miri recule et s'effondre. Une mouche volette au-dessus de sa tête.

Maux de tête. C'est sa première sensation. Comme si son crâne allait exploser. Des étincelles lui passent devant les yeux. Son nez brûle de l'intérieur. Un écœurement lui monte qui lui donne envie de vomir. Mais sa bouche est bâillonnée. Sohui ouvre enfin les yeux et regarde autour d'elle. Quoique légers, ses mouvements lui sont très pénibles.

Il fait noir, l'air est humide. Une lumière faible, qui pénètre sous la porte, lui permet d'identifier une salle de bain. Un lavabo est installé à côté des W-C. Sohui se retourne et découvre une baignoire. Elle essaie de se mouvoir, même un peu, mais c'est impossible. Son poignet droit est menotté à un tuyau de plomberie. Elle a beau tirer, elle ne parvient qu'à se blesser. Dans son malheur elle a la chance d'avoir une main libre. Celle-ci, la gauche, arrache la bande de Scotch fixée sur ses lèvres. Elle respire mieux.

— Pffffoouuu…, expire-t-elle longuement.

Elle rassemble toutes les forces au cœur de son ventre et pousse un hurlement terrible :

— Au secours !

Sa voix ne porte pas. Très vite, elle se disperse. Quelque chose semble la contenir.

— Aidez-moi! crie-t-elle de nouveau en concentrant toute son énergie.

Même résultat. Sa voix lui répond, résonne sans aller plus loin que cette salle de bain. Un sentiment de panique saisit Sohui. Son cœur va s'arrêter. Elle va crever. Ne pas savoir exactement où elle est enfermée amplifie sa terreur.

— Au secours ! s'époumone-t-elle encore. En vain.

Sohui crie plusieurs fois avant de se résigner. Et si elle s'examinait, plutôt ? En dehors de son mal de tête, atroce, elle n'a pas l'impression d'être blessée. Ses bras sont indemnes, ouf, ses jambes aussi. Elle retrouve un peu de calme. Puis, elle s'assoit sur le rebord de la baignoire et essaie de raviver dans sa mémoire son dernier souvenir.

L'odeur de poulet frit.

Cette odeur de friture l'a happée, par l'arrière. Après elle a perdu connaissance. Elle ne se souvient de rien d'autre. Elle ignore où elle est enfermée, et pour quelle raison.

Une chose est sûre, rester ici sans rien tenter, c'est ne plus jamais revoir Cheoli. Ça, oui, elle le sait. Un cinglé capable d'enlever une femme dans un parking ne la laissera pas repartir comme si de rien n'était. Pas besoin d'être grande sœur Miri pour le deviner.

Une odeur fétide, très légère, flotte dans l'air. Grâce à son expérience de poissonnière au supermarché, Sohui la reconnaît. L'odeur du sang. Cette odeur lui sautait au visage quand elle ouvrait les poissons pour les vider et les laver.

Cette petite salle de bain est la planche à découper où Sohui, tel un poisson, attend de se faire éventrer.

Elle retient les sanglots qui lui gonflent la gorge. Pas de temps à perdre en pleurnicheries. Qui sait quand son kidnappeur surgira devant elle. Agir. Il est temps d'agir.

— Cheoli, maman arrive.

Elle serre les dents, elle serre les poings. Penser à Cheoli aide son esprit troublé à rester calme. Elle regarde à nouveau autour d'elle. La porte, à quelques mètres. Le problème, ce sont les menottes. Impossible de s'en détacher. Sohui resserre ses doigts au maximum pour essayer de glisser sa main hors de la menotte. Cela ne fait qu'accentuer la douleur au point que la menotte semble s'être encore resserrée.

— Au secours !

Ses appels sont inaudibles, elle le sait, mais elle crie à tue-tête. L'impatience la gagne. Pas moyen de sortir tant que cette satanée menotte n'aura pas ouvert sa gueule.

— Du calme, du calme, murmure-t-elle pour elle-même en se levant.

La première fois qu'elle a rencontré Cheoli, le jour où elle a vu deux traits sur le test de grossesse, elle s'est dit exactement la même chose. *Du calme, du calme.* Le jour où elle est allée, seule, à la clinique, quand les contractions ont commencé, elle s'est dit la même chose.

Du calme, du calme.

L'autre menotte est attachée à la jointure de deux tuyaux. Si elle parvient à enlever le tuyau, elle pourrait dégager la menotte. Sohui entre dans la baignoire et commence à tourner la vis qui réunit les deux tuyaux. Ils ne bougent pas d'un millimètre. *Essaie encore. Pour l'instant, c'est ton seul espoir.*

La sirène de la police retentit, de plus en plus proche de la rivière. Gwangkyu, qui attendait sur des charbons ardents, regarde la route, l'air ravi, tout comme ses deux collègues. Les trois agents de sécurité, mal à l'aise, veillent sur les sacs en gardant leurs distances.

— Deux jours de suite, murmure Gwangkyu. Quelle calamité !

Miri serre la main de Gyeongja, fort. Certes, elle s'attendait au pire, mais le choc est plus grand qu'elle aurait cru. Son corps tremble tant qu'elle ne tient pas debout. Elle a beau fermer les yeux, les sacs ne veulent pas disparaître de sa vue. Restée muette un long moment, Gyeongja demande, d'une voix ébranlée :

— Ça ne doit pas être ça ? Hein, Miri ? Ce n'est quand même pas ça ?

Miri comprend ce qu'elle veut dire.

— Non.

Miri a du mal à retenir des frissons, mais elle secoue fermement la tête. Non. En état de choc, la tête vide, elle est au moins sûre de ça.

— Tu en es sûre ? Ce n'est pas Sohui ?

— Jusqu'ici, Smile Man a abandonné des parties de corps après avoir exposé son putain de pin's… dans différents endroits Il fonctionne comme ça. Ces sacs-là sont la suite de l'affaire d'hier soir. Ce n'est pas Sohui.

Miri se mordille la lèvre inférieure. Son esprit lui revient petit à petit. Ce n'est pas Sohui. Il y a encore matière à espérer. Agir. Plus une seconde à perdre. Ne pas rester là à trembler comme une feuille. Miri attrape Gyeongja par la main.

— Retournons voir grande sœur Jihyeon.

— Hein ? Oui, oui, d'accord.

Gyeongja s'apprête à la suivre mais Gwangkyu leur barre le chemin.

— Attendez, vous ne pouvez pas partir comme

ça, mesdames ! Vous êtes témoins, vous devrez déposer votre témoignage devant la police !

— Pas le temps. Vous arrangerez les choses ?

— Arranger les… Non mais… comment voulez-vous que je fasse ? C'est vous qui avez ouvert le sac.

— Eh bien, dites-leur qu'on s'est enfuies.

— Je risque d'avoir des problèmes.

Miri réalise que la situation est compliquée pour Gwangkyu. Qu'il insiste est tout à fait compréhensible. Il aura du mal à se dépêtrer de la police. Cela dit, si elle et Gyeongja se soumettent aux questions des flics, tout sera fichu. Les choses se compliqueraient encore si Gangsik débarquait. Nonobstant la quantité de remarques et de critiques dont il va les accabler, il est possible qu'elles soient invitées à l'accompagner au poste, sous prétexte qu'elles sont les premiers témoins. La police considère le meurtre commis par Smile Man et la disparition de Sohui comme deux affaires distinctes. Ils ne voudront pas comprendre que la Section des enquêtrices mères au foyer l'appréhende comme une seule affaire. Miri n'est pas sûre, d'ailleurs, d'arriver à les convaincre. Sohui disparaît à la suite du meurtre vraisemblablement commis par un tueur. Les deux événements sont liés, c'est évident. Pour autant, tant que des preuves décisives n'auront pas émergé, les flics s'abstiendront de les relier. Ainsi en va-t-il de la police. Miri en détient au moins une, de preuve décisive… Celle qui démontre que Smile Man habite la résidence de Gwangseon. *Eh bien, je n'ai qu'à leur balancer ça*, songe-t-elle au terme de sa réflexion.

— Monsieur, déclare Miri en fixant Gwangkyu droit dans les yeux, écoutez-moi attentivement. Quand la police arrivera, vous leur direz que nous avons dû partir. Pour qu'ils ne vous embêtent pas, transmettez-leur un message.

— Quel… Quel message ?

— Les sacs. Ce sont des Lucky Mart. Vous les reconnaissez, n'est-ce pas ?

— Lucky Mart. Vous voulez dire…

— Oui. *Ce* Lucky Mart. La main découpée était contenue dans le même sac. En d'autres termes, ce fumier de Smile Man a fréquenté Lucky Mart. Vous n'ignorez pas que la plupart de leurs clients sont d'ici. Je veux dire, il y a de fortes chances qu'il soit l'un des nôtres. Non… il en *est* un. Il réside parmi nous.

— C'est ce que la police n'aurait pas vu ?

Miri hoche la tête. Gwangkyu, qui l'écoutait en s'humectant les lèvres sans cesse, se frotte le visage entre les mains. Puis il se tourne vers les sacs en lâchant un énorme soupir : « Pffffooooo… », une expiration si profonde qu'on pourrait craindre un effondrement de ses poumons.

— Il ne faut pas hésiter à enquêter sur tous les résidents pour démasquer Smile Man. Faites-leur bien comprendre. Vous avez compris ?

— Oui, compris, mais…

— Parfait. Alors on s'en va.

— Et que comptez-vous faire à partir de maintenant ? demande Gwangkyu quand Miri tourne les talons pour quitter le lieu.

— Chercher Sohui, lance Miri avec concision.

Miri presse le pas, suivie de Gyeongja qui halète. La sirène est tout près, la police est sur le point de débarquer. La bonne transmission du message par Gwangkyu serait d'une aide considérable. La police agirait alors sans plus tarder pour arrêter Smile Man. Que demander de plus ?

— Il est déjà tard, dit Gyeongja, dans le dos de Miri.

Celle-ci vérifie l'heure sur son portable. L'après-midi est déjà bien avancé, bientôt l'heure du retour de Hyeonji.

— Il faut se dépêcher, oui.

— Grande sœur Jihyeon a peut-être trouvé quelques indices ?

— Espérons.

Les deux femmes remontent les marches en discutant. Miri prend Gyeongja par la main car elle semble épuisée. Le vieil escalier métallique et rouillé grince tout son soûl. Particulièrement sous les pas de Gyeongja, il lance de formidables plaintes. Une question traverse alors l'esprit de Miri, la même que tout à l'heure, à la supérette : le bruit. Par quel moyen Smile Man étouffe-t-il le bruit ? Le plus simple serait de faire taire ses victimes. Les plonger dans l'inconscience ou les bâillonner avant de les tuer.

Non.

Miri secoue la tête. Ce genre de méthode ne relève pas de son archétype. L'ego de ce criminel, qui expose ses crimes avec fierté, doit être assez monumental pour tutoyer les étoiles. Scruter les tremblements de ses victimes est son plaisir, tout comme il doit se repaître de leurs cris. Atroce. Tel est le profil du Smile Man de Miri. Si elle voit juste, il a *besoin* de cris. Ils lui sont indispensables. Elle s'arrête.

— Aurait-il fait des travaux d'insonorisation ?

Un indice vient danser devant ses yeux. Fuyant comme un papillon, il se laisse néanmoins attraper.

— Comment ? demande Gyeongja.

— Grande sœur, notre résidence est tellement vieille. De nombreux arrivants font des travaux avant d'emménager, non ?

— Il me semble, oui.

Gyeongja prend appui sur ses genoux et essaie de reprendre son souffle.

— Combien y a-t-il d'appartements rénovés ?

— Difficile à savoir. Pas mal, j'imagine. À la saison des déménagements, au printemps, on entend des travaux un peu partout dans la journée. Même que le bruit déclenche parfois des disputes entre voisins.

— Attends, murmure Miri, soudain plongée dans une grande réflexion. Tu as bien parlé du bruit des travaux, hein ?

— Oui.

Miri se met à marcher, en rond, sur place. L'air anxieux, Gyeongja l'observe.

— Pourquoi ? Une nouvelle idée ?

— Non, non, je suis en train de réfléchir. Allons au poste de sécurité.

Elles arrivent bientôt au poste, où Jihyeon qui étudie encore l'écran ne daigne même pas tourner la tête vers elles. Une ride épaisse traverse son front déjà passablement plissé.

— Grande sœur, tu as trouvé quelque chose ?

Jihyeon se retourne enfin à la question de Gyeongja, les yeux rougis derrière ses lunettes.

— Regardez ça, dit-elle en faisant signe aux deux femmes de s'approcher.

Elles obéissent. Sur l'écran, une image en noir et blanc du parking défile.

— C'est bien hier soir ? demande Gyeongja.

— Oui. Je l'ai repassée plus de dix fois. Il est presque 19 heures. Un peu après… et on voit Sohui.

Conformément à sa déclaration, une femme de petite taille apparaît parmi les voitures garées. En noir et blanc, et puis il fait nuit. Difficile donc de l'identifier, mais la coiffure et le gabarit correspondent à Sohui. C'est sûr, c'est Sohui.

— Sohui ! crie Gyeongja, tout excitée. C'est Sohui !

Sohui fait les cent pas, son portable à la main. Elle sort du champ. Un peu plus tard, elle réapparaît. Elle s'apprête à téléphoner, pose l'appareil sur son oreille. Miri note l'heure exacte affichée à l'écran. Le moment précis où elle a reçu son appel. Puis Sohui disparaît de nouveau.

Miri et Gyeongja poussent un gémissement.

— L'enregistrement s'arrête là. J'en ai vu d'autres, mais Sohui n'y est pas. Par contre, il y a autre chose.

Jihyeon manipule la souris avec maladresse et clique sur un nouveau fichier.

— Wow ! s'exclame Gyeongja, impressionnée, tu es devenue une championne, grande sœur !

— C'est Sohui qui m'a appris tout ça.

Peinée, Jihyeon fait claquer sa langue. *Tss.*

Le nouvel enregistrement présente le parking sous un autre angle. Le premier en visait l'intérieur, depuis l'entrée, celui-ci est filmé depuis l'intérieur. On y voit d'abord des voitures garées. Ce paysage reste inchangé un moment. Rien que des voitures. Mais soudain une personne entre dans le champ. Une seconde. Le temps d'un éclair.

— Ah! s'écrie Gyeongja en pointant l'écran du doigt.

Jihyeon tape sur Espace avec fracas. L'enregistrement s'arrête sur cette silhouette vague, mais humaine.

— Un homme, n'est-ce pas? demande Miri.

— Oui. Un homme. Je l'ai vu et revu plusieurs fois. Je parierais ma supérette que c'est un homme. Sûr et certain.

La personne figée à l'image semble être un homme, en effet. De taille moyenne, il porte une veste. Mais les voitures garées si près les unes des autres et l'angle peu favorable de la caméra n'en donnent pas un aperçu très précis. Dommage.

— Regardez l'heure, fait remarquer Miri. Exactement l'heure de la disparition de Sohui.

— C'est important, bien sûr, fait Jihyeon. Mais il y a plus. À votre avis, qu'est-ce qu'il fait ce type-là?

À cette question, Miri et Gyeongja scrutent l'écran comme pour passer au travers. Les épaules voûtées, l'homme fixe un point droit devant lui.

— Eh bien, répond Gyeongja, il observe quelque chose…

Miri a la chair de poule.

— Sohui. Il guette Sohui !

— Tu le penses aussi ? Moi je ne vois que ça. Caché au milieu des voitures, il espionne Sohui. Regardez là, plus bas.

Jihyeon fait glisser la souris et arrête son curseur sur la main de l'homme. On y devine un objet, brillant dans l'obscurité, mais à moitié caché par le pare-chocs d'une voiture.

— Poulet frit, murmure Gyeongja.

— Vous vous souvenez, dit Jihyeon, du témoignage du technicien du gaz de ville… Un homme portant un sac de poulet frit soutenait une femme ivre…

— Ils sont entrés dans le bâtiment 6, complète Miri.

— Vous voulez dire que cet homme a enlevé Sohui ? Et qu'il l'a emmenée dans le bâtiment 6 ?

— Il est peut-être trop tôt pour conclure. L'image où il traîne Sohui nous manque.

Miri s'efforce de garder son sang-froid. Son cœur fait pourtant de grands bonds dans sa cage thoracique et elle ne peut pas l'empêcher. Et si c'était lui, Smile Man ? Cette idée lui dessèche la bouche. Elle avale péniblement sa salive et respire un bon coup.

Jihyeon se redresse et demande :

— Au final, cet homme-là, il est… comment dire… le principal suspect, non ?

— Oui, fait Miri en hochant la tête.

Le portable de Gyeongja sonne bruyamment. Elle prend son téléphone et, voyant le nom de l'appelant, sursaute. Elle regarde Miri avec un air pleurnichard.

— Qu'y a-t-il ?

— C'est mon mari. Le papa de Yunmi.

— Il ne va quand même pas te bouffer ? De quoi as-tu si peur ?

— Grande sœur Jihyeon, tu ne sais pas ce qui s'est passé tout à l'heure. Miri… c'est certainement lui qui s'est rendu sur les lieux. À la rivière. Il doit être au courant de tout, pour nous. Sinon pourquoi il m'appellerait ? Mince, je vais encore m'en prendre plein la figure…

Elle avait résolu de ne plus se laisser faire. Pourtant, quand arrive le moment de parler à Gangsik, l'angoisse revient. Depuis son mariage, elle vit sous l'emprise de son mari. Elle ne sait toujours pas s'imposer face à lui.

— Grande sœur, déclare Miri, on va tout lui dire. Y compris ce qu'on vient de découvrir. Si on lui dit, la police se mobilisera. C'est sans doute mieux pour Sohui.

Que l'homme sur les enregistrements soit Smile Man ou pas, il est temps de tout révéler à la police. Seule, la Section des enquêtrices mères au foyer ne pourra pas résoudre l'affaire. Il faut bien l'admettre.

— Oui, d'accord.

Gyeongja respire profondément et décroche le téléphone.

— Papa de Yunmi…

Elle décolle soudainement le téléphone de son oreille. Un cri de son mari, probablement. Miri et Jihyeon l'observent, l'air inquiet. Gyeongja trépigne d'embarras.

— Ce n'est pas grave, grande sœur, l'encourage Miri. Raconte-lui tout.

À ces mots, Gyeongja reprend sa respiration, ferme les yeux, et ses mots se déversent enfin.

— Nous sommes désolées, d'accord. Mais nous avons nos raisons. Il fallait trouver Sohui ! Pour ça, nous devions poursuivre ce fichu Smile Man. Ça y est, nous l'avons trouvé. Il est possible qu'il habite notre résidence. Voilà, donc, maintenant, tu devrais… Quoi ?

Gyeongja ouvre de grands yeux avant de porter son regard sur Miri et Jihyeon.

— Qu'est-ce qu'il y a ? demande la doyenne, les yeux aussi ronds que ceux de Gyeongja.

— Smile Man… il s'est rendu à la police.

Gyeongja détache chaque syllabe de cette incroyable nouvelle.

Sohui ferme le poing, le rouvre. Une crampe assaille sa main déjà douloureuse. Ses doigts sont engourdis. Elle a aussi des ampoules. *Ce putain de tuyau n'a pas bougé d'un millimètre.* Elle passerait sa vie à le dévisser qu'il ne se desserrerait pas. À nouveau, un désespoir total l'envahit et l'écrase. Tant qu'elle n'aura pas réussi à défaire ce joint, elle ne pourra pas se sauver de cet endroit. Bientôt elle aura affaire à la mort, une mort misérable comme celle d'un poisson sur une planche à découper.

Combien d'heures sont passées ? L'obscurité dont est baignée cette salle de bain lui a fait perdre la notion du temps. Ne pas savoir quand l'homme ouvrira cette porte la rend dingue. Mêlée de peur, l'impatience la secoue tout entière.

Du calme, du calme.

Mais sa formule magique ne marche plus. Elle a beau se débattre, elle ne pourra pas échapper à cette planche.

— Ah !

Sa main glisse du tuyau et une douleur brûlante électrise sa paume. Une ampoule, probablement, qui vient d'éclater. Sohui fond en larmes, des larmes chaudes qui coulent sur ses joues. Sa bouche est sèche, mais les larmes coulent à flots.

— Cheoli.

Sohui appelle son enfant au milieu des sanglots. C'est elle qui a choisi ce prénom. Elle l'aime, parce qu'il lui évoque le héros d'un *manhwa*[1] pour garçons. Elle y a mis son souhait qu'il grandisse fort et droit. Quand elle l'appelait, il lui répondait par un grand sourire avec d'immenses yeux ronds. Son sourire irradiait, il l'a émue plus d'une fois. Cheoli commençait à parler. Quelques mots. *Maman, regarde ça. Maman, j'aime ça. Maman. J'aime. Maman*… Chaque fois qu'il l'appelait maman, elle se sentait revigorée. Peu importait la dureté de ses journées, à ce seul mot toute sa fatigue s'envolait.

Cheoli.

Elle revoit le visage pur de son enfant. Elle retrouve un peu de calme. En ce moment même Cheoli doit attendre le retour de sa maman.

Il faut que je me sauve d'ici… pour Cheoli.

1. Bande dessinée coréenne.

Sohui serre les dents. Elle ne peut pas abandonner maintenant. Il doit sûrement y avoir un moyen. À nouveau, elle regarde autour d'elle, le cœur serré. La lumière qui pénètre sous la porte est trop faible pour chasser les ténèbres. Elle ne forme qu'un fin rayon lumineux posé sur les W-C.

Les W-C.

La cuvette blanche a l'air assez lourde.

— C'est ça ! murmure Sohui sans s'en rendre compte. Son cœur bat fort. Si elle parvient à détacher le couvercle du réservoir… Avec un tel poids, il devrait être possible de casser le tuyau.

Mais comment le retirer ?

Elle tend son bras gauche. Il manque un peu de distance. Elle tire au maximum sa main droite prise dans la menotte puis, une nouvelle fois, tend le bras gauche. Toujours sans succès.

Un gémissement sort tout seul de sa bouche.

— Ouf.

Elle essaie encore. Ses épaules la font souffrir. Son majeur gauche touche presque le couvercle. Mais ça ne sera pas suffisant pour le retirer. Elle reprend son souffle.

N'y aurait-il pas un autre moyen ?

Sohui réfléchit. Et si elle utilisait ses jambes ? Tirant sa main droite comme tout à l'heure, elle s'appuie contre la paroi de la baignoire avec sa jambe. Ainsi positionnée, elle déplie l'autre jambe. Son pied touche enfin le couvercle.

— Ça y est !

Dans cet équilibre incertain, elle pousse le couvercle. Il se déplace avec un bruit sourd.

Un peu plus.

Encore un peu.

À ce moment, sa jambe glisse et se retrouve au sol. Par réflexe, Sohui avance la main, mais cela ne sert à rien. Elle tombe quand même sur un genou. Une douleur épouvantable éclate dans ses ménisques, comme une électrocution.

— Aïe !

La douleur est si aiguë que son cri, étouffé, sort à peine de sa gorge. La main gauche sur son genou blessé, elle reste un moment immobile. Le genou gonfle en un clin d'œil. À chaque inspiration, la douleur se ravive, doublée d'une insupportable bouffée de chaleur. Les larmes montent à nouveau. Mais cette fois-ci elle ne sanglote pas. Elle se retient de pleurer en mordant sa lèvre inférieure jusqu'au sang.

La douleur, atroce, réveille la colère de Sohui.

La rage monte, furieuse. Elle ne s'apaisera pas tant que Sohui n'aura pas balancé un uppercut dans la tronche de son enfoiré de ravisseur. Pour ce faire, s'échapper. Ravalant douleur et sanglots, Sohui se relève, son genou tremblant comme une feuille. Elle n'a plus de forces mais, lentement, elle reprend position. La souffrance revient au moment où elle déplie sa jambe gauche, se diffuse dans tout son corps, un vrai tsunami. Pourtant, elle pousse le couvercle avec son pied gauche, au maximum. Il bouge légèrement. S'il tombe… et se brise… tout est fichu. L'amadouer, gentiment. Là… Comme quand elle pouponne Cheoli.

Du calme, du calme.

Plus que jamais elle a besoin de cette formule magique.

Le couvercle pivote, manque de tomber sur le côté. Sohui le retient en y calant son gros orteil. Son cœur se décroche. Calvaire… Sans changer de position, elle soulève le couvercle. Il est lourd. Elle le pousse, sur son mollet. Maintenant son gros orteil en place, elle replie lentement la jambe. Le couvercle tangue dangereusement. Elle tend prudemment son bras gauche. Le couvercle chute.

— Non !

En un éclair, Sohui le rattrape, juste avant qu'il ne se brise sur le sol. Gagné… Son butin en main, elle halète, se retourne vers le tuyau, le fixe d'un regard noir, meurtrier. Le moment est venu d'en finir.

Ouuufff…

Elle ravale un gémissement, entre dans la baignoire et commence à taper la jointure des tuyaux avec son couvercle.

— Papa de Yunmi, écoutez-moi un peu. Smile Man ne se serait pas rendu aussi facilement !

Miri s'accroche au bras de Gangsik et essaie de lui parler.

Sitôt que Gyeongja a raccroché, la Section des enquêtrices mères au foyer a foncé au poste de police. Miri ne cessait de murmurer : « C'est incroyable… » Franchement, elle ne pouvait pas le croire. Smile Man lui paraissait le dernier des criminels à pouvoir se rendre de lui-même. De plus, il avait attendu longtemps avant de commettre son dernier crime. Se dénoncer maintenant n'avait aucun sens. Elle en était certaine.

Pour cette raison elle est allée au-devant de Roh Gangsik, qui s'affairait sur un tas de papiers à son bureau, et elle a même entraîné avec elle Gyeongja, au comble de l'embarras.

— Eh ben…, a commencé par soupirer Gangsik, après avoir jeté un rapide coup d'œil, fort mécontent, sur sa femme.

— Écoutez, maman de Hyeonji, je comprends ce que vous voulez dire. Vous vous êtes beaucoup donnée jusqu'ici, je le comprends aussi. Mais maintenant, laissez la police faire son travail. Smile Man n'est quand même pas un extraterrestre ! Il sentait qu'il allait se faire prendre. Il a eu peur, il s'est rendu.

— Il sentait qu'il allait se faire prendre ? Avez-vous des indices allant dans ce sens ?

Gangsik jette un œil discret autour de son bureau avant de revenir à Miri. Tout le monde s'agite dans le poste, comme si une alerte avait été donnée.

— Vous tenez aux indices, je le conçois. Mais c'est tout juste bon pour les romans policiers, tout ça. Savez-vous comment on arrête les coupables, dans la réalité ? On enquête sur le terrain, on fouille les endroits susceptibles d'apporter des réponses. Vous voyez l'autre côté de la rivière Gwangseon ? Là où se trouvent le marché Gwangseon et le dortoir incendié ? Un certain nombre de criminels en puissance se cachent là-bas. Nous en avons été informés. Nos inspecteurs ont mené une enquête rapide, ils ont fouillé les lieux, de fond en comble !

Et voilà, Smile Man est venu de lui-même au poste, celui du quartier. Il a tendu lui-même ses poignets. Il a avoué qu'il était Smile Man, vous voyez ? Il l'a dit lui-même : « Smile Man, c'est moi ! »

Un autre policier vient en renfort de Gangsik.

— Il paraît même qu'il portait le pin's « Smile ».

— Eh bien…, soupire Miri. Est-il encore au poste du quartier, votre Smile Man ?

— Il est en cours de transfert chez nous. Il ne va pas tarder. L'interrogatoire aura lieu ici.

Miri se prend la tête entre les mains et plonge dans une profonde réflexion.

Qui est cet homme ? Il ne serait quand même pas Smile Man ? Il n'habite même pas la résidence ! Et l'homme qui observait Sohui dans l'enregistrement… est-ce une autre personne ?

Tout s'emmêle dans sa tête. Les questions se suivent à la queue leu leu. La plus importante arrivant en bout de course.

Où est Sohui ?

— La maman de Yunmi m'a bien parlé d'une section des… mères au foyer enquêtrices ou quelque chose de ce genre. Peu importe. Je ne vous laisserai pas empiéter sur notre investigation. Maintenant, rentrez chez vous. C'est l'heure de préparer le dîner.

La voix de Gangsik est étonnamment douce, malgré la mise en garde. Sans doute est-il content d'avoir enfin arrêté Smile Man.

Miri tente une dernière fois.

— Papa de Yunmi, réfléchissez une seconde. Qui est Smile Man ? Il a commis plusieurs meurtres dans tout le pays, il a exhibé des corps découpés.

Et, en arrivant à Gwangseon, il se ferait tout à coup arrêter ? Il se rendrait lui-même ? Ça n'a aucun sens.

Il y a plus de chances, pense Miri, *que je devienne tueuse en série*. Elle se garde de partager cet avis.

— Concernant l'affaire Lee Sumi, reprend Gangsik, il a précisé lors de sa déposition où il a abandonné la main coupée. Il a également avoué où se trouvait le reste du corps, sous le pont de Gwangseon. Aucun doute n'est plus possible, c'est bien notre tueur.

— Où est notre Sohui, dans ce cas ? lance Jihyeon avec exaltation.

— L'enquête se poursuit. Pour l'instant l'hypothèse d'une fugue est…

Un grand brouhaha éclate à l'entrée du poste. Quelqu'un crie : « Ils arrivent ! » Des journalistes rassemblés dans la cour prennent position. Miri, Jihyeon et Gyeongja se précipitent, elles aussi.

Une voiture de police pénètre dans la cour et s'arrête devant l'escalier de l'entrée. Un policier en sort par l'avant. L'air tendu, il ouvre la porte arrière. Les flashs éclatent autour du véhicule. Un homme apparaît, tête basse. Très maigre, le visage allongé, il porte un blouson usé, en décalage avec la saison. Un pin's jaune, figurant un smiley, est accroché au niveau de sa poitrine.

— Êtes-vous Smile Man ?

— Reconnaissez-vous avoir commis cette série de meurtres ?

— Quelle raison vous a poussé à vous rendre ?

Des journalistes assaillent le prévenu de questions. L'homme reste debout, l'air déboussolé.

Peut-être a-t-il peur, peut-être ne comprend-il pas dans quel pétrin il s'est fourré.

À la seconde où Miri le voit descendre de la voiture, elle secoue la tête.

— Ce n'est pas lui.

Il est en effet aux antipodes du criminel qu'elle a profilé. Smile Man devait être d'apparence bien plus ordinaire, mais aussi plus séduisante. Rien à voir avec cet asocial retiré dans son coin tel un végétal qui pousse à l'ombre.

Gyeongja tire Miri par le bras.

— On s'en va.

Gyeongja est pressée de quitter le lieu de travail de son mari. Son regard, chargé de reproches, lui mitraille le dos. Elle a de plus en plus de mal à le supporter. Plein le dos.

— Une seconde, fait Miri.

Une bribe de souvenir lui vient à l'esprit. Elle regarde très vite autour d'elle.

— Une casquette, trouve-moi une casquette.

— Pour quoi faire ? demande Jihyeon alors que Miri s'agite en tous sens.

— J'ai besoin d'une casquette.

Miri se fige un instant avant de dévaler l'escalier et de s'approcher de l'homme, en plein baptême de flashs.

— Hein ? s'exclame Gangsik. Quoi ?

Il se lance à sa poursuite. Trop tard. Plus agile que lui, Miri fauche une casquette sur la tête d'un policier debout à côté de la voiture et l'enfonce sur la tête du présumé Smile Man.

Un homme maigre avec une casquette enfoncée.

Miri le regarde droit dans les yeux.

— Vous n'êtes pas Smile Man.

La panique s'invite sur le visage de l'homme.

— On m'a dit qu'il fallait du chaos, lui murmure l'homme, tout bas.

— Mais qu'est-ce que vous fichez, là ?

Gangsik et les autres policiers jettent violemment Miri à terre. Jihyeon et Gyeongja accourent pour la relever.

— Il y a quand même des limites ! explose Gangsik. Rentrez chez vous préparer le dîner ! Si vous continuez à entraver la police, je serai obligé de vous arrêter, toutes les trois !

Cette fois-ci, Gangsik est vraiment en colère. Il fait volte-face et retourne à l'intérieur du poste. Escorté par des policiers, le suspect est conduit au poste et les journalistes, quoique surpris par l'intervention inattendue de Miri, suivent l'équipée à l'intérieur. Les trois femmes restent seules dans la cour.

Gyeongja demande à Miri :

— Qu'est-ce qui t'a pris ?

Elle lui donne même une tape sur le dos.

— J'ai déjà vu cet homme.

— Où ça ?

— À la clinique neuropsychiatrique MISSO. J'en suis persuadée.

Elle s'en souvient nettement désormais : elle l'a heurté à l'épaule. Il avait ce même regard étourdi. Difficile de l'imaginer en pervers prenant plaisir à découper des corps de femmes pour les exposer partout. Cet homme est juste malade, comme Miri.

— Tu en es sûre ? demande Gyeongja, incrédule. Ce patient de la clinique serait Smile Man ?

— Non, justement ! Smile Man est ailleurs. Cet homme est un leurre.

Jihyeon vient en soutien de Miri.

— Je suis d'accord avec Miri. Je sais un peu lire la physionomie des gens. Ce type-là n'a pas une tête de tueur.

Les trois femmes plongent dans le silence. Un vent lourd, chargé d'humidité, souffle au-dessus de la Section des enquêtrices mères au foyer. Miri, Gyeongja et Jihyeon relèvent la tête vers le ciel. Des nuages sombres arrivent en masse. Ils viennent de loin.

— Voilà pourquoi j'ai eu mal toute la journée, commente Jihyeon en se frottant les genoux.

— La météo avait pourtant prévu un temps clair, objecte Gyeongja.

Miri reste pensive. Le surgissement inattendu de la clinique neuropsychiatrique MISSO dans cette histoire la rend perplexe. Doit-elle appeler le docteur Park Dojin ? Apprendre qu'un de ses patients s'est dénoncé à la police en affirmant être Smile Man risque de le bouleverser.

Jihyeon est dépassée par les événements :

— Bon, Miri, qu'est-ce qu'on fait maintenant ?

— Les enfants vont bientôt rentrer, dit Gyeongja. C'est embêtant. Que faire…

Elle ne finit pas sa phrase.

— Smile Man ne s'est pas rendu. D'avoir vu cet homme me conforte dans cette idée. Et on doit encore retrouver Sohui. On est bien d'accord là-dessus ?

Jihyeon et Gyeongja hochent la tête dans un même élan.

— Repoussons nos tâches domestiques et agissons ensemble. Tant que Smile Man n'est pas arrêté, nos hypothèses restent valables. Je veux dire que cet enfoiré habite notre résidence. Très probablement dans le bâtiment 6. On va y faire un tour, d'accord ?

Confuses, Jihyeon et Gyeongja se regardent l'une l'autre sans savoir quoi répondre. La police vient de les menacer. Poursuivre l'enquête malgré tout, là tout de suite ? En même temps, il est hors de question d'abandonner Sohui.

— Je sais ce que vous pensez et je le comprends. Moi aussi, je me demande si c'est la bonne décision. Mais rentrer à la maison maintenant serait indigne. Tous ces efforts pour rien ? Ça ne vous fait rien ? Renoncer à Sohui ne vous ferait rien ?

Miri les interpelle tour à tour du regard.

— Pour l'instant, murmure Jihyeon, perplexe, on est totalement démunies. Comment on fouillerait tous les appartements du bâtiment 6 sans l'aide de la police ?

— Tu as raison, grande sœur. J'y ai réfléchi. On devrait pouvoir réduire notre champ d'intervention si on obtient la liste des appartements récemment rénovés.

— Récemment rénovés ?

— Quand on kidnappe une personne pour la tuer, il faut résoudre la question du bruit. Admettons que le tueur soit très méticuleux… le bruit reste quand même un problème : il faut insonoriser.

Smile Man n'a sûrement pas eu le choix : il a dû faire des travaux.

— Comme pour les écoles de musique ?

Miri hoche la tête à cette remarque de Gyeongja.

— C'est ça…

Jihyeon s'exprime à son tour :

— Au point où on en est, allons au bout. On verra bien si nous avons raison. Et puis, ce n'est pas la fin du monde si je laisse mon vieux se débrouiller pour le dîner.

Gyeongja acquiesce après une hésitation :

— Je dirai à Yunmi d'aller chez une copine. Je viens avec vous.

Le trench-coat de Miri flotte dans le vent qui continue de souffler. Sans un mot elle tend le bras en avant, entre les deux femmes, paume vers le sol. Jihyeon suit, posant sa main sur celle de Miri. Gyeongja se joint à ce serment. Une, deux, trois. D'un seul geste, les trois femmes lèvent leur bras vers le ciel.

Il leur répond par un grondement.

Roh Gangsik scrute l'homme assis face à lui. Tête toujours baissée, il roule les yeux de droite à gauche, tenaillé par l'angoisse de l'interrogatoire. Tout être normalement constitué, même innocent, appréhenderait un interrogatoire, surtout s'il est suspecté de meurtres en série. Quelque chose dérange pourtant Gangsik. La réaction du suspect est normale, mais justement cela l'embête. Car il s'attendait à un Smile Man souriant et détendu, à l'instar du putain de pin's accroché à son blouson.

— Comment tu l'as tuée ?

Gangsik va droit au but. Parler de choses et d'autres en préambule pour détendre l'atmosphère, établir un lien de confiance, ce n'est pas son genre. Un régiment de journalistes campe à l'extérieur pour préparer des reportages sur cet individu. Il faut qu'il crache ses aveux, vite. Des aveux complets, avec force détails. Les supérieurs de Gangsik, comme la presse, n'espèrent pas autre chose.

— Ben, répond l'homme sur un ton maladroit, juste avec une lame.

— Où ça, ta lame ?

Se concentrer sur l'affaire Lee Sumi. Quand on l'aura coincé pour ce meurtre, creuser pour les autres.

— Là, comme ça.

L'homme simule un égorgement en se passant le doigt sur le cou. Insuffisant. Car la tête de Lee Sumi n'a pas été retrouvée parmi les restes découverts sous le pont. Smile Man collectionne les têtes. Or la chose est connue des policiers : sans la tête, on ne peut pas établir que le cou a été tranché, ni qu'une lame a été enfoncée, ou que la victime a été étranglée. Gangsik passe à une autre question.

— Avec quoi tu as découpé le corps ?

— Un couteau.

Non, pas un couteau. Smile Man se sert toujours d'une scie. De préférence une scie à la lame émoussée. Selon le légiste, il découpe ses victimes encore vivantes. La douleur n'en est que plus atroce, a observé ce médecin en grimaçant. La main de Lee Sumi a bien été découpée à la scie. Gangsik fusille l'homme de son regard noir. Croisant ces yeux hostiles, l'homme cesse de balancer sa tête de haut en bas et détourne le visage. Il le sait, son mensonge a été détecté.

— Connard… si tu mens, je vais te tuer, hein ? L'homme tressaille à la menace de Gangsik.

— Ce… Ce n'est pas un mensonge, balbutie le suspect.

— Tu n'es pas Smile Man, lance brusquement Gangsik.

Comme ça. Direct.

— Si, si… Smile Man. Là… mon pin's…

L'homme indique le pin's à sa poitrine, ce smiley au sourire congelé et qui n'y comprend rien.

— Dans ce cas, explique-moi comment, concrètement, tu as enlevé Lee Sumi. Et comment tu l'as tuée.

L'homme scrute le visage de Gangsik sans rien dire. Visiblement angoissé, il se mordille les lèvres. Pour ce qui est de l'angoisse, Gangsik ne la ressent pas moins que celui qu'il cuisine. Si ce type n'est pas Smile Man, ça va être la galère, vraiment. Il se rappelle soudain les mots de Miri : « Smile Man ne se serait pas rendu aussi facilement ! »

— Monsieur ?

L'homme ouvre enfin la bouche après un long silence.

— Oui ? Vas-y.

— On m'a dit qu'il fallait le chaos.

À ces mots, l'homme sourit pour la première fois.

— Quoi ?

— Que je pouvais apporter le chaos. J'en serais le héros.

— C'est quoi ce charabia…

— Je suis Smile Man. Je les ai tuées. Toutes. C'est moi qui les ai toutes tuées.

La voix de l'homme s'élève, puis il se met à uriner. Le liquide jaune coule de son pantalon jusqu'à tremper le sol.

— Putain, merde ! C'est quoi ce cirque ?

Gangsik se lève dans un sursaut. Il quitte la pièce sur-le-champ. Smile Man ou pas, sûr que c'est un cinglé.

— Qu'est-ce que vous en pensez ? demande le commissaire à Gangsik quand il revient dans la salle de réunion où sont rassemblés les autres enquêteurs.

— Vous avez vu par vous-même, répond Gangsik à l'homme qui, en effet, suivait l'interrogatoire sur écran avec les collègues.

— Vous croyez que c'est Smile Man ?

— Je ne sais pas encore.

Gangsik attrape un bonbon sur la table, en retire l'emballage et le fourre dans sa bouche.

— Vous avez vérifié son identité ? tonne le commissaire à l'intention des enquêteurs. État civil, adresse, numéro de téléphone, registres médicaux, tout, rassemblez tout ce que vous trouverez !

— Mais, mais ! s'écrie par écran interposé le bleu affecté à la surveillance de la salle d'interrogatoire.

— Qu'y a-t-il ?

Il y a que l'homme, livré à lui-même dans cette salle, vient de se lever. L'écran diffuse sa tête qu'il cogne de toutes ses forces sur l'angle du bureau. Un bruit sourd accompagne les projections de sang, qui gicle dans tous les sens. Mais l'homme ne s'arrête pas.

— Putain, quel cinglé !

Gangsik court à la salle d'interrogatoire.

— Mais enfin, qu'est-ce que vous avez contre moi ?

En voyant Miri, Jihyeon et Gyeongja arriver à nouveau au poste de sécurité, Gwangkyu s'effondre sur sa chaise et trépigne comme un gosse. Il revient à l'instant d'une patrouille dans la résidence mais aussi autour de la rivière Gwangseon. Il fait chaud, sans compter qu'il a passé une mauvaise nuit. Sa seule et unique envie ? Prendre une bonne douche. Et une fois lavé de sa sueur, sortir une canette de bière bien fraîche du frigo… la vider d'un trait. Le paradis, quoi. Seulement, voilà encore ces bonnes femmes. Le paradis attendra.

— Vous êtes là, monsieur le chef de la sécurité ! Ça tombe bien…

Gwangkyu ne peut pas l'interpréter autrement : la joie de Jihyeon traduit leur volonté inébranlable de le trouver, lui. *Je n'aurais pas dû être gentil avec elles au départ*, regrette-t-il amèrement. Trop tard. Ces dames-là le prennent pour un membre de leur Section des enquêtrices mères au foyer, on dirait.

— Monsieur, lance Miri fièrement, vous allez nous trouver un certain document.

— Qu'est-ce que c'est encore…

— Les gens qui font des travaux… donc du bruit… ils déposent des demandes d'autorisation chez leurs voisins pour collecter leurs signatures.

Mais au préalable… ils sont censés se déclarer au poste de sécurité, non ? C'est bien le cas ?

Il ignore dans quelle intention Miri lui pose cette question, mais elle n'a pas tort. À leur arrivée, ou après leur emménagement, les résidents souhaitant faire des travaux de plus de deux jours doivent le signaler au poste de sécurité.

— Oui, effectivement, c'est le règlement.

— Auriez-vous un dossier regroupant ces autorisations ? Il ne nous les faut pas toutes. Juste celles entre la fin de l'année dernière et ce mois-ci. Pour le bâtiment 6, s'il vous plaît.

— Le bâtiment 6 ? Il doit y avoir un dossier, oui. Mais pas ici. Adressez-vous à la gérance.

Gwangkyu n'a pas l'air vraiment ravi. Le poste de sécurité étant subordonné à la gérance, il devra se plier en deux face aux jeunes qui y travaillent.

— Faites-nous cette faveur, supplie Miri. Trouvez-nous les appartements qui ont reçu une autorisation de travaux… s'il vous plaît…

Le ton et l'attitude implorants de Miri embarrassent le chef de la sécurité.

— C'est notre dernière demande, ajoute Jihyeon avec sollicitude. On ne vous embêtera plus après.

— Monsieur, je ne sais pas ce que vous avez dit tout à l'heure à mon mari… à propos de moi et de Miri mais, franchement, on a eu beaucoup d'ennuis à cause de ça.

Gyeongja joue carrément la menace.

Coincé entre ces dames et la gérance, Gwangkyu n'arrive pas à trancher. Il passe la main sur son front dégarni.

— Si je demande à la gérance, murmure-t-il, mal assuré, ils voudront connaître les motifs de ma requête.

— Dites-leur qu'il y a un conflit, lui répond Miri sans hésitation. Que les travaux ne se sont pas déroulés comme prévu. Il y a donc des conflits entre voisins.

On pourrait croire que Miri a tout préparé très à l'avance.

— D'accord. Si c'est pour retrouver la maman du mignon petit Cheoli… il faudra bien que je collabore avec vous.

Satisfaites, les membres de la Section hochent la tête.

Gwangkyu quitte le poste en geignant. Miri lui crie déjà dans le dos.

— Et passez-moi un coup de fil après !

— Bon, dit Jihyeon. Et nous ? Qu'est-ce qu'on fait maintenant ?

— Déjà, on va au bâtiment 6. Pas la peine d'attendre son appel, vu qu'on ne sait pas quand il va arriver. Une fois là-bas, on y verra plus clair.

Les trois femmes quittent le poste de sécurité sur la proposition de Miri. Il commence à pleuvoir. Ni les unes ni les autres n'ont de parapluie. Miri redresse le col de son trench-coat, que la pluie vient battre de ses grosses gouttes. Jihyeon frotte ses genoux souffrants. Gyeongja lui donne de petits coups sur le dos, avec son poing dodu. Elle ouvre la bouche :

— Et Boules de Mulot, qu'est-ce qu'il peut bien être en train de faire ?

— Son dernier coup remonte à hier après-midi, quand je lui ai couru après. Puisque cette énorme affaire vient d'éclater, il doit se terrer quelque part.

— Tu parles, la bite, ça ne se terre pas. La pluie est un temps idéal pour la bite. Il doit être quelque part, cul nu, à faire son numéro.

Les deux femmes rient à la remarque de Jihyeon. Elles arrivent au bâtiment 6. Pas de nouvelles de Gwangkyu. La pluie tombe encore plus fort, traçant de délicats filets d'eau sur les fonds verts du mois de mai. Les ouvriers de chantier s'affairent pour rentrer. Les trois femmes demeurent debout, à l'abri de l'escalier central du bâtiment 6. Gyeongja fait claquer sa langue.

— Tss… les fleurs vont toutes tomber.

— Le technicien n'a pas vu quel escalier ils ont pris ? vérifie Miri.

— Non, répond Gyeongja. Il les a vus marcher… tituber… en direction du bâtiment 6. Après, il est retourné bosser.

À cet instant, le téléphone de Miri sonne.

— C'est le chef de la sécurité ? demande Jihyeon.

— Non.

L'appel vient du docteur Park Dojin. Miri hésite. *Dois-je décrocher maintenant ?* Gwangkyu peut l'appeler à tout moment. En même temps, Miri aimerait prendre des renseignements auprès du docteur Park. Elle lui est presque reconnaissante de l'appeler avant qu'elle ne le fasse. Elle décroche.

— Allô ?

— Madame Gong, je ne vous dérange pas ?

Sa voix est toujours aussi douce mais Miri y détecte une sorte d'empressement.

— Si vous pouvez faire vite, ça ira.

— Je vois, je fais vite. J'ai appris qu'un de mes patients s'est rendu à la police en se dénonçant comme Smile Man. La police vient de passer à la clinique.

— Je suis au courant.

— C'est faux. Ce patient n'est pas Smile Man.

Elle manque de lui dire qu'elle est au courant de cela aussi, mais elle se retient. Park Dojin continue :

— C'est un patient ordinaire, il souffre d'une paranoïa légère. On parle plus souvent de mégalomanie. Je l'ai expliqué aux policiers, mais ils n'ont pas eu l'air de me croire.

Miri pose finalement les questions qu'elle avait prévues.

— Pourquoi s'est-il rendu à ce moment précis ? Et surtout, pourquoi prétendre être Smile Man ?

— Sans être Smile Man, il est possible qu'il soit sous son influence directe.

— Une influence directe…

— Il disait souvent qu'il puisait son inspiration auprès de « l'homme », en consultation.

— Quel homme ?

— Je ne sais pas. Il ne m'a jamais révélé son identité. En y réfléchissant, je me demande s'il ne s'agirait pas du vrai Smile Man.

Tout s'accélère dans la tête de Miri. Dans ce cas, le suspect se serait rendu à la police sur ordre de Smile Man ?

— Smile Man semble en savoir plus qu'on ne

l'imagine. Il faut être prudent. Je n'ai pas de consultation cet après-midi. J'ai pu prendre le temps de réfléchir de mon côté. Et vous, où en êtes-vous de votre enquête ?

— Au bâtiment 6 de notre résidence. Si notre hypothèse est bonne, Smile Man doit y habiter.

— Vous devriez vous faire accompagner par la police ! C'est dangereux.

À ce moment-là, son téléphone reçoit un double appel. Gwangkyu.

— Docteur, je dois vous laisser, j'ai un appel important.

Miri raccroche sans attendre sa réponse. Elle prend l'appel et met le haut-parleur.

— J'ai trouvé ce que vous vouliez. Deux appartements ont fait l'objet de travaux dans le bâtiment 6, au cours de la période que vous m'avez indiquée. Le 403 et le 101.

— Merci beaucoup, monsieur.

Miri raccroche et se retourne vers Jihyeon et Gyeongja.

— Très bien, dit Jihyeon. On commence par lequel ?

L'homme 5

Le concert se termine sans surprise. Les longs doigts de l'homme se prêtent parfaitement au clavier. Il a commencé le piano vers sept ans. Sa mère l'avait inscrit dans une école de musique près de chez lui. La découverte du piano a été une révélation. Ce monde de touches en noir et blanc lui a plu, immédiatement, et il n'a jamais cessé de l'aimer. Sans compter qu'il n'est pas dénué de talent. À mesure qu'il apprenait l'instrument, les compliments se sont multipliés. Il a participé à des concours, remporté quelques prix. Les années passant, les plaques et les trophées se sont accumulés. Naturellement, il rêvait de devenir pianiste. Il ignorait, à l'époque, que son talent n'était pas à la hauteur de cette ambition.

Tout juste bon à gagner des concours régionaux et à intégrer la faculté de musique de Séoul, il a vite compris qu'il n'atteindrait jamais les sommets. Quand bien même il partirait à l'étranger, ou se paierait, très cher, des cours particuliers, il ne s'envolerait pas vers les hautes sphères musicales. Ses espoirs ont été déçus assez tôt. Tout au plus a-t-il pu se contenter de prix à peu près insignifiants et entretenir de bonnes relations avec ses professeurs. Suivant fidèlement le médiocre chemin tracé par et pour lui, l'homme est devenu ce petit concertiste aux longs doigts dont la finesse s'accorde parfaitement au monde en noir et blanc du piano.

Il n'est pas particulièrement mécontent de son existence. Lui commande-t-on un concert ? Il se met au piano. Les pianistes de son acabit sont assez demandés, leurs cachets assez misérables mais l'homme n'a aucune difficulté matérielle. Parfois, il donne des cours particuliers. Souvent il participe à des œuvres de charité, en tant que pianiste. Une vie ordinaire et transparente, lisse, tel un miroir sans taches.

Mais cette vie tranquille, dénuée d'aspérités, a amené l'homme à s'interroger.

La vie doit-elle être si ennuyeuse ?

Cette question est le point de départ. De tout.

Il s'est rendu compte qu'il n'avait jamais ri. Du moins, pas de bon cœur. Il a connu quelques filles, tenté des hobbies en dehors du piano, voyagé aussi. Mais rien, jamais, ne lui apportait la joie. Juste l'ennui, oppressant, chaque jour plus pesant.

Jusqu'à ce qu'il LE rencontre.

Ce jour-là, enfin décidé à se suicider, il s'était quand même connecté à SOS Suicide, un site qu'il avait eu bien du mal à trouver. En effet, il en était arrivé à cette conclusion imparable : la mort était l'issue, la seule échappatoire à l'ennui. Une conclusion tout à fait à sa mesure. Une conclusion claire, nette et tranchée, ainsi que les touches noires et blanches d'un clavier.

— Pensez-vous vraiment que c'est la meilleure solution ?

IL lui a posé cette question. Elle l'a d'abord laissé perplexe. Jamais il n'avait envisagé une « meilleure solution ». La deuxième, qu'il avait toujours choisie, lui donnait un agréable sentiment de sécurité. Alors il LUI a demandé quelle serait la première solution. C'est-à-dire la meilleure. De ce jour, des discussions régulières se sont instaurées entre l'homme et LUI, oreille attentive, auditeur expert. Au fur et à mesure de ses entretiens avec LUI, il prenait conscience de ses vraies aspirations. C'est à cette époque qu'il a découvert le prédateur tapi au fond de lui.

Il a pris conscience qu'il n'était pas uniquement doué pour le piano.

— Le plan s'est un peu modifié, lui annonce-t-IL à la sortie du concert qui vient de se terminer sans surprise.

LUI sait tout. Tant qu'il L'écoutera, l'homme ne connaîtra pas l'ennui. Il lui suffit de faire ce qu'IL demande. Il le doit. Cela n'arrive d'ailleurs pas si souvent qu'IL demande un service. Le ciel s'assombrit et la pluie finit par tomber. Les essuie-glaces se balancent diligemment de droite à gauche. À chaque fois qu'ils effacent la pluie, son visage apparaît sur le pare-brise.

Il rit avec son reflet, de bon cœur.

Lutte mortelle

Le tuyau s'esquinte peu à peu, tandis que le couvercle du réservoir des W-C s'effrite. Une vraie peau de chagrin. À chaque coup donné sur le tuyau, il s'amenuise. La main de Sohui est lacérée de blessures, son sang dégouline, tombe sur le sol.

— Encore une fois, murmure-t-elle pour la millième fois.

Encore un coup. Un coup de plus et ça sera bon. Un coup de plus.

Clang !

Un bout du couvercle se brise en même temps qu'un joint explose en crachant de l'eau. Elle fuit par la fente ouverte.

— Ça y est !

L'espoir renaît. Plus qu'un coup, un seul, ça sera bon. Cette fois c'est sûr, à condition de viser précisément le bon point de contact. Malheureusement, sa main blessée peine à tenir le couvercle correctement. Sohui serre les dents. Un dernier coup, le coup décisif. Elle lève son arme jusqu'à hauteur de sa tête. Elle vise la fente sur le joint. Elle frappe de toutes ses forces.

Clang !

La fente s'élargit dans un bruit vif et, alors que le couvercle se casse en deux, l'eau jaillit par jets incroyablement puissants.

— Ah !

Sohui peut enfin exploser de joie. Trempée, elle retire la menotte du tuyau. Une sensation de liberté l'envahit mais elle ne doit pas perdre de temps à la savourer. Elle se dépêche de sortir de la baignoire. Bien que pressée, elle pose prudemment un pied à l'extérieur. Si jamais elle se blessait encore, tout serait fichu. Son genou droit, enflé comme un ballon, crie sa douleur chaque fois qu'elle y repose son poids.

Elle se dirige vers la porte en boitant. L'idée qu'elle soit fermée à clé la ronge d'angoisse. Fausse alerte. La poignée se laisse faire, tourne doucement. Sohui sort de la salle de bain.

Elle se trouve maintenant dans la chambre principale. Plus exactement, dans l'espace censé être la chambre principale, selon les plans des appartements de la résidence. Un piano à queue s'exhibe au centre de la pièce. Énorme, il en mange la moitié, de sorte que cette pièce n'a plus rien d'une chambre à coucher. Comme envoûtée, Sohui regarde autour d'elle. Du sol au plafond, toute la pièce est recouverte de matériel insonorisant. La fenêtre elle-même est condamnée. Ce qu'elle prenait pour la lumière du jour vient en réalité d'une ampoule pendue au plafond. La porte de la chambre elle aussi est doublée de ce matériau insonorisant, témoignant d'une volonté résolue d'enfermer le bruit.

Sohui pousse la porte. Elle est très lourde. Voici le salon, sobre lui aussi. Pour seuls meubles, un petit canapé, une télévision et une grande chaîne hi-fi. Les fenêtres sont protégées par d'épais rideaux dont l'opacité obscurcit profondément cette pièce à vivre. À vivre… On peut se demander si des gens vivent réellement dans cet endroit… Sohui est frappée par ce paysage, littéralement désertique. Mais elle doit garder la tête froide.

Il faut sortir de là tout de suite!

Elle pivote vers l'entrée. Une porte ordinaire, équipée d'une serrure numérique. Elle est fermée. Il suffit de la passer.

Sohui boite vers sa libération.

Bip bip bip.

Alors qu'elle avance, quelqu'un, à l'extérieur, compose le code de la serrure. Sohui se fige, tout devient blanc dans sa tête. *Que faire?* Elle n'arrive à penser à rien. Elle doit s'enfuir, elle le sait, mais ses pieds, comme paralysés, l'ont oublié. *Park Sohui, Réveille-toi!* Elle serre les poings. Elle regarde à droite, à gauche, découvre une petite chambre derrière le canapé. Elle court dans cette direction.

À la différence de l'épure des autres pièces, cette petite chambre est remplie de meubles de toutes sortes et d'appareils électroménagers. Un portemanteau, un lit, un énorme réfrigérateur, bref, peu de place pour poser le pied. Sohui entend la porte d'entrée s'ouvrir. Sans perdre une minute, elle se glisse sous le lit.

Sohui retient sa respiration pour échapper à une odeur de moisissure. Elle perçoit des bruits de pas, suivis d'une musique, très forte. Il a dû mettre sa chaîne en marche.

Un concerto pour piano. Virtuose, absolument virtuose. L'homme ne tardera pas à remarquer que Sohui n'est plus dans la salle de bain. Reste à espérer qu'il en ressortira en la croyant enfuie de l'appartement.

Qu'il en soit ainsi…

Sohui ferme les yeux et prie. Hélas, son vœu n'est pas exaucé : il entre dans la petite chambre. Sur fond de concerto évoluant vers son paroxysme, Sohui entend les pas de l'homme. Nettement. Si nettement qu'elle ouvre les yeux. Des chaussettes noires lui apparaissent. À ce moment-là, elle réalise que, trempée, elle a probablement semé des gouttes d'eau jusqu'à sa cachette.

Son cœur est sur le point d'éclater. L'homme fait quelques pas dans la pièce exiguë, s'arrête brusquement. Sohui ne lâche pas les chaussettes noires des yeux.

— Allô ?

La voix de l'homme… celle d'un baryton aux résonances profondes. Dans un autre contexte, elle en aurait été charmée. Après avoir écouté longuement son interlocuteur, l'homme lui répond :

— Oui, j'ai compris.

Il s'assoit au-dessus de Sohui, sur le lit. Elle avale sa salive sans s'en rendre compte. Les talons de l'homme sont là, juste devant ses yeux.

— Je m'en occupe. Ne vous inquiétez pas.

L'homme parle sur un ton dégagé, puis éclate de rire. *Ha ha ha*. Un rire en *staccato*. Sohui sent tous ses poils se hérisser. Le rire devient robotique. Sec, sans trace de sentiments.

— Pffoo…, soupire l'homme après avoir raccroché.

Toute l'attention de Sohui est concentrée sur l'homme.

Plus exactement sur ses chaussettes noires, à l'intérieur desquelles ses pieds bougent un peu. Va-t-il se lever ? Les yeux de Sohui s'écarquillent pour mieux suivre ses mouvements quand, tout à coup, sa tête paraît brusquement en bas du lit.

— Trouvée.

Le visage de l'homme, illuminé d'un large sourire, fait maintenant face à celui de Sohui. Elle est figée de terreur. En un éclair, il attrape la chevelure de sa proie.

— AHHHH ! hurle Sohui.

Une force redoutable l'extrait de sous le lit. Elle lui griffe la main, se débat, mais en vain. Il la jette violemment à terre. Choc à la tête. Mais elle ne perd pas conscience. S'appuyant sur le genou gauche, elle brandit sa main droite en avant. Les menottes encore attachées à son poignet dessinent un cercle avant de frapper le visage de l'homme.

— Heok !

Surpris par le coup, l'homme s'assied par terre et protège sa figure de ses mains. Sohui s'échappe de la pièce en rampant. Il la rattrape par la jambe. Il fallait que ce soit la jambe droite…

Sohui pousse un cri de douleur, s'étend sur le

sol. La douleur irradie tout son corps à partir du genou, elle a du mal à respirer. Calvaire. Dans ce moment critique, Sohui se souvient quand même d'un détail. Les murs du salon ne sont pas insonorisés : si elle crie, de toutes ses forces, quelqu'un l'entendra peut-être. Elle ouvre grand la bouche.

— Au sec…

L'homme lui saute dessus et lui fourre une chaussette dans la bouche. Elle suffoque. Il se relève d'un bond et lui assène un coup de pied dans le ventre. Le petit corps de Sohui se plie en deux. Cet unique assaut la plonge dans l'inconscience.

Placé au-dessus d'elle, l'homme regarde Sohui et passe une main sur sa pommette enflée.

Je n'aime pas trop la brutalité.

Une question obsédante lui vient en tête.

Comment travailler celle-ci ?

Y penser le fait sourire. D'abord la déplacer dans son espace de travail. Il lui attrape un bras et la traîne à travers tout le salon. Les yeux mi-clos, Sohui pousse de faibles gémissements. Il aurait mieux fait de lui coudre la bouche.

— On commence tout de suite ? Ou on attend un peu ?

L'homme gesticule au rythme de la musique qui sort des enceintes. La sensation du concert est encore vive. S'y mêle le plaisir de la chasse. L'homme est saisi d'une étrange excitation. C'est vrai, découvrir l'évasion de sa proie l'a proprement stupéfié. Jamais il n'aurait imaginé qu'elle en serait capable. Pour autant, grâce à la leçon qu'IL lui a donnée, il n'a pas paniqué.

Lent mais précis.

— Lent mais précis, murmure l'homme.

Il pousse Sohui jusqu'à l'espace de travail. La planche à découper.

— Lent mais précis, répète-t-il une nouvelle fois.

Un petit détour par son balcon lui permet de récupérer une bâche en plastique et sa boîte à outils. Quand les choses risquent de mal tourner, mieux vaut les régler au plus vite. Ça L'arrangerait LUI aussi. L'homme s'accroupit près de Sohui et lui applique du Scotch sur la bouche. Après quoi il sélectionne soigneusement ses outils. Il s'applique. Couteau, scie, marteau… Par lequel commencer ? Cela ne relève que de son choix. Ce sera le couteau. Il retourne à la salle de bain avec son outil. Soudain il grimace : le tuyau brisé par la proie crache tant d'eau que la baignoire est sur le point de déborder. Ce qui le met dans une colère folle. Pris d'une pulsion, il pose la lame de son couteau sur le cou de Sohui.

Ding dong.

On sonne à la porte.

— Oui ?

Une dame âgée passe la tête dans l'entrebâillement de la porte entrouverte.

— Bonjour madame, je suis de la gérance.

Miri lui offre son plus beau sourire et récite un laïus préparé. Poser des questions sur les travaux de rénovation en mentionnant la Section des enquêtrices mères au foyer lui semblait un peu trop risqué. C'est un tort, elle le sait, mais pas le choix, il fallait inventer quelque chose de crédible.

— Ah, je croyais que c'était pour une livraison. Que me vaut votre visite ?

La femme fronce légèrement les sourcils, elle ne semble pas entièrement en confiance malgré la bonne tête de Miri et ses déclarations rassurantes.

— Vous avez bien fait réaliser des travaux à votre emménagement ? Nous aurions quelques questions à ce sujet.

— Des travaux ? Oui, mais il n'y a jamais eu de problèmes ! Les voisins du dessus et ceux d'en dessous ont donné leur accord par lettre signée. À la fin, je leur ai même offert une limonade pour m'excuser de la gêne occasionnée.

Au moment où elle a ouvert sa porte, Miri l'a su : rien à voir avec Smile Man. C'est sans doute pour profiter d'une retraite confortable qu'elle a rénové ce vieil appartement. Miri écarte donc l'appartement 403 de sa liste. Seulement elle ne peut pas couper court à la discussion.

— Ah, ce n'est pas qu'il y ait un problème. Nous désirons simplement comprendre les motifs de la rénovation, pour en tenir compte dans la gestion de la résidence. Voilà pourquoi je me suis permis de sonner chez vous.

La vieille dame a l'air de croire ce prétexte improvisé.

— Eh bien, je trouvais l'appartement un peu étouffant… J'ai fait agrandir le balcon et d'autres travaux ont rendu la cuisine plus pratique.

— Je vois. Pas de travaux d'insonorisation, par hasard ?

— Pourquoi j'en aurais fait ? Tiens, puisque vous en parlez, je voudrais porter à votre attention… les voisins du dessus font vraiment beaucoup de bruit quand ils marchent.

— Ah ? Bon…

La conversation s'éternise…

— Faites quelque chose, s'il vous plaît. Je suis allée les voir plusieurs fois déjà mais ils ne m'écoutent pas. Vous n'êtes pas habilitée à résoudre ce genre de problèmes ?

— C'est très pénible, brode Miri, c'est vrai. On essaiera de leur parler.

Et bla, et bla, et blablabla. Cette conversation doit se conclure au plus vite. Si ce n'est pas le 403, c'est le 101. L'esprit de Miri est déjà parti vers l'appartement 101.

— Mais entrez ! Entrez et écoutez-les ! Ils claquent des talons, là, maintenant.

La femme tire Miri par le bras à l'intérieur de son appartement.

Ding dong.

Jihyeon sonne de nouveau. Debout devant la porte du 101, avec Gyeongja, elle entend faiblement de la musique à l'intérieur.

— Il n'y a peut-être personne, commente Gyeongja.

— On entend quelque chose. On dirait qu'ils ont oublié la musique.

Jihyeon colle son oreille au cadre de l'entrée. Une

sensation de froid lui pique la joue, elle s'en détache aussitôt. La pluie qui tombe dru a sensiblement rafraîchi l'air. La chaleur a baissé d'un cran.

— J'essaie encore une fois ?

Gyeongja s'apprête à poser le doigt sur la sonnette.

— Qui est là ?

Une voix masculine, au timbre bas, répond de l'intérieur. Jihyeon et Gyeongja échangent un regard. Quand il a été décidé que Miri s'occuperait du 403 et elles du 101, elles ont préparé un laïus. Mais, en situation, l'amorce d'un dialogue est plus difficile.

— Oui, répond Gyeongja, intimidée, nous sommes de la gérance.

Après tout, il s'agit juste de demander quel genre de travaux ont été réalisés. Jihyeon donne une tape sur les fesses de sa complice pour l'encourager. Gyeongja poursuit :

— Avez-vous fait des travaux de rénovation dernièrement ? C'est à propos de…

La porte s'ouvre avec brusquerie. Surprises, Jihyeon et Gyeongja reculent d'un pas. Un homme apparaît, plutôt ordinaire, un « comme vous et moi » dont il est cependant difficile de deviner l'âge. Son visage ne dénote rien de particulier. Seul fait remarquable, il porte un costume noir.

— Entrez, dit l'homme avec un sourire bienveillant.

— Oui…, balbutie Gyeongja. Pardon ?

Elle est un peu interloquée.

— Vous êtes de la gérance, si j'ai bien compris. Alors entrez, ne restez pas dans le couloir.

L'homme ouvre sa porte toute grande et se met sur le côté. Son entrée est propre et bien rangée. Voyant les deux femmes hésiter, il les encourage encore d'un signe de la main. Jihyeon et Gyeongja échangent un nouveau regard. Il serait délicat de refuser son invitation.

— Eh bien… merci, dit Jihyeon en posant un premier pied à l'intérieur.

Gyeongja la suit, hésitante. Elle n'est qu'à moitié convaincue. Une musique paisible, jouée au piano, emplit l'appartement. Les deux femmes se laissent entraîner au salon.

Clang!

Qu'il est lourd et désagréable le bruit de la porte qui se referme. Jihyeon et Gyeongja jettent un œil en arrière, alors que l'homme rit devant la porte refermée. Ce n'est qu'à ce moment que Jihyeon remarque un détail : il ne porte qu'une chaussette.

Où est l'autre chaussette? se demande-t-elle.

Pendant ce temps, l'homme leur passe devant et leur indique le canapé.

— Asseyez-vous. Je vous sers quelque chose à boire?

— Je veux bien, répond Gyeongja.

Jihyeon lui enfonce un doigt dans le flanc avant de refuser l'aimable proposition :

— C'est très gentil à vous, mais nous n'allons pas vous déranger longtemps.

— Asseyez-vous quand même un peu! insiste l'homme.

Les deux femmes n'ont pas d'autre choix que de poser leurs fesses sur le canapé. Jihyeon balaie les alentours d'un coup d'œil synoptique. Une pièce, sans doute la chambre principale, est fermée. Deux grands réfrigérateurs sont en poste dans la cuisine. À part cela, rien de particulier. Cet appartement n'a même pas l'air rénové.

— Vous avez une grande famille ? lance Jihyeon en montrant du doigt les énormes frigos.

L'homme se retourne vers elle, pousse un « Ah ». Il explique :

— J'habite seul. Mais j'ai pas mal de choses à conserver… J'ai d'ailleurs un troisième frigo là-bas, dans la petite chambre. Ha, ha, ha…

— Vos frigos me rendent jalouse, ironise Gyeongja. J'aimerais bien en avoir autant. Pas toi ?

Occupée à scruter le visage de l'homme, Jihyeon ne répond pas à son amie. Sa pommette droite est légèrement enflée.

— Vous parliez de travaux de rénovation, dit-il, c'est bien ça ?

Les yeux de l'homme croisent les pupilles dilatées de Jihyeon. Elle soutient son regard. Quand son vieux essaie de l'amadouer par un mensonge, elle le démasque illico simplement en lisant dans son regard. Mais celui de l'homme est illisible. Il n'y a rien, absolument rien. Pour cette raison, quelque chose de louche émane de sa personne.

— Nous menons un sondage, commence Gyeongja. Quel genre de travaux vous avez…

— Des travaux d'insonorisation, l'interrompt-il avant qu'elle ne termine sa phrase. Je suis pianiste, et je n'aime pas déranger. J'ai retouché un peu la chambre, là-bas. Vous voulez la voir ?

Sans attendre leur réponse, il se dirige vers cette chambre et en ouvre la porte. Pataudes, Jihyeon et Gyeongja se relèvent. Une force mystérieuse les pousse vers cette chambre. En effet, constatent-elles, la pièce mangée par un piano à queue est tapissée de matériel insonorisant.

— Mon espace de travail, annonce l'homme.

Jihyeon reprend ses esprits et fait volte-face. Elle a compris. Maintenant, elle sait. D'où lui venait cette impression bizarre. C'est la bouche de l'homme. Elle rit. Seulement la bouche.

— C'est vous… c'est vous Smile Man ! s'écrie Jihyeon en reculant.

— Tiens… Ces bonnes femmes sont assez douées.

La voix de l'homme se modifie totalement alors qu'il ne se départit pas de son expression rieuse. Gyeongja pige à son tour la situation. Ses yeux s'écarquillent. L'homme se tient debout, campé devant la porte de la chambre.

— So… Sohui… où est-elle ? prononce Jihyeon, la voix serrée.

— Comment vous vous êtes débrouillées pour arriver jusque chez moi ?

Vraiment, sa curiosité est piquée. Aussi penche-t-il la tête de droite à gauche, l'air interrogatif. Puis il passe sa main à l'arrière de son pantalon et en ressort un objet. Un marteau, tout petit, mais dont les bouts semblent très lourds. Jihyeon et Gyeongja blêmissent.

— Cette chose-là est assez efficace. Pour assommer les gens, je veux dire. Un coup sur la tête suffit.

Elle est si lourde, cette chose-là, qu'un coup sur la tête vous fait perdre conscience. Immédiatement. En somme, les petits piments sont plus forts que les grands. Ha, ha, ha.

L'homme avance d'un pas. Jihyeon et Gyeongja reculent en titubant. À ce moment le téléphone de Jihyeon se met à sonner, figeant les trois protagonistes. Elle tire son portable de sa poche. C'est Miri. Dans l'espace de cette seconde, l'homme fait encore un pas pour se rapprocher d'elles, mais Jihyeon a le réflexe de lui balancer son téléphone à la figure.

— Heok !

En plein dans le nez. Jihyeon a parfaitement visé. L'homme se protège le visage de sa main, Gyeongja en profite pour se jeter sur lui, sans perdre de temps. Les épaules contractées, elle fonce :

— Ahhhhhh !

Il se retrouve aplati contre le mur. Écrasé par le poids de Gyeongja, il suffoque.

— Sauve-toi, grande sœur ! crie-t-elle. Vite !

— Gyeo… Gyeongja !

— File !

Après une courte hésitation, Jihyeon se dirige vers la porte voisine quand l'homme tend son petit marteau. Il s'abat sur l'épaule de Jihyeon. L'homme avait prévenu, le petit piment est drôlement fort.

— Ahhhhh !

Jihyeon s'effondre en poussant un cri atroce. La douleur, aiguë, fuse dans tout son corps tel un feu d'artifice. Jihyeon a beau se ratatiner et se tenir l'épaule, la souffrance ne fait que s'amplifier.

— Grande sœur ! s'écrie Gyeongja.

Elle attrape la main de l'homme, celle qui tient le marteau. Surpris par la force de son adversaire, il essaie de l'esquiver, mais elle est tenace. Gyeongja s'accroche désespérément. Pour la première fois de sa vie, elle déploie toute sa force. Sa colère monte à la pensée que cet enfoiré a tué des gens et qu'il a enfermé Sohui. Jamais elle n'avait connu une telle rage. Certes il lui est déjà arrivé de parler de massacrer son mari, ce tyran, pour amuser la galerie. Certes, le matin, elle donne une tape dans le dos de sa fille pour la presser de se lever. Mais tout cela n'a rien à voir avec la véritable colère. D'habitude elle encaisse les critiques de son mari en baissant les yeux, elle fait le dos rond quand sa fille s'irrite ou se plaint de la nourriture. *Ferme les yeux.* Elle se le répète tout le temps. Il lui suffit de fermer les yeux pour que le mauvais moment se dissipe. Alors la paix revient. *Ferme donc les yeux. Un peu de patience.* Sauf que là…

— J'en peux plus ! hurle-t-elle en donnant des coups de tête sur le nez de l'homme.

— Uuuk !

Le sang coule à flots de ce nez criminel, la douleur froisse son visage meurtrier. Gyeongja crie.

— Grande sœur, file et appelle la police !

Profitant de ce court moment d'inattention, l'homme tord le pied de Gyeongja.

— Ahh !

Cette fois-ci, c'est Gyeongja qui hurle. Dans la foulée, elle desserre sa prise sans s'en rendre compte. L'homme en profite pour récupérer son bras et empoigner la chevelure de Gyeongja, qu'il tire de toutes ses forces, à lui arracher la tête. Gyeongja gémit mais ne lâche pas la main au marteau-piment. Les deux combattants luttent comme des fous furieux et finissent par s'écrouler par terre. Gyeongja tombe la première, sur les fesses, l'homme lui saute alors dessus et presse son cou d'une main.

— Kkeok !

Asphyxiée, elle se débat pendant que Jihyeon rampe vers la porte d'entrée. Elle y est presque. Tendre le bras, tourner la poignée…

— Non ! s'écrie l'homme qui découvre sa fuite.

Lâchant Gyeongja, il court vers Jihyeon. Elle attrape la poignée quand l'homme saisit brutalement son épaule. Sans défense, elle s'affale au seuil de la porte libératrice. L'homme lève le marteau, prend de l'élan, vise la tête de Jihyeon. Le petit piment va s'abattre mais Gyeongja, revenue à elle, se jette sur le dos de son assaillant.

— Lâche ça !

En guise de réponse il lui administre un méchant coup de coude au visage. Gyeongja chancelle, puis s'cffondrc. Pourtant, même à terre, elle ne desserre pas sa prise : ses bras ceinturent solidement la taille de l'homme. Jihyeon se relève enfin, d'un coup d'un seul. L'homme avance un bras déterminé pour l'empêcher d'atteindrc la poignée mais, cette fois, Jihyeon est la plus rapide. Elle se jette littéralement sur la poignée qu'elle tourne de toutes ses forces.

Ding dong dang !

La porte s'ouvre enfin dans un bruit joyeux. Jihyeon roule sur le sol du couloir comme un sac qui se renverse. Son buste a gagné le couloir, mais ses jambes sont encore prisonnières de l'intérieur. La voilà qui rampe pour s'extirper de cet appartement infernal, le 101. C'est à ce moment qu'elle entend une voix familière.

— Grande sœur !

Miri est là, debout, les yeux écarquillés de surprise.

— Miri !

Miri accourt vers le corps de Jihyeon, qui disparaît subitement derrière la porte d'entrée, comme aspiré par un trou noir. L'instant d'après, la porte se referme avec fracas, comme une bouche goulue et rassasiée.

Miri comprend tout.

C'est ici !

Smile Man est ici.

Elle sort rapidement son portable de sa poche. À ce moment-là, la porte s'ouvre à nouveau. Un homme en costume noir surgit, le nez en sang. Il apparaît tel un monstre couvert d'hémoglobine.

— Smile Man ?

L'homme s'avance vers Miri à grands pas. Un couteau pend à sa main.

Le marteau-piment a fait son office : un coup franc à la tête des deux intruses qui s'accrochaient à ses basques comme des mouches à merde. Enfin elles sont calmées. N'en reste qu'une, celle-ci. S'occuper d'elle avant que les évanouies ne se réveillent.

Lent mais précis.

Non, pas cette fois-ci. *Rapide* et précis.

L'homme accélère. Miri regarde tour à tour ce type et son portable. Pas le temps d'appeler la police. Sans quitter des yeux Smile Man, elle recule. Elle reconnaît bien ce visage tellement ordinaire. Ce bonhomme l'a aidée quand elle courait derrière le policier qui avait jeté ses déchets clandestinement, et qu'elle avait pris pour Boules de Mulot. C'est encore lui qui a manqué de la renverser quand elle courait après le vrai Boules de Mulot. Le puzzle est enfin complet. Elle comprend maintenant pourquoi il l'a laissée partir alors que sa voiture était cabossée. Sans appeler la police, ni l'assurance. L'homme, Smile Man, devait transporter les restes du corps de Lee Sumi dans son coffre. Pourtant, il était si calme. Comme maintenant.

Miri pivote et se met à courir.

— Au secours !

La pluie torrentielle et le vent couvrent sa voix. Et puis le couloir est si long. À ce rythme, elle sera vite rattrapée. Haletante, elle se retourne. Smile Man se rapproche à une vitesse affolante. Miri accélère autant que possible, les pans de son trench-coat claquent l'air violemment. Elle entend les pas de Smile Man dans son dos. Elle regarde autour d'elle tout en s'enfuyant. Une caisse se profile un peu plus loin, pleine des vieux compteurs électriques. Un tricycle est posé juste à côté. Miri s'en empare et le lance derrière elle.

Smile Man n'a pas le réflexe d'éviter le vélo, il tombe à grand bruit. Miri arrive à l'angle du couloir et rejoint l'escalier central. Elle le dévale jusqu'au sous-sol.

Heureusement, la porte du sous-sol n'est pas fermée à clé. Elle y entre et se trouve happée par l'air humide cloîtré dans l'obscurité. Son cœur se serre à chaque pas. Elle a l'impression que l'obscurité va l'avaler d'un moment à l'autre. Miri a peur du noir. Mais elle a choisi le sous-sol pour gagner du temps. Monter était l'assurance d'être rattrapée. De mourir. Elle ne peut pas se permettre d'être tuée par un type si ordinaire. Elle a besoin de temps, juste un peu, pour appeler la police.

Elle s'enfonce dans le sous-sol, il l'engloutit. Son mollet heurte un objet invisible. Qu'importe : cette douleur ne l'arrêtera pas. Elle se cache derrière un tas de cartons empilés. Ouvre son portable. Désespérément, elle prie pour que Smile Man soit monté plutôt que descendu ici.

Mais la porte s'ouvre, elle l'entend.

Merde…

Miri éteint son portable. Au moindre éclat de lumière elle serait découverte. Elle n'a plus d'autre option : attendre que ce monstre quitte les lieux.

J'aurais dû sortir du bâtiment.

Ce regret tardif est inutile. Miri ne s'en mord pas moins les doigts, et les lèvres. Une ombre s'élève dans le sous-sol. Smile Man semble examiner les lieux, scrupuleusement. Il allume la lampe torche de son portable. Une lumière froide se projette dans le sous-sol. Pour autant, elle ne suffit pas à le laver de son épaisse obscurité. Miri se blottit dans son coin, se fait toute petite, et le suit des yeux.

Smile Man avance lentement, ici et là, s'aidant de sa torche. La lumière danse au rythme de ses pas, de haut en bas, faisant paraître et disparaître une ombre sur son visage blanchâtre. Un visage qui ne quitte pas son sourire, glauque, étrange, un sourire comme Miri n'en a jamais vu. Il paraît avoir été dessiné d'un trait volontairement inexpressif, de sorte qu'il sourit sans sourire. Il en devient terrifiant, bien plus qu'une horrible grimace. Voilà, en quelques mots, le sourire de Smile Man.

Miri avale sa salive. Son cœur bat très fort et sa gorge est si sèche qu'elle brûle. Le moindre bruit de sa part, et il la trouve. Est-ce la lumière de la torche ? Les yeux de Smile Man sont étrangement luisants. Pareils à ceux d'un animal nocturne. Smile Man ouvre enfin la bouche en projetant son couteau vers l'avant :

— Je sais que vous êtes là. Pourriez-vous sortir gentiment de votre cachette ?

Ce timbre de baryton vibre d'une légère excitation. Smile Man doit se faire violence pour en retenir le déferlement. Et cette voix, qui donne la chair de poule…

— Pourquoi vous en êtes-vous mêlée ? Si vous étiez restée tranquillement dans votre coin, rien de tout ceci ne serait arrivé. Pas vrai ? À cause de vous, j'ai dû changer mes plans. Je me suis fatigué inutilement. J'aurais voulu terminer mon travail proprement, mais à cause de vous tout est sali. Comment comptez-vous réparer ça, hein ?

Son ton conciliant ajoute à l'horreur de son propos.

Miri en a des frissons.

— Vos amies doivent être en train de mourir à

l'heure qu'il est. Il faudra bien que vous les rejoigniez.

Le cœur de Miri se décroche de sa poitrine.

Dit-il vrai ?

Ou cherche-t-il seulement à me troubler ?

Une chose est sûre. Smile Man s'amuse de cette situation. Il prend ça pour un jeu. Une chasse électrisante.

— Vous voulez que je vous dise ce que je vous ferai quand je vous aurai trouvée ? Vous nous avez importunés, LUI et moi, je m'appliquerai donc à vous offrir un traitement spécial. Pour commencer, je vous couperai les tendons des chevilles afin que vous ne puissiez plus marcher. Si vous saviez la terreur qu'on ressent dans cet état d'impuissance… Honnêtement, moi-même je n'en ai qu'une vague idée. Ha, ha, ha. De ce que j'en ai vu, tout le monde a peur, très peur. Elles tremblent de tout leur corps, elles supplient qu'on leur laisse la vie sauve. Vous aussi, vous verrez. Certainement. Absolument. Sans pouvoir bouger, ni crier, vous vivrez en direct le découpage de vos membres.

La voix de Smile Man monte. C'est qu'il se rapproche dangereusement de Miri. La lumière de sa torche balaie le sol non loin de la jeune femme. Quelques mètres encore et il arrive à hauteur des cartons. Elle distingue le couteau qu'il tient en main. Sa lame est aussi aiguisée que le regard de Smile Man est froid, et luisant.

Que faire ?

Au comble du désespoir, Miri réfléchit encore. Il

faut se sauver à son insu. Faire diversion. Détourner son attention. *Comment… comment… comment ?*

Une idée géniale surgit soudain dans son esprit. Miri fouille sa poche jusqu'à sentir le petit objet rond. L'alarme que le docteur Park lui a donnée.

— Dépêchez-vous de sortir. Vous paierez le prix de L'avoir irrité de toute façon. Je ne vais pas non plus passer ma vie à attendre. IL va bientôt m'appeler. Pour s'assurer de l'exécution. Il faudra bien que je LUI prépare une réponse satisfaisante, vous ne croyez pas ?

Miri dégoupille l'alarme et la lance de toutes ses forces dans l'obscurité, à l'opposé de l'endroit où elle se terre.

PPPIIIIKKK! PPPIIIKKK! PPPIIIKKK!

Ce petit bidule a une puissance étourdissante. Non content de secouer le sous-sol de sifflements stridents, il clignote d'une lumière éblouissante.

— Qui est là ?

Surpris, Smile Man se dirige vers l'alarme hurlante. Miri en profite pour se déplacer sans bruit. Elle sort de derrière les cartons, traverse l'obscurité, penchée en avant. Son cœur bat très fort. Un peu plus… encore un peu plus loin, c'est la porte.

Elle l'atteint. L'ouvre sans hésiter. La lumière du jour pénètre dans le sous-sol. Smile Man pivote dans un geste réflexe.

— Arrête !

Miri bondit à l'extérieur et s'empresse de refermer la porte.

Y aurait-il quelque chose pour… ?

Elle regarde rapidement autour d'elle. Un balai est posé contre le mur d'à côté. Miri le saisit et le glisse dans les poignées des portes battantes. Ses mains tremblent. Une seconde plus tard, la porte tremble à son tour dans un grand fracas. Smile Man cogne de l'intérieur. Mais les battants sont bien bloqués.

— C'est bon.

Miri recule en fusillant la porte d'un regard noir. Le manche à balai tiendra un moment. Il est temps d'appeler la police et de sauver ses amies. Elle attrape son portable en montant l'escalier à toute allure. Son corps tressaille si fort que le moindre mouvement devient très compliqué. Elle compose le numéro. Sitôt qu'on décroche, elle crie :

— Il y a eu un meurtre dans l'appartement 101 du bâtiment 6 de la résidence municipale de Gwangseon ! Venez vite. Il y a des blessées. Le tueur va revenir dans pas longtemps.

— Allô ? De quoi s'agit-il exactement ?

Miri raccroche. Ce qu'elle vient de dire devrait suffire à mobiliser la police. Elle se remet à courir dans le couloir. Le souffle coupé, le ventre en vrille, elle ne s'arrête pas. Elle a besoin de prendre des nouvelles de la Section des enquêtrices mères au foyer le plus vite possible. Dans quel état sont-elles ? Les visages de grande sœur Jihyeon, de grande sœur Gyeongja et de Sohui défilent dans sa tête. Si jamais, si jamais l'une d'entre elles y avait laissé sa peau…

— Non !

Elle se mord la lèvre inférieure, secoue la tête.

Elle repasse devant la caisse remplie des compteurs électriques et en attrape un. Il est lourd, elle s'y attendait. Ça devrait faire l'affaire. Elle fonce jusqu'au 101.

— Grande sœur Jihyeon ! Grande sœur Gyeongja ! Elle frappe la porte en les appelant. Pas de réponse.

Elle y colle son oreille, entend faiblement de la musique. Miri jette un regard noir sur la serrure numérique. Puis elle la frappe de toutes ses forces avec le compteur électrique.

Vlan !

Un seul coup ne suffit pas.

Vlan !

Au deuxième coup, un tiers de la serrure se détache.

— Aaaaaahhhhhh !

Poussant un cri horrible, Miri assène son dernier coup.

Whack !

La serrure se brise enfin totalement. Alors qu'elle tombe sur le sol, Miri ouvre grand la porte.

Elle voit Jihyeon, gisant dans l'entrée. Dans le salon, Gyeongja est allongée sur le flanc. Miri se précipite vers Jihyeon, vérifie son souffle. Heureusement, son amie laisse échapper de petits gémissements.

— Grande sœur, réveille-toi.

Miri la soulève par les aisselles et la traîne dans le salon. Jihyeon ouvre les yeux non sans peine. Ils sont rouges et congestionnés.

— Miri.

— Ça va aller, grande sœur ?

— Miri, tu avais raison depuis le début. Smile Man habite bien ici.

Miri serre sans un mot la main ridée de Jihyeon. À son tour, Gyeongja se relève en chancelant.

— Mon Dieu.

Miri repose la main de Jihyeon et s'approche de Gyeongja. Elle l'enlace.

— Et toi, ça va aller ?

— Tu parles, ma tête est complètement éclatée. En mille morceaux.

— Le cauchemar est terminé maintenant. J'ai appelé la police.

— Mais on n'a pas encore trouvé Sohui.

— Elle doit être quelque part dans l'appartement, dit Jihyeon en s'asseyant. Miri, va la chercher.

— Et ce fils de pute ? demande Gyeongja en scrutant la pièce.

— Au sous-sol, je l'ai…

À ces mots, des pas se font entendre, puis une ombre allongée se projette sur les trois femmes. Miri se retourne lentement.

Smile Man est debout devant la porte.

— Ahhh !

Toujours sur ses fesses, Gyeongja recule jusqu'au canapé. Quant à Jihyeon, elle demeure là, paralysée comme une souris face à un serpent, les yeux grands ouverts. Haletant, Smile Man n'en oublie pas moins de sourire. Ses cheveux si bien tirés en arrière jusque-là retombent désormais sur son front, qu'ils cachent entièrement. Son nez ne saigne plus mais le bas de son visage est couvert de sang. Ses pommettes ont considérablement enflé. Il ruisselle de sueur. La figure ordinaire a laissé place à un faciès de monstre blessé, furieux. Il avance d'un pas, son couteau tendu en avant.

— Ce que vous pouvez être agaçantes... Si j'avais su, je vous aurais tuées dès le départ, lance-t-il en se passant une main dans les cheveux pour les rabattre en arrière.

— J'ai appelé la police, réplique Miri en bondissant devant lui comme pour lui barrer le passage.

— Ça ira très bien, dit Smile Man, comme s'il avait calculé le temps nécessaire pour les tuer.

Il les regarde attentivement, les unes après les autres, lentement. Tuer trois, non quatre femmes non armées, ce n'est pas grand-chose. Vraiment. Les tuer en vitesse et s'enfuir. Le calcul est rapide.

Smile Man s'approche de Miri, qui recule, pataude. *Cette fois-ci, je risque de mourir pour de bon.* À cette pensée, Miri frémit à nouveau. Elle pense à Hyeonji et serre les poings. Très fort. Pour Hyeonji, elle ne peut pas mourir.

N'y aurait-il pas un moyen ?

Un moyen de tenir jusqu'à ce que la police arrive.

Le compteur électrique dont Miri s'est servi pour briser la serrure traîne dans l'entrée, derrière Smile Man.

Si seulement je pouvais l'attraper... le frapper avec...

Smile Man ne tergiverse pas. Il se jette sur Miri. Dans la confusion elle s'affale sur le sol. La lame de Smile Man tranche dans le vide. Et son entrejambe entre dans le champ de vision, d'opération même, de Miri. Cette fois-ci c'est elle qui ne tergiverse pas. Son poing serré s'écrase entre les cuisses du meurtrier.

Peokkk!

Un bruit sourd, et il perd l'équilibre.

— Ahhh…

Son cri est étouffé par la douleur, qui le plie en deux. Son visage se froisse, laissant apparaître, enfin, une figure humaine. Miri rampe jusqu'à l'entrée, vite, plus vite, rattrape le compteur. Smile Man se retourne et se met à tituber derrière elle. Ses yeux, enflammés de colère, la transpercent.

— Cette fois, je vais t'éclater, déclare Miri en visant Smile Man avec son compteur.

Ils se font face un moment, chacun avec son arme. Un silence oppressant les écrase. Mais désormais, le temps est dans le camp de Miri. Bientôt, les policiers débarqueront au son d'une sirène. Smile Man le sait lui aussi. Miri en déduit qu'il bougera le premier… À ce moment-là, avec le compteur…

Smile Man réagit le plus vite. Il ne brandit pas sa lame, non, il assène un coup de pied auquel Miri ne s'attendait pas. Elle est frappée en plein ventre.

— Akkk!

Miri pousse un cri sans même s'en rendre compte. Elle saisit ses flancs avec l'impression que sa respiration se coupe. Tandis qu'elle chancelle, Smile Man se rapproche. Miri lui jette alors le compteur à la figure mais il l'évite aisément.

Clap! Smile Man administre une gifle à Miri, de ses longs doigts faits pour la musique. En tombant, elle se cogne la tête violemment contre le sol.

Smile Man lui grimpe dessus alors qu'elle gémit.

Elle se débat en vain, il parvient à la plaquer au sol grâce à ses deux jambes solides. Il dresse son couteau au-dessus de sa proie.

— Section des enquêtrices mères au foyer ? Même pas drôle.

Au moment où il s'apprête à planter sa lame dans le cou de Miri, Jihyeon lui tombe dessus. Agrippée à lui, elle mord la main tenant le couteau de toutes ses dents.

— Ah ! hurle Smile Man.

Plus il crie, plus Jihyeon enfonce ses dents dans la chair. Sa saine dentition est une des rares choses dont elle soit fière, surtout eu égard à son âge avancé. Pas un implant. La chose est assez exceptionnelle. Jihyeon peut *tout* mâcher, *tout* savourer, en particulier les viandes les plus dures, genre la main de Smile Man.

— Lâche ! Lâche-moi !

Il secoue le bras mais, pareille à un chien affamé rivé à son os, Jihyeon ne lâche pas prise. La main de Smile Man commence à saigner.

— Putain !

Le prédateur finit par lâcher son couteau. C'est alors que, toujours allongée, Miri reprend ses esprits. Assez pour balancer le compteur à la figure de Smile Man.

La masse de fer frappe violemment sa pommette déjà enflée. Smile Man s'effondre, entraînant Jihyeon avec lui. Un morceau de chair pendouille de sa main mordue.

Smile Man hurle de rage cependant que Miri se

jette à nouveau sur lui pour l'assommer avec son compteur.

— Ça suffit ! lâche-t-il en interceptant la main de Miri et en lui collant un coup de pied.

Miri bascule vers l'arrière. Une fois encore Jihyeon tente de s'accrocher à Smile Man, précisément à son pied sans chaussette. Mais il a la détente rapide et retire sa jambe une seconde avant de se faire croquer. Puis il porte un coup de pied (sans chaussette) au visage de Jihyeon qui tombe en arrière, les lèvres déchirées. Smile Man suffoque de colère. Il fusille Miri et Jihyeon de son regard assassin. Les deux femmes gisent au sol, le couteau tombé entre elles. Rongé de colère, Smile Man avance en boitant pour s'en saisir. Jamais, non, jamais il n'a connu proie si irritante. Comment ose-t-on se débattre alors qu'on est faible ? Elles ont aussi réussi à le blesser, ces faiblardes. Il se peut que sa pommette soit fêlée, une douleur vive le taraude à cet endroit, comme si on le marquait au fer rouge. Sa main déchiquetée le fait souffrir atrocement. Et il y a toujours cet élancement dans son bas-ventre.

— Putain.

Ramassant le couteau il jure de nouveau. Smile Man n'aurait jamais prononcé ce gros mot en temps normal. Il est si furieux qu'il crève d'envie de planter sa lame dans leur chair, de les découper, de les trancher mais… il manque de temps. Ce constat démultiplie sa rage. Alors qu'il ajuste la prise de son couteau, il entend :

— Putain de connard !

Gyeongja, jusque-là paralysée par la peur, se rue soudain sur lui. Elle le heurte de tout son poids.

— Heok !

Attaqué par surprise, Smile Man s'envole jusqu'à l'intérieur de la chambre principale. Il a encore perdu son couteau au cours de ce vol plané. Suite à son atterrissage catastrophe, bras en croix et jambes écartées, il cherche sa respiration. Difficile pour lui de se reconnaître dans cette pagaille. Le plan initial prévoyait qu'il tue, en toute tranquillité, la proie au préalable enfermée ici. Ensuite, toujours selon le plan, il aurait dû travailler les autres proies, mais l'une après l'autre. C'était aussi le service qu'IL lui avait demandé. Mais…

— Meurs ! Meurs !

Voilà Gyeongja à califourchon sur Smile Man qui, sans répit, l'abreuve de coups de poing bien sentis. C'est à peine s'il arrive à se protéger de ses mains. Les poings de cette femme, énormes, lui laissent un goût bien plus amer qu'il aurait imaginé. Plus ça va, plus la situation échappe à son contrôle. Smile Man en est totalement déconcerté.

— Grande sœur, lève-toi.

Ayant repris ses esprits, Miri aide Jihyeon à se remettre d'aplomb. Les deux femmes entrent dans la chambre principale en se soutenant l'une l'autre, pour venir en renfort de Gyeongja. À cet instant le poing de Smile Man écrase le menton de Gyeongja. Elle chancelle.

— Mon Dieu, Gyeongja !

Jihyeon court la rattraper avant qu'elle n'arrive

au sol. Miri coince le bras de Smile Man qui essaie de se relever.

— Lâche !

Miri ne peut pas rivaliser avec la force physique de Smile Man. Il la repousse violemment, elle se cogne la tête contre un pied du piano. Smile Man allonge des coups de pied aux deux autres femmes, l'une après l'autre. Elles s'affalent sans pouvoir résister.

Alors il se déplie de toute sa longueur en poussant un cri animal. Furieux de son état déplorable, il toise les trois femmes à terre, vibrant d'une colère qui lui dévore la tête.

— Maintenant, c'est terminé, déclare-t-il avec ce sourire froid.

— Merde, murmure Miri.

Un sentiment d'impuissance l'envahit. Sa force la quitte. Elle ne peut plus bouger, ne serait-ce qu'un orteil. Il en va de même pour Jihyeon et Gyeongja, paralysées de peur et de faiblesse. Les trois femmes sont là, à trembler, Gyeongja éclate en sanglots. Smile Man regarde à droite, à gauche, puis retrouve le couteau qu'il saisit, l'air satisfait. Enfin le moment de remettre de l'ordre dans tout ça.

— Qui sera la première…

— Putain de connard !

Tout se passe en un éclair. Sohui bondit de la salle de bain et fracasse le crâne de Smile Man avec le couvercle du réservoir des W-C. Ou ce qu'il en reste…

Ppeok !

Un bruit de pastèque qui s'ouvre en deux se fait

entendre, et Smile Man s'écroule. Il évoque plus une énorme bête carnivore qu'une pastèque, mais enfin bon. Ses genoux fléchissent lentement, et il s'affale vers l'avant. Plus un mouvement. Debout derrière lui, Sohui souffle très fort, avec à la main les reliquats de son couvercle de W-C dont il ne reste même pas une moitié. Son corps trempé goutte sur le sol.

— Ah !

Elle se laisse choir en poussant un long soupir qui résonne comme un signal auquel répondent Miri, Jihyeon et Gyeongja. Toutes se précipitent vers Sohui.

— Sohui !

Les quatre femmes s'enlacent pour ne plus former qu'un seul corps. Elles éclatent en larmes ensemble. Au loin, la sirène retentit.

— Mon Dieu, ce que tu es courageuse, Sohui. Bravo !

— Grande sœur Jihyeon…

— On s'est toutes données… à fond !

Ainsi parlent Jihyeon, Sohui et Gyeongja. Chacune à leur tour, elles glissent un mot entre deux sanglots.

Seule Miri, qui pleure plus violemment que les autres, reste muette. Des sentiments complexes l'envahissent, une grosse vague qui provoque un tsunami intérieur. Soulagement, regret, peur, et…

Les yeux de Miri s'arrêtent sur le piano. Là, elle voit enfin *l'objet*.

— Une seconde, murmure-t-elle en se redressant.

Les trois autres, encore étourdies, lèvent la tête.

— Qu'est-ce qu'il y a, Miri ?

— Miri, qu'est-ce que tu as ?

— Grande sœur Miri !

Lentement, Miri va vers le piano, puis prend cet objet. La pelote emmêlée se défait brusquement. La dernière pièce du puzzle se met en place. Une révélation fulgurante et limpide lui traverse l'esprit en un éclair.

C'est pour ça…

L'objet en main, Miri sort de l'appartement en courant. Ses consœurs l'appellent, mais elle ne s'arrête pas. Rien ne l'arrêtera. Pas même la douleur qui lui poisse tout le corps.

La voilà sous la pluie, Miri, qui court, court, court.

L'homme 6

Il est encore très jeune. Des fourmis géantes rampent sur le sol en file indienne. Inlassablement elles transportent des objets jusque dans un trou, au sous-sol. Ce doit être leur habitat. Un jour il prend la petite pelle de sa mère et se met à creuser autour du trou. Une apocalypse pour les fourmis. Délogées, ces petites bêtes qui n'ont plus de toit sur la tête s'agitent dans tous les sens. Ses rires fusent devant cette scène de désolation. Il ne peut pas s'en empêcher. Il a l'impression d'être quelqu'un de très important. Pour la première fois, il le comprend : tant qu'il sera le plus fort il aura ce pouvoir, semer le chaos.

D'autres expériences suivront. Plus grand, il expérimente l'ablation des moustaches chez les chats. Juste avant, il a appris dans un livre la fonction de ces moustaches, pareille à celle des antennes chez les insectes. Privé de ses moustaches, le chat titube et se cogne contre les murs. Trop drôle. Parfois aussi, il s'amuse à cacher les affaires de ses parents. Les plus importantes, bien sûr, dans des endroits impossibles à trouver. Voir ses parents paniquer lui procure du plaisir.

Ainsi devient-il adulte. Un adulte intelligent, sérieux, sympathique aux yeux de tous. Ce masque avenant, constitué au fil des ans, facilite ses assouvissements. Il le sait. Détruire et semer le chaos exige beaucoup de remue-méninges. Heureusement, son intelligence est suffisante. Et sa langue lisse comme celle du serpent.

La plupart des gens lui font confiance. Il l'inspire. La plupart ont foi en ses mots. Car il jouit d'un talent exceptionnel : dire à chacun ce qu'il aime entendre. Ce talent lui a permis de consoler plus d'une âme blessée. Tantôt ces éplorés déversent leurs larmes devant lui, tantôt ils éclatent de rire, soulagés. Il aime les voir ainsi. Un seul mot de sa part et le comportement, le sentiment… même de ces personnes est modifié. Épatant. Un vrai pouvoir magique.

Ce pouvoir, le magicien l'utilise pleinement. Satisfaisant son désir autant que nécessaire. Invoquant désordre et chaos.

À une certaine époque il découvre *l'homme*. L'homme qui songe au suicide. Sa vie, trop ennuyeuse, dit-il. Cet homme ignore le potentiel que discerne le magicien : un prédateur dort au tréfonds de son inconscient. Dépourvu d'empathie, l'homme n'éprouve en effet ni culpabilité, ni peur, ni même envie de vivre.

— Et si vous tentiez un nouveau hobby ? suggère-t-il à l'homme.

L'homme trouve bientôt ce nouveau passe-temps.

Il le maîtrise si vite qu'on le dirait né pour *ça*. En très peu de temps, il surpasse le maître. Lequel, voyant son élève répandre désordre et chaos, éprouve une joie sincère. Profonde. Il en est excité, secrètement. Intimement. L'homme lui accorde toute sa confiance, elle est absolue. Quoi qu'il lui demande, l'homme l'exécute. Pour lui, il se dévoue. Après quoi, l'homme raconte le détail de ses actes, par le menu, sans rien omettre. Il adore ces moments. Ces moments où lui sont offerts les récits de mort. La mort des gens. Paroxysme des paroxysmes, comble du désordre et du chaos.

Le temps passe. L'homme devient une légende. Son maître s'en satisfait. Ce monstre est sa créature. Il jouit de sa joie de Créateur.

Mais toutes les choses ont une fin. Il la sent qui arrive. D'une manière ou d'une autre, cela va se terminer. Il le pressent.

Plongé dans ces pensées, il range ses affaires lorsqu'on toque à la porte.

Toc toc.

— Entrez, répond Park Dojin de sa voix douce.

Le Diable au carrefour

— Entrez.

Miri se fige au son velouté de cette voix. Elle a couru de la résidence Gwangseon à la clinique neuropsychiatrique MISSO. Il n'y avait personne. Une affiche sur la porte d'entrée annonçait :

APRÈS-MIDI : FERMETURE EXCEPTIONNELLE

Miri a tout de même poussé la porte. Elle était ouverte. Elle a respiré une fois, profondément, puis s'est dirigée vers le cabinet du docteur Park. Elle a toqué.

« Entrez. »

Voix douce.

Miri hésite une seconde avant de tourner la poignée. La seconde d'après, la porte s'ouvre sous son impulsion, sans bruit, comme d'habitude. Le même parfum imperceptible flotte dans l'air. Rien n'a changé. La lumière est toujours accueillante, la température demeure agréable. Comme d'habitude, Park Dojin est assis dans son fauteuil avec ce sourire qui n'appartient qu'à lui. Miri avance d'un pas. Elle a laissé la porte entrouverte.

— Comment allez-vous, madame Gong ?

Miri scrute le visage de Park Dojin.

— Vous êtes trempée… N'allez pas attraper un rhume.

— Pourquoi cette fermeture exceptionnelle ?

Le corps de Miri dégoutte sur la moquette.

— J'avais un rendez-vous personnel. Quelqu'un que je dois rencontrer.

— Eh bien ce n'est pas moi, alors.

Park Dojin hausse les épaules à la remarque de Miri. Si théâtral soit son geste, il lui va très bien.

— Vous êtes ma patiente spéciale. Asseyez-vous. J'ai du temps, je vous écoute autant que vous voudrez.

Park Dojin lui indique le sofa où Miri s'assoit sans un mot. Il est si douillet, si confortable. On y baisse facilement la garde.

— Alors, dites-moi ? Que me vaut l'honneur de votre visite ?

Park Dojin joint les mains, croise les doigts, appuie son menton sur le socle ainsi constitué. C'est le signe qu'il est prêt à l'écouter. Attentivement. Miri connaît le sens de chacun de ses gestes. Elle l'a finement observé. Ce doux toubib, ce toubib prévenant lui semblait si intéressant.

— J'ai rencontré Smile Man, répond Miri avec concision.

Park Dojin n'affecte aucune surprise. Simplement, il fixe Miri de ses yeux grands ouverts qui étincellent derrière ses verres.

— Comment était-ce ?

Il semble avoir déjà tout prévu. Comme d'habitude. Ses yeux profonds enveloppent son interlocutrice avec douceur. Il a toujours l'air de tout savoir. Sur tout. Voilà pourquoi elle se sentait devenir transparente à chaque fois qu'elle était assise face à lui. Elle ne ressentait pas le besoin d'expliquer. Et cela lui plaisait.

— Vous n'êtes pas surpris.

— Je savais que Mme Gong y parviendrait.

— J'ai failli y rester.

— Vous en avez l'air, en effet. Vous allez bien ? Vos amies aussi ?

— Un peu amochées. Mais ça va. À l'heure qu'il est, la police a dû embarquer Smile Man.

— Vous avez pu sauver votre amie ? Je crois qu'elle s'appelle Sohui ?

— C'était moins une. Mais… oui.

— Heureusement. Vous avez fait un sacré boulot. Vous êtes extraordinaire.

— Docteur, vous êtes Smile Man, n'est-ce pas ?

Park Dojin sourit mais ne répond pas. Ce sourire s'intègre bien à son visage agréable. Miri ajoute :

— Je veux dire le Smile Man d'origine…

Quelque chose qui ressemble à une expression apparaît enfin sur cette figure impassible. Visiblement troublé, Park Dojin s'incline vers Miri.

— Je ne vois pas de quoi vous voulez parler.

— J'ai apporté ceci, réplique Miri en posant un certain objet sur son bureau.

Il se trouvait chez Smile Man où il brillait intensément sur le piano noir.

— Un métronome, dit Park Dojin.

Il lâche un petit sourire.

— Pas n'importe quel métronome. Ce modèle n'existe qu'en deux exemplaires. Vous avez l'un d'entre eux. Et l'autre…

— Smile Man ?

— Vous me l'avez expliqué vous-même, l'autre jour : un patient vous en a fait cadeau.

— Un cadeau, oui. Selon le patient qui me l'a offert, un maître artisan italien les a fabriqués sur commande. D'après ce qu'il m'a dit, il se sent aussi transparent que ces métronomes quand il discute avec moi.

Park Dojin donne un petit coup sur le pendule de son long doigt fin. Deux métronomes s'activent dans le même instant et dans le même espace, produisant leur tic-tac régulier, qui résonne doucement dans le cabinet silencieux.

Tic.

Tac.

Tic…

Miri pose son portable sur le bureau à grand bruit. Le silence est rompu. Park Dojin la regarde, interrogateur.

— Je n'ai pas pour habitude d'enregistrer les conversations. Alors dites-moi la vérité. Je veux connaitre la vérité.

— J'ai bien peur que vous vous fassiez des idées. Je ne sais rien de la *vérité*.

— Comment expliquez-vous les deux métronomes ?

Miri jette un coup d'œil au métronome dont le mouvement permanent l'agace.

Et le tic-tac… Insupportable. Le doigt de Park Dojin, qui se balance à son rythme, l'irrite aussi au plus haut point.

— Si je comprends bien, répond Park Dojin, nonchalant, celui qui m'a offert le métronome serait Smile Man ? À moins que vous ayez eu tout faux dès le départ.

— L'homme que j'ai rencontré est Smile Man. C'est certain. J'en déduis que l'un de vos patients est Smile Man. Et que vous aviez une relation étroite avec lui. Jusqu'à il y a trente minutes.

Miri fixe Park Dojin. Toujours souriant, il ne change aucunement d'attitude. Son index droit se balance dans ce mouvement régulier, ce rythme de métronome. Miri ne résiste pas à cette attraction. Elle essaie bien de rester concentrée sur ce qu'elle dit, en tension même, mais ce n'est pas facile. Son sofa est confortable, la température agréable, son corps se détend. Sa colonne vertébrale fléchit peu à peu, les muscles de son dos mollissent, son corps s'affaisse, se relâche, il y a comme une perte de contrôle. Irrépressible.

— Qu'entendez-vous par « jusqu'à il y a trente minutes » ? Encore une de vos déductions ?

La voix de Park Dojin résonne comme un écho.

— Smile Man savait qu'on viendrait. Comme si quelqu'un l'en avait informé. J'ai beau fouiller ma mémoire, une seule personne le savait, c'est vous. Vous m'avez appelée après l'arrestation du faux

Smile Man. Je vous ai parlé de mon inspection du bâtiment 6. Vous en avez informé Smile Man.

Miri détache chaque syllabe de son exposé, tout en mettant de l'ordre dans ses pensées. Fidèle à ses usages, Park Dojin l'écoute sans l'interrompre, remuant toujours son doigt. Une fois, deux fois.

— Ce n'est pas tout. Smile Man n'a cessé de mentionner un certain LUI. Il semblait très effrayé à l'idée de LE décevoir. Qui est cet homme sur lequel il s'appuie et en qui il place toute sa confiance ? Ne serait-ce pas celui qui exerce une influence totale sur Smile Man ? Et puis ce métronome que j'ai trouvé… Tout s'explique. LUI dont parle Smile Man. Celui qui a prévenu Smile Man de nos opérations…

— C'est moi ? Vous voulez dire que c'est moi ?

— Ce n'est pas le cas ?

Park Dojin ne répond pas, mais jette un œil au portable de Miri, toujours posé sur son bureau. Puis il croise son regard, plonge ses iris clairs et limpides dans ceux de Miri. Aucune émotion ne transparaît chez lui.

— Le patient qui m'a offert ce métronome s'est présenté comme un pianiste. Un homme tout à fait ordinaire. Je l'ai écouté, je lui ai prescrit des médicaments. Comme à vous. Mais j'ignorais qu'il était Smile Man.

— Que diriez-vous d'examiner l'historique de vos appels ? Je parierais que les plus récents viennent de Smile Man.

Tic.

Tac.

Tic.

Park Dojin garde le silence.

— Je n'ai pas raison ?

Elle aurait voulu lui poser la question d'une voix haute et intelligible, mais les forces lui manquent, elle se sent faiblir et ne sait pas pourquoi. Le contrecoup de sa lutte acharnée contre Smile Man ? Ou alors…

— Madame Gong.

Park Dojin prononce son nom avec un sourire.

— Me croyez-vous si inconséquent ?

Il pouffe de rire, un rire tout à fait naïf, le rire d'un homme qui exulte et ne peut s'empêcher d'exhiber sa joie. Miri ne peut partager ce rire espiègle. Tout au plus voit-elle, nettement, le vernis qui craquelle, Park Dojin lui apparaissant tel un serpent qui mue.

— Vous ne trouverez rien. Vous aurez beau chercher dans mon historique. Vous ne trouverez rien. J'ai utilisé un téléphone impossible à tracer.

Le cœur de Miri se décroche. Park Dojin est sur le point de se démasquer. Elle serre les poings, fort. Non, elle voudrait les serrer fort. Mais c'est impossible. Ses articulations sont relâchées comme un plat qui aurait trop mijoté. Il lui semble, de plus en plus, s'enfoncer dans une mare. Balançant toujours son doigt au rythme du métronome, Park Dojin poursuit :

— Madame Gong, vous êtes vraiment extraordinaire. Franchement je n'aurais pas cru que vous attraperiez cet homme. Ni que vous apparaîtriez devant moi, comme ça, pour m'exposer vos impressionnantes conclusions. Jusqu'où, d'ailleurs, ces déductions vous mènent-elles ?

— C'est…

Miri ouvre péniblement la bouche. Son corps s'effondre sur lui-même, elle s'efforce de le redresser sans y arriver.

— … Vous devez connaître Smile Man depuis longtemps. J'ignore comment vous vous êtes rencontrés, mais votre relation est particulièrement étroite. Pour lui, vous êtes… le Diable au carrefour. C'est vous qui avez téléguidé cet homme ordinaire. Vous en avez fait un tueur monstrueux.

— Pourquoi j'aurais fait ça ? demande Park Dojin.

Son visage blanchâtre devient transparent. Pas seulement son visage, d'ailleurs. Le métronome, le fauteuil, les piles de livres, tout devient transparent, s'efface. Une seule chose demeure claire, nette : le tic-tac du métronome qu'accompagne le doigt de Park Dojin, qui se balance, se balance, se balance…

— Pourquoi vous l'auriez fait ? Eh bien, j'y ai pensé en venant ici. Pourquoi ? Pour quelle raison… Je n'ai pas trouvé la réponse… jusqu'à ce que je pousse la porte de votre cabinet. Tout s'est éclairci quand j'ai vu votre visage.

— Ah bon ? Alors ?

Miri respire profondément et ajoute, avec lenteur.

— Il n'y a pas de raison.

Park Dojin la fixe de ses yeux perçants. Curieux, vraiment curieux de connaître la suite, il hoche la tête pour l'encourager à poursuivre.

— Vous n'avez rien à y gagner. Au contraire, vous

vous mettez en danger. Pourtant vous avez voulu devenir le Diable au carrefour. Et former Smile Man. Je pense que vous l'avez fait juste parce que vous aimez ça. Vous prenez plaisir à manipuler les gens. C'est tout. Vous n'avez pas besoin d'un mobile. Tout comme moi, qui n'ai aucune raison de jouer à l'enquêtrice.

Park Dojin rit, de bon cœur on dirait, aux éclats. Miri le regarde. Ses paupières sont si lourdes. Elle n'a pas pris de somnifères, pourtant ses mains et ses pieds lui semblent de plomb. Une partie de sa conscience s'enfonce dans des profondeurs obscures.

— Madame Gong, vous auriez fait une très bonne psychiatre. Vos analyses sont excellentes. Et que savez-vous d'autre ? Dites-moi vite.

— Que vous êtes le Smile Man originel.

Le simple fait d'ouvrir la bouche devient extrêmement difficile.

— Qu'entendez-vous par là ?

— Ce fameux matin où je suis venue vous voir, ici. C'est la première fois que j'ai eu un doute sur vous. Vous m'avez expliqué que Smile Man avait commis neuf meurtres. Je n'y ai pas fait attention sur le coup mais plus j'y ai pensé, plus ça m'a paru étrange. Jusque-là, sept meurtres lui étaient attribués, y compris celui de Lee Sumi. Y en avait-il deux autres dont je n'aurais pas eu connaissance ? Impossible. J'ai tout épluché. Ce qui signifiait que vous étiez le seul à connaître l'existence de ces deux autres meurtres. Alors j'ai pensé aux deux affaires non résolues qui se sont déroulées dans l'intervalle d'un mois au sud de la province du Gyeonggi. C'était il y a trois ans. Ces meurtres différaient de ceux de Smile Man, sauf sur un point. Le tueur avait laissé un smiley. J'en ai déduit que Smile Man en était l'auteur et qu'il avait évolué par la suite. Mon idée était fausse. Ces meurtres ont été commis par quelqu'un d'autre. Vous.

Elle aurait aimé pointer le coupable du doigt, avec style, mais impossible de lever le bras.

— Intéressante conclusion. Mais avez-vous une preuve ?

— L'ADN du tueur a été conservé. Il suffit de le comparer avec le vôtre.

— Hum.

Pour autant, Park Dojin n'est pas troublé. Tout au plus hoche-t-il légèrement la tête.

— Vous voulez savoir une chose encore plus intéressante ? Vous auriez aimé être l'authentique Smile Man. Mais celui qui est apparu après vous s'est emparé de votre identité. En tous points, il est le meilleur de vous deux. En termes de méthode et de cruauté, il vous surpasse. Vous étiez donc jaloux de Smile Man, pas vrai ?

— Moi, jaloux ?

Sa réaction, cette fois, est immédiate. Son sourire s'élargit, dessinant presque une grimace grotesque, tout à fait artificielle. Les commissures de ses lèvres frémissent imperceptiblement.

Ça y est, se dit Miri.

L'édifice de ce visage lisse se fissure enfin, les jeux sont faits, c'est bon. Mais Miri se sent de plus en plus mal. Tout est en désordre dans sa tête. Comme si on y avait fourré une main pour en remuer l'intérieur.

Qui est-il vraiment ?

Elle fusille Park Dojin d'un regard noir.

— Je serais jaloux d'un type pareil ? Cette fois-ci, votre analyse est fausse, madame Gong. Pourquoi celui qui a modelé un simple psychopathe pour en faire un tueur en série devrait en être jaloux ? La jalousie est le lot des inférieurs. Cet homme était une marionnette. Un pauvre type qui, sans moi, ne saurait pas quand il a besoin de pisser. Il s'est simplement trouvé au carrefour, voilà. Alors jaloux… moi ?

— Quoi de plus banal qu'un créateur jaloux de sa créature ?

Miri a rassemblé toutes ses forces pour articuler cette réponse.

— Tout créateur aime le chaos, le désordre. En ce sens, oui, je suis un créateur. Vous n'imaginez pas à quel point il est amusant de voir les humains se débattre quand ils tombent dans le chaos. Cet homme n'est qu'un instrument du chaos. Un être qui m'apporte du plaisir. Un être qui crée le chaos selon mon bon vouloir.

— C'est pour cette raison que vous lui avez ordonné de kidnapper Sohui ? Pour le fun ?

Miri a du mal à garder les yeux ouverts. Mais cette question-là, il fallait absolument la poser :

— C'est pour cette raison aussi que vous avez été si aimable avec moi ?

Tac.

Tic.

Tac.

Le bruit du métronome s'intensifie. Park Dojin observe Miri sans lui répondre. Une expression impénétrable succède au sourire grimaçant qui lézardait sa figure glacée.

Son vrai visage…, songe Miri alors qu'elle laisse tomber sa tête sur sa poitrine. Elle ne peut plus résister à l'engourdissement. Plus la force de tenir la tête, ou de regarder Park Dojin en face. Elle se tasse, comme une couette imbibée d'eau. Alors Park Dojin se lève, s'approche d'elle, se poste derrière sa nuque. Ses mains se posent sur les épaules de Miri.

— J'ai passé du bon temps grâce à vous, lui souffle-t-il dans l'oreille.

Miri a envie de lui répondre.

Quel connard.

Ce n'est qu'un putain d'enfoiré.

Mais son corps résiste à sa volonté. De plus en plus lourd, il empêche toute réaction, ne serait-ce que bouger les lèvres. Seul le métronome, ce putain de métronome résonne dans sa tête. Park Dojin lui a concocté un mauvais tour, c'est sûr. Péniblement, Miri se raccroche à ce qui lui reste de conscience.

— Je me suis installé dans ce quartier avec l'espoir d'y trouver de l'amusement. Qu'est-ce que je me suis ennuyé, au début. Jusqu'à ce que, madame Gong, vous fassiez votre apparition. Vous entendre blablater sur votre désir de devenir enquêtrice, c'était tellement ridicule. *Pourtant, tiens, tiens, elle n'est pas si stupide*. J'ai pensé que ça pourrait devenir amusant. Incidemment, cette espèce de Boules de Mulot faisait son numéro. Ajouter ce pervers à mon scénario a rendu le show encore plus excitant. Voilà pourquoi j'ai ordonné au pianiste de kidnapper cette fille. Et de la tuer. Parce que je désirais, ardemment, vous voir trembler. Regretter amèrement. Pleurer à chaudes larmes. Hi hi.

Son explication achevée, Park Dojin contourne son bureau pour s'approcher de la fenêtre. Il l'ouvre toute grande. Le vent et la pluie s'y déversent.

— Vous vouliez savoir la vérité ? Voilà la vérité. Tout est entre les mains de Park Dojin.

Il revient à Miri. La relève. La prend par la main. La guide, lentement, vers la fenêtre. Incapable de résister, elle se laisse diriger par Park Dojin. La voici devant la fenêtre, le vent soulève ses cheveux, une pluie froide bat son visage.

— Maintenant, laissez-moi vous donner mes conclusions à mon tour, madame Gong. Vous êtes venue seule. Parce que c'est votre style. Ou peut-être parce que vous auriez voulu que je nie tout, jusqu'au bout. Ce qui vous aurait permis de rentrer chez vous, comme si de rien n'était. Raison de plus pour venir seule. Vous allez bientôt mesurer à quel point votre décision était risquée. Je vous ai hypnotisée. Très profondément. Vous ne pouvez pas vous réveiller. Pas avant que votre tête ne touche le sol en béton, en bas. Allez, mettez vos jambes sur le rebord de la fenêtre. « Une femme souffrant d'une dépression se jette par la fenêtre après avoir été confrontée à un tueur en série », c'est ce que les gens liront, ou entendront. C'est ce qu'ils retiendront.

Miri pose une jambe sur la fenêtre.

C'est la fin.

Laisse tomber.

Laisse-toi tomber.

Une voix douce chuchote.

Une fois que tu auras lâché prise, tu seras soulagée. À jamais.

La voix est invincible. Miri pose l'autre jambe. Encore un pas et c'est la liberté. Enfin libérée de ce monde abominable qui la harassait. Au moment où elle se dit que, indéniablement, c'est la meilleure et la plus désirable des solutions, le tréfonds de sa conscience crie désespérément.

Réveille-toi !

Miri tend les bras et s'appuie aux murs.

— Maintenant, retirez vos mains et avancez d'un pas…

— C'est maintenant ?

Gwangkyu entre dans le cabinet d'un pas hésitant.

— C'est maintenant que je devais entrer ?

Gwangkyu avait appelé Miri qui passait devant son poste en courant, sous la pluie.

— Madame ! Où allez-vous sans parapluie ?

Il était sur le point de rentrer chez lui quand il l'a aperçue. Miri, qui filait à toute allure vers la clinique neuropsychiatrique MISSO, a ralenti le pas. La voix de Gwangkyu l'a ramenée à la raison. Elle s'est rendu compte que non, elle ne pourrait pas résoudre cette affaire sans un plan.

— Vous étiez censée aller au bâtiment 6, non ? Et vous surgissez comme ça, comme une fusée. Mais enfin, à courir sous la pluie vous allez choper la crève ! Vous ne voulez pas que je vous prête un parapluie ?

— Monsieur, a lancé Miri de but en blanc, voudriez-vous être mon Watson ?

— Watson ? C'est quoi, Watson ?

— Quelque chose de très important. Quelque chose de bien. Suivez-moi.

Miri l'a attrapé par la main et s'est remise à courir.

— Qu... Quoi ? Mais il nous faut au moins un parapluie ! Mes cheveux !

Ainsi Gwangkyu s'est-il laissé traîner jusqu'à la clinique neuropsychiatrique MISSO. Une fois sur place, Miri lui a donné ses instructions :

— La clinique est fermée, il n'y aura personne à l'intérieur. Vous m'attendez là. Je vais entrer dans le cabinet. Vous, vous restez derrière la porte et enregistrez toute la conversation avec votre portable. Après vous entrez. Choisissez bien le timing !

— Il faudrait quand même m'expliquer de quoi il s'agit, si vous voulez que je vous aide ! Et puis, le bon timing, c'est...

— Je compte sur vous, Watson ! a déclaré Miri sur un ton déterminé.

Dans la foulée, Gwangkyu a machinalement hoché la tête. Il est entré dans la clinique avec Miri et s'est occupé de l'enregistrement.

— Qui... Qui êtes-vous ?

Park Dojin est très étonné de cette apparition.

— Disons que... je suis Watson ? répond Gwangkyu en se grattant le crâne, qu'il a toujours dégarni.

— Sortez d'ici tout de suite ! Qui vous a permis…

— Sortir ? Après ce que j'ai entendu !

Gwangkyu brandit son portable devant les yeux de son interlocuteur dont le visage laiteux vire au transparent. Il contourne un Park Dojin médusé, veillant à se tenir à une distance respectable, et s'approche de Miri debout à la fenêtre.

— Madame, c'est dangereux, descendez vite de là.

Gwangkyu tend la main à Miri au moment où Park Dojin attrape son métronome.

— Je vais te tuer !

Park Dojin lance le métronome vers la nuque de Gwangkyu. Au même moment, Miri recouvre ses esprits et se jette à l'intérieur, poussant Gwangkyu de sorte que le métronome le rate. Park Dojin perd l'équilibre, bascule côté fenêtre, tente de se rattraper mais trébuche sur la jambe de Miri.

— Merde !

Ses bras moulinent mais il finit quand même par tomber dans le vide.

— Non ! s'écrie Miri en lui tendant le bras.

Elle rattrape un pan de son pantalon, s'y agrippe, mais la gravité est la plus forte. Impuissante, elle assiste à la chute de Park Dojin. Il sourit. C'est le sourire le plus éblouissant qu'elle ait jamais vu. Un sourire limpide, en totale harmonie avec son visage transparent.

Vlan !

Park Dojin s'écrase sur le toit d'une voiture garée dans la rue. Tête la première. Un choc horrible et bruyant. Le toit de la voiture s'enfonce et l'alarme retentit. Battu par la pluie, Park Dojin lève les bras et attrape quelque chose d'invisible. Quelques secondes, et ses bras retombent. Miri ne peut détacher les yeux de cette scène effrayante. Elle est si étrange, si invraisemblable que sa réalité en est paradoxalement augmentée. Gwangkyu s'approche de la fenêtre.

— On dirait qu'il est mort, murmure-t-il, l'air perdu.

— Oui, répond Miri ne quittant pas des yeux le corps inerte.

Il lui semble pourtant qu'il va se relever, d'une minute à l'autre, avec un grand sourire.

Park Dojin était Smile Man. L'authentique. La foule s'amasse autour de lui.

La Section des enquêtrices mères au foyer

Cachée derrière un arbre, Miri l'observe. Elle aurait aimé pouvoir relever le col de son trench-coat mais il fait trop chaud. De toute façon, un trench-coat à cette saison attirerait l'attention. Au lieu de ça, elle resserre les lacets de ses baskets. Il pourrait, éventuellement, y avoir une course-poursuite.

Il guette aux alentours, ne note rien de particulier, fourre ses mains dans ses poches puis se met à marcher. Avant de le suivre, Miri prend une grande inspiration, puis se lance derrière lui. Lentement. En gardant une certaine distance.

Le soleil se couche. L'obscurité s'abat sur la résidence, les lampadaires s'allument. Pas mal de monde traîne encore dehors à cette heure-ci. Lui continue sa marche, une casquette enfoncée sur sa tête baissée. Ce qui veut dire qu'il sait où il va.

Miri prend son talkie-walkie.

— Il se déplace. À vous.

Sans se douter qu'on le piste, il bifurque vers l'aire de jeux.

— Il se dirige vers l'aire de jeux. À vous.

Miri prend la même direction. L'aire de jeux n'est sûrement pas sa destination. Une caméra de surveillance y a été installée tout récemment, avec un lampadaire supplémentaire. À moins qu'il soit vraiment idiot, il ne fera pas son numéro ici.

En effet, il la dépasse. Son pas est rapide.

— Bâtiment 5. Il doit aller au bâtiment 5. À vous.

Conformément à ce qu'elle a prévu, il s'approche du bâtiment 5. Avant-hier, il a fait une apparition au bâtiment 4. Miri pensait naturellement qu'aujourd'hui ce serait le 5. Ces deux immeubles se situent dans un angle mort des caméras de surveillance.

— Bâtiment 5, c'est moi, répond Gyeongja dans le talkie-walkie.

— Ne pas oublier d'ajouter : « À vous. » À vous.

— Tu exagères quand même, répond Gyeongja.

Elle ajoute :

— À vous.

Satisfaite, Miri sourit. Elle suit toujours l'homme. Trois jours qu'elles ont pris cet individu en chasse.

Elles ont procédé par élimination. Après avoir rayé de leur liste tous ceux qui, parmi les ouvriers paysagistes, ne correspondaient pas au signalement du suspect, restaient trois personnes. Les trop grands, les trop forts, les trop vieux, et tous ceux dont l'alibi était en béton ont été écartés dans un premier temps. Ce fut un travail long et minutieux. Une enquête très discrète… Il leur aura fallu trois jours supplémentaires pour se focaliser sur cet homme. Au préalable, elles ont observé attentivement les comportements des trois derniers suspects. Tour à tour elles se sont tenues en embuscade pour les surveiller. Résultat, elles ont fini par dénicher le coupable.

La vingtaine avancée, il est affublé d'un physique ordinaire et a toujours l'air réservé.

— Il entre par l'escalier central du bâtiment 5. À vous. Il marque une courte pause, regarde autour de lui, disparaît dans l'entrée. Miri le suit. Le soleil a totalement disparu. Le moment est propice.

Un, deux, trois…

Miri compte jusqu'à dix, puis s'engage à son tour dans l'entrée.

— J'entre dans le bâtiment. À vous.

— Je suis dans l'ascenseur. À vous.

Cling.

Miri entend l'ascenseur s'ouvrir au rez-de-chaussée. Elle presse le pas. Il attend devant. La porte s'ouvre. Il s'apprête à y monter mais semble hésiter. Gyeongja, qui se trouve à l'intérieur, recule d'un pas. Il se décide à y monter.

— Attendez, s'il vous plaît.

Miri court et glisse une main dans l'entrebâillement de la porte. Elle se rouvre. Les yeux de l'homme brillent, il est nerveux sous la casquette enfoncée. Miri sc poste devant lui en lui tournant le dos. Face à la porte, elle appuie sur le bouton du cinquième étage. L'ascenseur commence à monter, lentement. Il pousse des gémissements douloureux.

— Hum, toussote-t-il, tout bas.

Miri fixe un petit miroir cloué au-dessus des boutons d'étages. Elle y croise le regard de Gyeongja.

À ce moment-là, il pivote, très vite, vers les deux femmes. Elles tournent la tête dans sa direction. Il hésite un quart de seconde puis met toute son énergie à baisser son pantalon. De savoureux jurons sortent alors de la bouche de Gyeongja.

— Enfoiré, où est-ce que tu te crois, connard !

Pris de court, il se fige alors que son zizi pendouille au-dessus de son pantalon baissé.

— Il a baissé son pantalon, déclare Miri à son talkie-walkie. Flagrant délit. Alertez la police. À vous.

Les yeux de l'homme deviennent aussi gros que des melons. La réponse de Jihyeon ne tarde pas.

— Police alertée. À vous.

— Qui… Qui êtes-vous ? crie l'homme d'une voix suraiguë.

L'ascenseur s'arrête dans un *cling*. Cinquième étage. Sitôt la porte ouverte, l'homme bondit à l'extérieur sans même relever son pantalon. Miri et Gyeongja échangent un regard et sortent en courant.

— Arrêtez-le ! hurle Gyeongja.

— Nous le poursuivons, annonce Miri au talkie-walkie, sans arrêter de courir. À vous.

— Arrêtez-le !

La voix vaillante, Gyeongja ne s'en fatigue pas moins vite alors que Miri, elle, est toute fraîche. En pleine forme, ses jambes se propulsent derrière l'homme. Il jette un rapide coup d'œil en arrière, panique, accélère sa course. Il se dirige vers l'escalier central, le dévale, deux ou trois marches à la fois. Miri le suit sans s'affoler, marche après marche, elle ne veut pas prendre de risque. À l'instar de Miri, Jihyeon, Gyeongja et Sohui ne veulent plus jamais entendre parler d'hôpital.

Deux mois se sont écoulés depuis leur lutte mortelle contre Smile Man. Toutes quatre ont été hospitalisées pendant deux semaines. Gyeongja, la plus gravement blessée, est aussi celle qui s'est rétablie le plus vite. Quant à Smile Man, il avait perdu conscience mais, une fois à l'hôpital, il l'a vite retrouvée. Interrogé par la police, il a avoué tous ses crimes sans aucune résistance. Il se souvenait parfaitement de ses sept victimes, jusqu'aux moindres détails. De sa voix de baryton, il a calmement raconté quels vêtements elles portaient, comment elles l'ont imploré, comment elles sont mortes. Sept têtes congelées ont été découvertes dans son appartement. Elles étaient conservées dans ses trois réfrigérateurs. Il les avait transportées dans une glacière au moment de son déménagement, a-t-il avoué. La police a également retrouvé une vingtaine de pin's à l'effigie d'un smiley dans un tiroir de son bureau. Quand Smile Man a précisé qu'il avait eu pour objectif de tous les utiliser avant la fin de l'année, même les inspecteurs les plus chevronnés ont été ébranlés.

L'histoire des mères au foyer ordinaires qui ont réussi à arrêter le tueur en série du siècle a fait la une de tous les médias. La première semaine, elles ont reçu chaque jour des dizaines d'appels de journalistes. Nombre d'entre eux sont aussi venus les voir à l'hôpital. Aucune des quatre femmes n'a accepté d'interview. Elles n'étaient d'ailleurs pas en état. Jihyeon souffrait trop, Gyeongja et Sohui cauchemardaient toutes les nuits. Quant à Miri, elle ne trouvait pas le sommeil sans avoir avalé trois ou quatre somnifères. Elles étaient tellement amochées qu'on aurait dit des victimes plutôt que des gagnantes. La presse trouvait quand même de quoi écrire. Quantité d'articles relatant leurs exploits avec minutie ont été publiés, sans qu'elles sachent d'ailleurs où avaient été dénichés tous les détails. L'affaire a fait le buzz sur le web également. Au bout d'un mois, la fièvre médiatique est retombée. La presse, qu'on aurait crue intarissable sur Smile Man, est progressivement retournée aux romances people. Les projecteurs fixés sur les quatre femmes se sont peu à peu éteints.

S'agissant du docteur Park Dojin, trois opérations l'ont ramené à la vie. Mais pas à la conscience. Et ceci à jamais. Un syndrome apallique, plus communément appelé état végétatif chronique, a été diagnostiqué. Selon les médecins, la chance qu'il en revienne est extrêmement faible. Pour cette raison, tout ce qui concerne Park Dojin n'a pu être établi qu'à partir des conclusions de Miri et de l'enregistrement de Gwangkyu. Comme l'avait deviné Miri, l'ADN de Park Dojin correspondait à celui du suspect principal dans les affaires de meurtre survenues trois années plus tôt. Le témoignage de Smile Man est lui aussi venu conforter les déductions de Miri. Tout, a-t-il dit, il avait tout appris de Park Dojin. La police a finalement abouti à la conclusion, provisoire, que Park Dojin était bien le commanditaire des meurtres en série. En tout état de cause, Park Dojin jouit du repos éternel au pays des rêves. De temps en temps, il surgit dans ceux de Miri. Sous les traits d'un monstre.

— Il descend au rez-de-chaussée. Il se dirige probablement vers le parking. Préparez-vous. À vous.

Franchissant précautionneusement chaque marche, Miri parle au talkie-walkie.

— Arrêtez-le !

Là, un étage au-dessus, le cri de Gyeongja résonne, ainsi que sa respiration essoufflée.

Il descend du premier étage et arrive au rez-de-chaussée. Distancée, Miri reste calme. Il ne s'agit pas d'un combat solitaire. Même si elle le rate, elle peut compter sur ses alliées.

Miri le voit, de dos, qui sort en courant du bâtiment 5. La direction qu'il va prendre est évidente. Le parking au fond de la résidence. Là où se trouve son passage secret. Quand l'affaire de Smile Man a éclaté, il est resté inactif un moment. Pas étonnant, vu qu'il y avait des policiers et des journalistes partout dans la résidence. Cependant, comme l'a si bien dit Jihyeon, sa bite n'a pas été capable de se retenir très longtemps. Avant que deux mois ne s'écoulent, il a recommencé. Miri, Jihyeon, Gyeongja et Sohui se sont à nouveau réunies. C'était il y a deux semaines. Elles ont maintenant suffisamment récupéré, tant physiquement que moralement. La reconnaissance des gens autour d'elles, surtout celle de leur famille, a été d'une grande aide. Quoique officieusement, elles ont reçu de la police la décoration « Braves Citoyens ». Une prime, d'un montant assez important, s'est ajoutée à cette récompense. Ce moment de reconnaissance, et de confiance en soi retrouvée, est on ne peut plus idéal pour arrêter Boules de Mulot.

— Il quitte le bâtiment 5. À vous. Miri crie dans son talkie-walkie.

— Je suis derrière lui ! À vous.

La voix de Sohui est enjouée. Elle a été la plus brave de toutes. Très vite, elle a surpassé l'épreuve horrible qu'elle a vécue. Au point que c'est elle qui encourageait les grandes sœurs.

Miri sort du bâtiment 5 à son tour et se précipite vers le parking. Loin devant, elle aperçoit l'homme qui galope et Sohui qui le suit à courte distance.

— Arrêtez-le !

Cette fois-ci, c'est Sohui qui crie.

— La police vient de passer devant le poste de sécurité, intervient Jihyeon. À vous.

Sa mission est de surveiller les caméras de surveillance au poste de sécurité et d'alerter la police.

— Bien reçu. À vous.

Après avoir répondu, Miri accélère. Elle voudrait tant mettre la main sur Boules de Mulot avant la police. Non, vraiment, il faut qu'elle y arrive. C'est une question d'honneur.

L'homme suit fidèlement les prévisions de Miri. Il traverse le parking et file vers la porte secrète.

— C'est maintenant ! crie Miri sans le lâcher des yeux. À vous.

L'homme vient de contourner le monticule de terre, il est sur le point de passer la porte.

Une jambe surgit de l'obscurité pour lui faire un croche-pied.

— AAKKK !

L'homme pousse un cri, tombe sur les genoux, dégringole. Après plusieurs roulés-boulés, il gémit au sol. Gwangkyu s'extrait du noir.

— Mission accomplie, déclare-t-il à son talkie-walkie, souriant. À vous.

— La nouvelle recrue a fait du bon travail, vous méritez une boîte de pêches au sirop.

La voix de Jihyeon est tout excitée. Pendant ce temps, Miri et Sohui rejoignent Gwangkyu. Gyeongja arrive un peu plus tard, haletante.

— Eh ben, j'en peux plus !

Son souffle court ne l'empêche pas de marcher majestueusement devant celui qui gît au sol. Miri, Sohui et Gwangkyu lui emboîtent le pas. Tous les quatre forment un cercle autour de l'homme. Gémissant, il agrippe son genou et hurle :

— Mais qui êtes-vous enfin ? Pourquoi vous me faites ça ?

Miri avance d'un pas. À l'instar des grands détectives, elle pointe son index vers lui et déclare solennellement :

— Boules de Mulot, au nom de la Section des enquêtrices mères au foyer, je vous arrête.

— Quoi ?

Une sirène se fait entendre. Un bruit on ne peut plus délicieux.

Sur le chemin du retour, après avoir livré Boules de Mulot à la police, les cinq membres de la Section des enquêtrices mères au foyer passent à la supérette de Jihyeon. Chacun prend une glace et s'assoit sur la banquette en bois. Le ventilateur ronronne. L'air nocturne commence à se rafraîchir, il entre par la porte ouverte, chassant la chaleur de l'été.

— Vous avez été super. Toutes. Madame Gong, waouh ! Vous courez vraiment très vite.

Gwangkyu blablate. Il a récemment rejoint la Section des enquêtrices mères au foyer. Certes, il n'est pas une femme, mais il est homme au foyer. Quiconque s'occupe de son ménage peut devenir membre de la Section, a souligné Jihyeon. Vivant avec sa vieille mère, Gwangkyu se charge en effet d'une grande partie des tâches domestiques. De plus, il a joué un rôle clé aux côtés de Miri. Bref, son mérite est assez grand pour justifier son intronisation dans la Section des enquêtrices mères au foyer.

— On a pu arrêter Boules de Mulot grâce à vous aussi, dit Miri. Vous avez été top.

Sohui applaudit.

— C'est sûr, approuve Gyeongja avec un grand sourire. Tout le monde a bien bossé, on peut s'applaudir !

Les cinq membres de la Section applaudissent à tout rompre, jusqu'à se brûler la paume des mains. Les yeux étincelants, Sohui demande :

— Qu'est-ce que vous comptez faire de la prime ? La dernière fois, on a pu aider grande sœur Jisuk, mais là, on peut en faire ce dont on a envie. Alors ? Qu'en ferez-vous ?

— Un voyage en Chine avec ma mère, répond Gwangkyu.

C'est un vœu qu'il caresse depuis longtemps.

— Moi je vais mettre de côté, dit Miri. Qui sait… un jour je partirai peut-être dans un pays étranger, sans mari.

Son ton est aussi glacial que celui d'un détective solitaire dans un film noir.

— Moi je vais prendre une chambre pour Cheoli et moi. Et toi, grande sœur Jihyeon, qu'est-ce que tu comptes faire ?

— Moi, j'ai un plan.

— Quoi? demande Gwangkyu. Agrandir la supérette ?

— Quelle idée ! La supérette… je vais la vendre. Je l'ai déjà mise dans une agence. Le vieux était hors de lui, mais qu'est-ce qu'il y peut ? Après tout, c'est mon argent. Je vais investir dans une nouvelle affaire.

— Une nouvelle affaire ? s'intéresse Miri.

— Une fois la supérette vendue, je lance un café. Un café à la française. Il servira aussi de quartier général à notre Section.

Quatre paires d'yeux s'arrondissent d'étonnement. Jihyeon les regarde tour à tour, l'air amusé. Puis elle ajoute :

— J'en ai drôlement bavé avec ces deux affaires, c'est vrai. Mais je me suis sentie revivre ! Je n'ai plus la vie devant moi, alors le peu qu'il me reste, je veux le consacrer à mon bon plaisir. Quand la supérette sera vendue… j'achète le café. J'ai déjà trouvé un nom.

— Ce sera quoi ? demandent quatre voix, en chœur.

Jihyeon affiche un large sourire et dit lentement :

— Le Salon de Sherlock Holmes.

PRINCIPAUX PERSONNAGES

Les cinq femmes de la supérette (dont les 4 enquêtrices)

Jeon Jihyeon : Enquêtrice amatrice. L'aînée, la soixantaine passée. C'est elle qui tient la supérette avec son mari.

Chu Gyeongja : Enquêtrice amatrice. Mère de Yunmi, collégienne.

Gong Miri : Enquêtrice amatrice. Fan de romans policiers, elle est à l'origine de la « Section des enquêtrices mères au foyer ». Mère de Hyonji.

Park Sohui : Enquêtrice amatrice. La cadette, jeune mère du petit Cheoli.

Roh Jisuk : Mère de Yunseo.

Leurs maris

Cheon Yongman: Mari de Jeon Jihyeon, patron de la supérette.

Park Hyeonmin : Dit « Chien Enragé », mari de Roh Jisuk, qui boit et la frappe.

Roh Gangsik : Mari de Chu Gyeongja, policier à la Criminelle.

Choi Seungho : Mari de Gong Miri, fan de foot.

Autres personnages

Le Diable : Le Diable.

Boules de Mulot : Exhibitionniste.

Smile Man : Serial killer.

Docteur Park Dojin : Psy de Miri

Kim Gwangkyu : Gardien de la résidence.

Lee Sumi : Victime de Smile Man.

DU MÊME AUTEUR

Aux Éditions Matin Calme

LES 4 ENQUÊTRICES DE LA SUPÉRETTE GWANGSEON, 2021, Folio Policier nº 976.

COLLECTION FOLIO POLICIER

Dernières parutions

577. Leif Davidsen — *Le dernier espion*
578. Guy-Philippe Goldstein — *Babel Minute Zéro*
579. Nick Stone — *Tonton Clarinette*
580. Thierry Jonquet — *Romans noirs*
581. Patrick Pécherot — *Tranchecaille*
582. Antoine Chainas — *Aime-moi, Casanova*
583. Gabriel Trujillo Muñoz — *Tijuana City Blues*
584. Caryl Férey — *Zulu*
585. James Sallis — *Cripple Creek*
586. Didier Daeninckx — *Éthique en toc*
587. John le Carré — *L'espion qui venait du froid*
588. Jeffrey Ford — *La fille dans le verre*
589. Marcus Malte — *Garden of love*
590. Georges Simenon — *Les caves du Majestic*
591. Georges Simenon — *Signé Picpus*
592. Carlene Thompson — *Mortel secret*
593. Thomas H. Cook — *Les feuilles mortes*
594. Didier Daeninckx — *Mémoire noire*
595. Graham Hurley — *Du sang et du miel*
596. Marek Krajewski — *Les fantômes de Breslau*
597. François Boulay — *Traces*
598. Gunnar Staalesen — *Fleurs amères*
599. James Sallis — *Le faucheux*
600. Nicolas Jaillet — *Sansalina*
601. Jean-Bernard Pouy — *Le rouge et le vert*
602. William Lashner — *Le baiser du tueur*
603. Joseph Bialot — *La nuit du souvenir*
604. Georges Simenon — *L'outlaw*
605. Kent Harrington — *Le serment*
606. Thierry Bourcy — *Le gendarme scalpé*

607.	Gunnar Staalesen	*Les chiens enterrés ne mordent pas*
608.	Jo Nesbø	*Chasseurs de têtes*
609.	Dashiell Hammett	*Sang maudit*
610.	Joe R. Lansdale	*Vierge de cuir*
611.	Dominique Manotti	*Bien connu des services de police*
612.	Åsa Larsson	*Horreur boréale*
613.	Saskia Noort	*Petits meurtres entre voisins*
614.	Pavel Kohout	*L'heure étoilée du meurtrier*
615.	Boileau-Narcejac	*La vie en miettes*
616.	Boileau-Narcejac	*Les veufs*
617.	Gabriel Trujillo Muñoz	*Loverboy*
618.	Antoine Chainas	*Anaisthêsia*
619.	Thomas H. Cook	*Les liens du sang*
620.	Tom Piccirilli	*La rédemption du Marchand de sable*
621.	Francis Zamponi	*Le Boucher de Guelma*
622.	James Sallis	*Papillon de nuit*
623.	Kem Nunn	*Le Sabot du Diable*
624.	Graham Hurley	*Sur la mauvaise pente*
625.	Georges Simenon	*Bergelon*
626.	Georges Simenon	*Félicie est là*
627.	Ken Bruen	*La main droite du diable*
628.	William Muir	*Le Sixième Commandement*
629.	Kirk Mitchell	*Dans la vallée de l'ombre de la mort*
630.	Jean-François Vilar	*Djemila*
631.	Dashiell Hammett	*Moisson rouge*
632.	Will Christopher Baer	*Embrasse-moi, Judas*
633.	Gene Kerrigan	*À la petite semaine*
634.	Caryl Férey	*Saga maorie*
635.	James Sallis	*Le frelon noir*
636.	Gabriel Trujillo Muñoz	*Mexicali City Blues*
637.	Heinrich Steinfest	*Requins d'eau douce*
638.	Simon Lelic	*Rupture*
639.	Jenny Siler	*Flashback*
640.	Joachim Sebastiano Valdez	*Les larmes des innocentes*
641.	Kjell Ola Dahl	*L'homme dans la vitrine*

642. Ingrid Astier — *Quai des enfers*
643. Kent Harrington — *Jungle rouge*
644. Dashiell Hammett — *Le faucon maltais*
645. Dashiell Hammett — *L'introuvable*
646. DOA — *Le serpent aux mille coupures*
647. Larry Beinhart — *L'évangile du billet vert*
648. William Gay — *La mort au crépuscule*
649. Gabriel Trujillo Muñoz — *Mezquite Road*
650. Boileau-Narcejac — *L'âge bête*
651. Anthony Bourdain — *La surprise du chef*
652. Stefán Máni — *Noir Océan*
653. *** — *Los Angeles Noir*
654. *** — *Londres Noir*
655. *** — *Paris Noir*
656. Elsa Marpeau — *Les yeux des morts*
657. François Boulay — *Suite rouge*
658. James Sallis — *L'œil du criquet*
659. Jo Nesbø — *Le léopard*
660. Joe R. Lansdale — *Vanilla Ride*
661. Georges Flipo — *Le commissaire n'aime point les vers*
662. Stephen Hunter — *Shooter*
663. Pierre Magnan — *Élégie pour Laviolette*
664. James Hadley Chase — *Tu me suivras dans la tombe*
665. Georges Simenon — *Long cours*
666. Thomas H. Cook — *La preuve de sang*
667. Gene Kerrigan — *Le chœur des paumés*
668. Serge Quadruppani — *Saturne*
669. Gunnar Staalesen — *L'écriture sur le mur*
670. Georges Simenon — *Chez Krull*
671. Georges Simenon — *L'inspecteur Cadavre*
672. Kjetil Try — *Noël sanglant*
673. Graham Hurley — *L'autre côté de l'ombre*
674. John Maddox Roberts — *Les fantômes de Saigon*
675. Marek Krajewski — *La peste à Breslau*
676. James Sallis — *Bluebottle*
677. Philipp Meyer — *Un arrière-goût de rouille*
678. Marcus Malte — *Les harmoniques*

679.	Georges Simenon	*Les nouvelles enquêtes de Maigret*
680.	Dashiell Hammett	*La clé de verre*
681.	Caryl Férey – Sophie Couronne	*D'amour et dope fraîche*
682.	Marin Ledun	*La guerre des vanités*
683.	Nick Stone	*Voodoo Land*
684.	Frederick Busch	*Filles*
685.	Paul Colize	*Back up*
686.	Saskia Noort	*Retour vers la côte*
687.	Attica Locke	*Marée noire*
688.	Manotti – DOA	*L'honorable société*
689.	Carlene Thompson	*Les ombres qui attendent*
690.	Claude d'Abzac	*Opération Cyclope*
691.	Joe R. Lansdale	*Tsunami mexicain*
692.	F. G. Haghenbeck	*Martini Shoot*
693.	***	*Rome Noir*
694.	***	*Mexico Noir*
695.	James Preston Girard	*Le Veilleur*
696.	James Sallis	*Bête à bon dieu*
697.	Georges Flipo	*Le commissaire n'a point l'esprit club*
698.	Stephen Hunter	*Le 47e samouraï*
699.	Kent Anderson	*Sympathy for the Devil*
700.	Heinrich Steinfest	*Le grand nez de Lilli Steinbeck*
701.	Serge Quadruppani	*La disparition soudaine des ouvrières*
702.	Anthony Bourdain	*Pizza créole*
703.	Frederick Busch	*Nord*
704.	Gunnar Staalesen	*Comme dans un miroir*
705.	Jack Ketchum	*Une fille comme les autres*
706.	John le Carré	*Chandelles noires*
707.	Jérôme Leroy	*Le Bloc*
708.	Julius Horwitz	*Natural Enemies*
709.	Carlene Thompson	*Ceux qui se cachent*
710.	Fredrik Ekelund	*Le garçon dans le chêne*
711.	James Sallis	*Salt River*
712.	Georges Simenon	*Cour d'assises*

713. Antoine Chainas — *Une histoire d'amour radio-active*
714. Matthew Stokoe — *La belle vie*
715. Frederick Forsyth — *Le dossier Odessa*
716. Caryl Férey — *Mapuche*
717. Franck Bill — *Chiennes de vies*
718. Kjell Ola Dahl — *Faux-semblants*
719. Thierry Bourcy — *Célestin Louise, flic et soldat dans la guerre de 14-18*
720. Doug Allyn — *Cœur de glace*
721. Kent Anderson — *Chiens de la nuit*
722. Raphaël Confiant — *Citoyens au-dessus de tout soupçon...*
723. Serge Quadruppani — *Madame Courage*
724. Boileau-Narcejac — *Les magiciennes*
725. Boileau-Narcejac — *L'ingénieur aimait trop les chiffres*
726. Inger Wolf — *Nid de guêpes*
727. Seishi Yokomizo — *Le village aux Huit Tombes*
728. Paul Colize — *Un long moment de silence*
729. F. G. Haghenbeck — *L'Affaire tequila*
730. Pekka Hiltunen — *Sans visage*
731. Graham Hurley — *Une si jolie mort*
732. Georges Simenon — *Le bilan Malétras*
733. Peter Duncan — *Je suis un sournois*
734. Stephen Hunter — *Le sniper*
735. James Sallis — *La mort aura tes yeux*
736. Elsa Marpeau — *L'expatriée*
737. Jô Soares — *Les yeux plus grands que le ventre*
738. Thierry Bourcy — *Le crime de l'Albatros*
739. Raymond Chandler — *The Long Goodbye*
740. Matthew F. Jones — *Une semaine en enfer*
741. Jo Nesbø — *Fantôme*
742. Alix Deniger — *I cursini*
743. Anders Bodelsen — *Septembre rouge (Rouge encore)*
744. Patrick Pécherot — *La saga des brouillards*
745. Thomas H. Cook — *Secrets de famille*

746.	Ken Bruen	*Chemins de croix*
747.	David Ellis	*La comédie des menteurs*
748.	Boileau-Narcejac	*À cœur perdu (Meurtre en 45 tours)*
749.	Boileau-Narcejac	*Le mauvais œil* suivi d'*Au bois dormant*
750.	Ingrid Astier	*Angle mort*
751.	Carlene Thompson	*Jusqu'à la fin*
752.	Dolores Redondo	*Le gardien invisible*
753.	Dashiell Hammett	*Le sac de Couffignal* suivi d'*Âmes malhonnêtes* et de *Tulip*
754.	Mario Falcone	*L'aube noire*
755.	François Boulay	*Cette nuit…*
756.	Didier Daeninckx	*Têtes de Maures*
757.	Gunnar Staalesen	*Face à face*
758.	Dominique Manotti	*L'évasion*
759.	Laurent Guillaume	*Black cocaïne*
760.	Jô Soares	*Meurtres à l'Académie*
761.	Inger Wolf	*Mauvaises eaux*
762.	Jo Nesbø	*Police*
763.	Jonathan Ames	*Tu n'as jamais été vraiment là*
764.	Jack Vance	*Méchant garçon*
765.	John le Carré	*L'appel du mort*
766.	Bill Pronzini	*Mademoiselle Solitude*
767.	Franz Bartelt	*Chaos de famille*
768.	Thierry Bourcy	*Les ombres du Rochambeau*
769.	Georges Simenon	*Nouvelles exotiques*
770.	Jo Nesbø	*L'inspecteur Harry Hole. L'intégrale, I*
771.	Lorenzo Lunar	*La vie est un tango*
772.	Nick Stone	*Cuba Libre*
773.	Jean-Claude Izzo	*Fabio Montale*
774.	Boileau-Narcejac	*Les intouchables*
775.	Boileau-Narcejac	*Les visages de l'ombre*
776.	Joe R. Lansdale	*Diable rouge*
777.	Fredrik Ekelund	*Blueberry Hill*
778.	Heinrich Steinfest	*Le poil de la bête*

779.	Batya Gour	*Meurtre en direct*
780.	Laurent Whale	*Les Rats de poussière I Goodbye Billy*
781.	Joe R. Lansdale	*Le sang du bayou*
782.	Boileau-Narcejac	*Le contrat*
783.	Boileau-Narcejac	*Les nocturnes*
784.	Georges Simenon	*Le bateau d'Émile*
785.	Dolores Redondo	*De chair et d'os*
786.	Max Bentow	*L'Oiseleur*
787.	James M. Cain	*Bloody cocktail*
788.	Marcus Sakey	*Les Brillants*
789.	Joe R. Lansdale	*Les Mécanos de Vénus*
790.	Jérôme Leroy	*L'ange gardien*
791.	Sébastien Raizer	*L'alignement des équinoxes*
792.	Antonio Manzini	*Piste noire*
793.	Jo Nesbø	*Du sang sur la glace*
794.	Joy Castro	*Après le déluge*
795.	Stuart Prebble	*Le Maître des insectes*
796.	Sonja Delzongle	*Dust*
797.	Luís Miguel Rocha	*Complots au Vatican I Le dernier pape*
798.	Caryl Férey	*Saga maorie*
799.	Thierry Bourcy	*Célestin Louise, flic et soldat dans la guerre de 14-18*
800.	Barry Gornell	*La résurrection de Luther Grove*
801.	Antoine Chainas	*Pur*
802.	Attica Locke	*Dernière récolte*
803.	Maurice G. Dantec	*Liber mundi I Villa Vortex*
804.	Howard Gordon	*La Cible*
805.	Alain Gardinier	*DPRK*
806.	Georges Simenon	*Le Petit Docteur*
807.	Georges Simenon	*Les dossiers de l'Agence O*
808.	Michel Lambesc	*La « horse »*
809.	Frederick Forsyth	*Chacal*
810.	Gunnar Staalesen	*L'enfant qui criait au loup*
811.	Laurent Guillaume	*Delta Charlie Delta*
812.	Laurent Whale	*Les Rats de poussière II Le manuscrit Robinson*

813.	J. J. Murphy	*Le cercle des plumes assassines*
814.	Éric Maravélias	*La faux soyeuse*
815.	DOA	*Le cycle clandestin, tome I*
816.	Luke McCallin	*L'homme de Berlin*
817.	Lars Pettersson	*La loi des Sames*
818.	Boileau-Narcejac	*Schuss*
819.	Dominique Manotti	*Or noir*
820.	Alberto Garlini	*Les noirs et les rouges*
821.	Marcus Sakey	*Les Brillants II Un monde meilleur*
822.	Thomas Bronnec	*Les initiés*
823.	Kate O'Riordan	*La fin d'une imposture*
824.	Mons Kallentoft, Markus Lutteman	*Zack*
825.	Robert Karjel	*Mon nom est N.*
826.	Dolores Redondo	*Une offrande à la tempête*
827.	Benoît Minville	*Rural noir*
828.	Sonja Delzongle	*Quand la neige danse*
829.	Germán Maggiori	*Entre hommes*
830.	Shannon Kirk	*Méthode 15-33*
831.	Elsa Marpeau	*Et ils oublieront la colère*
832.	Antonio Manzini	*Froid comme la mort*
833.	Luís Miguel Rocha	*Complots au Vatican II La balle sainte*
834.	Patrick Pécherot	*Une plaie ouverte*
835.	Harry Crews	*Le faucon va mourir*
836.	DOA	*Pukhtu. Primo*
837.	DOA	*Pukhtu. Secundo*
838.	Joe R. Lansdale	*Les enfants de l'eau noire*
839.	Gunnar Staalesen	*Cœurs glacés*
840.	Jo Nesbø	*Le fils*
841.	Luke McCallin	*La maison pâle*
842.	Caryl Férey	*Les nuits de San Francisco*
843.	Graham Hurley	*Le paradis n'est pas pour nous*
844.	Boileau-Narcejac	*Champ clos*
845.	Lawrence Block	*Balade entre les tombes*
846.	Sandrine Roy	*Lynwood Miller*
847.	Massimo Carlotto	*La vérité de l'Alligator*

848. Benoît Philippon — *Cabossé*
849. Grégoire Courtois — *Les lois du ciel*
850. Caryl Férey — *Condor*
851. Antonio Manzini — *Maudit printemps*
852. Jørn Lier Horst — *Fermé pour l'hiver*
853. Sonja Delzongle — *Récidive*
854. Noah Hawley — *Le bon père*
855. Akimitsu Takagi — *Irezumi*
856. Pierric Guittaut — *La fille de la Pluie*
857. Marcus Sakey — *Les Brillants III En lettres de feu*
858. Matilde Asensi — *Le retour du Caton*
859. Chan Ho-kei — *Hong Kong Noir*
860. Harry Crews — *Des savons pour la vie*
861. Mons Kallentoft, Markus Lutteman — *Zack II Leon*
862. Elsa Marpeau — *Black Blocs*
863. Jo Nesbø — *Du sang sur la glace II Soleil de nuit*
864. Brigitte Gauthier — *Personne ne le saura*
865. Ingrid Astier — *Haute Voltige*
866. Luca D'Andrea — *L'essence du mal*
867. DOA — *Le cycle clandestin, tome II*
868. Gunnar Staalesen — *Le vent l'emportera*
869. Rebecca Lighieri — *Husbands*
870. Patrick Delperdange — *Si tous les dieux nous abandonnent*
871. Neely Tucker — *La voie des morts*
872. Nan Aurousseau — *Des coccinelles dans des noyaux de cerise*
873. Thomas Bronnec — *En pays conquis*
874. Lawrence Block — *Le voleur qui comptait les cuillères*
875. Steven Price — *L'homme aux deux ombres*
876. Jean-Bernard Pouy — *Ma ZAD*
877. Antonio Manzini — *Un homme seul*
878. Jørn Lier Horst — *Les chiens de chasse*
879. Jérôme Leroy — *La Petite Gauloise*

880. Elsa Marpeau — *Les corps brisés*
881. Sonja Delzongle — *Boréal*
882. Patrick Pécherot — *Hével*
883. Attica Locke — *Pleasantville*
884. Harry Crews — *Car*
885. Caryl Férey — *Plus jamais seul*
886. Guy-Philippe Goldstein — *Sept jours avant la nuit*
887. Tonino Benacquista — *Quatre romans noirs*
888. Melba Escobar — *Le salon de beauté*
889. Noah Hawley — *Avant la chute*
890. Tom Piccirilli — *Les derniers mots*
891. Jo Nesbø — *La soif*
892. Dominique Manotti — *Racket*
893. Joe R. Lansdale — *Honky Tonk Samouraï*
894. Antoine Chainas — *Empire des chimères*
895. Jean-François Paillard — *Le Parisien*
896. Luca d'Andrea — *Au cœur de la folie*
897. Sonja Delzongle — *Le hameau des Purs*
898. Gunnar Staalesen — *Où les roses ne meurent jamais*
899. Mons Kallentoft, Markus Lutteman — *Bambi*
900. Kent Anderson — *Un soleil sans espoir*
901. Nick Stone — *Le verdict*
902. Lawrence Block — *Tue-moi*
903. Jørn Lier Horst — *L'usurpateur*
904. Paul Howarth — *Le diable dans la peau*
905. Frédéric Paulin — *La guerre est une ruse*
906. Paul Colize — *Un jour comme les autres*
907. Sébastien Gendron — *Révolution*
908. Chantal Pelletier — *Tirez sur le caviste*
909. Sonja Delzongle — *Cataractes*
910. Elsa Marpeau — *Son autre mort*
911. Joe Ide — *Gangs of L.A.*
912. Francesco Dimitri — *Le livre des choses cachées*
913. Jo Nesbø — *Macbeth*
914. Dov Alfon — *Unité 8200*
915. Jérôme Leroy — *Un peu tard dans la saison*
916. Pasquale Ruju — *Une affaire comme les autres*

917. Jean-Bernard Pouy — *Trilogie spinoziste*
918. Abir Mukherjee — *L'attaque du Calcutta-Darjeeling*
919. Richard Morgiève — *Le Cherokee*
920. Antonio Manzini — *La course des hamsters*
921. Gunnar Staalesen — *Piège à loup*
922. Christian White — *Le mystère Sammy Went*
923. Yûko Yuzuki — *Le loup d'Hiroshima*
924. Caryl Férey — *Paz*
925. Vlad Eisinger — *Du rififi à Wall Street*
926. Parker Bilal — *La cité des chacals*
927. Emily Koch — *Il était une fois mon meurtre*
928. Frédéric Paulin — *Prémices de la chute*
929. Sonja Delzongle — *L'homme de la plaine du nord*
930. Sébastien Rutés — *Mictlán*
931. Thomas Cantaloube — *Requiem pour une République*
932. Danü Danquigny — *Les aigles endormis*
933. Sébastien Gendron — *Fin de siècle*
934. Jørn Lier Horst — *Le disparu de Larvik*
935. Laurent Guillaume — *Là où vivent les loups*
936. J. P. Smith — *Noyade*
937. Joe R. Lansdale — *Rusty Puppy*
938. Dror Mishani — *Une deux trois*
939. Deon Meyer — *La proie*
940. Jo Nesbø — *Le couteau*
941. Joe Ide — *Lucky*
942. William Gay — *Stoneburner*
943. Jacques Moulins — *Le réveil de la bête*
944. Abir Mukherjee — *Les princes de Sambalpur*
945. Didier Decoin — *Meurtre à l'anglaise*
946. Charles Daubas — *Cherbourg*
947. Chantal Pelletier — *Nos derniers festins*
948. Richard Morgiève — *Cimetière d'étoiles*
949. Frédéric Paulin — *La fabrique de la terreur*
950. Tristan Saule — *Mathilde ne dit rien*
951. Jørn Lier Horst — *Le code de Katharina*
952. Robert de Laroche — *La Vestale de Venise*
953. Mike Nicol — *L'Agence*

*Tous les papiers utilisés pour les ouvrages
des collections Folio sont certifiés
et proviennent de forêts gérées durablement.*

*Composition APS-ie
Impression Novoprint
à Barcelone, le 4 janvier 2023
Dépôt légal : janvier 2023*

ISBN 978-2-07-298167-8 / Imprimé en Espagne

434739